向上吧！诗词 励志卷

鲜衣怒马少年时

《意林》图书部 编

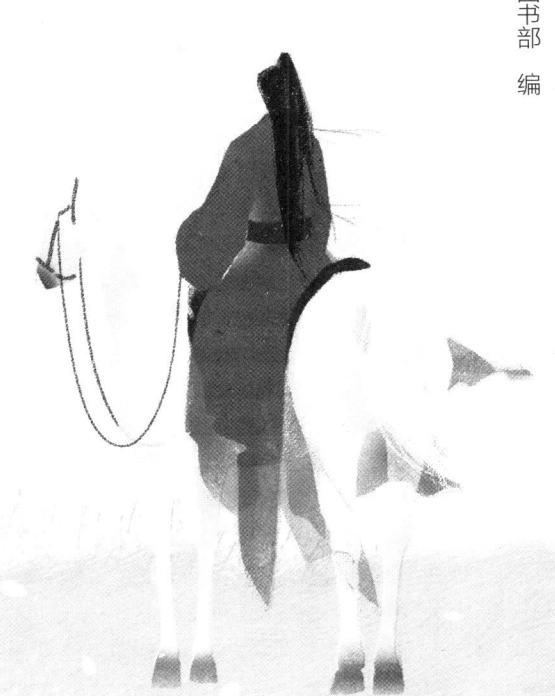

本册主编：樊迎鑫/任 平/黄东妮/李杭媛

吉林摄影出版社
·长春·

图书在版编目（CIP）数据

鲜衣怒马少年时/《意林》图书部编. -- 长春：
吉林摄影出版社，2018.7
（向上吧！诗词）
ISBN 978-7-5498-3662-8

Ⅰ.①鲜… Ⅱ.①意… Ⅲ.①诗歌欣赏-中国 Ⅳ.①I207.2

中国版本图书馆CIP数据核字（2018）第141379号

向上吧！诗词 XIANGSHANG BA! SHICI

鲜衣怒马少年时 XIANYI-NUMA SHAONIANSHI

出 版 人	孙洪军	字　　数	300千字
主　　编	顾 平 杜普洲	印　　张	11
责任编辑	施 岚	版　　次	2018年7月第1版
总 策 划	徐 晶	印　　次	2018年7月第1次印刷
特约策划	石 艳	出　　版	吉林摄影出版社
设计总监	资 源	发　　行	吉林摄影出版社
本册主编	樊迎鑫 任 平	地　　址	长春市泰来街1825号
	黄东妮 李杭媛	邮　　编	130062
特约统筹	王来宁	电　　话	总编办：0431-86012616
特约编辑	石 艳		发行科：0431-86012602
封面设计	资 源	网　　址	www.jlsycbs.net
美术编辑	郭 宁	经　　销	全国各地新华书店
封面绘图	呼葱觅蒜	印　　刷	北京盛彩捷印刷有限公司
开　　本	700mm×1000mm　1/16		
书　　号	ISBN 978-7-5498-3662-8	定　　价	36.00元

启 事

本书编选时参阅了部分报刊和著作，我们未能与部分作品的文字作者、漫画作者以及插画作者取得联系，在此深表歉意。请各位作者见到本书后及时与我们联系，以便按国家相关规定支付稿酬及赠送样书。

地址：北京市朝阳区南磨房路37号华腾北塘商务大厦1501室《意林》编辑部（100022）
电话：010-51900482

版权所有　翻印必究
（如发现印装质量问题，请与承印厂联系退换）

目录 CONTENTS

爱国篇

- 诗经·秦风·无衣 …………………………… 002
- 九歌·国殇 …………………………… [先秦]屈原 004
- 从军行 …………………………… [唐]杨炯 006
- 出塞 …………………………… [唐]王昌龄 008
- 雁门太守行 …………………………… [唐]李贺 010
- 满江红·写怀 …………………………… [宋]岳飞 012
- 夏日绝句 …………………………… [宋]李清照 014
- 示儿 …………………………… [南宋]陆游 016
- 扬子江 …………………………… [宋]文天祥 018
- 破阵子·为陈同甫赋壮词以寄之 …… [宋]辛弃疾 020
- 过零丁洋 …………………………… [宋]文天祥 022
- 贺新郎·寄辛幼安和见怀韵 ………… [宋]陈亮 024
- 病起书怀 …………………………… [宋]陆游 026
- 望阙台 …………………………… [明]戚继光 028
- 赴戍登程口占示家人·其一 ………… [清]林则徐 030
- 鹧鸪天·祖国沉沦感不禁 …………… [近代]秋瑾 032

诗词 AB 面

- 003 | 赋、比、兴具体指什么
- 003 | 古代兵器小科普
- 005 | "投躯报明主,身死为国殇"
- 005 | 拉车的马还分左右?
- 007 | 古代兵符怎么总要分两半
- 007 | "百夫长"比"书生"高了几个 level(等级)
- 009 | "龙城飞将"还是"卢城飞将"?
- 009 | 北方游牧民族对"阴山"究竟是爱是恨?
- 011 | 东风吹,战鼓擂
- 011 | 黄金台是用黄金做的吗
- 013 | 宋朝王牌劲旅——岳家军
- 013 | "胡虏"一词从何而来
- 015 | "鬼雄"一词最早出自哪个诗人
- 015 | 项羽的"江东"和梅长苏的"江左"具体指哪里
- 017 | "九州"划分还和泥土有关?
- 017 | 传统"家祭"对比"网上祭祖",你支持谁

- 019 | "磁针石"是什么
- 019 | 古人对长江都有哪些称谓
- 021 | 三国时期的名马你知道几匹
- 023 | 惶恐滩、零丁洋在哪里
- 023 | "四周星"真的是说时间吗
- 025 | "妍皮不裹痴骨"
- 025 | "钟期久已没,世上无知音"
- 027 | 乌纱帽小史
- 027 | "社稷"为什么指代国家
- 029 | 戚家军的"现代化建设"
- 029 | 霜后树叶为什么这样红
- 031 | 丧权辱国的《南京条约》
- 031 | "赵老送灯台"的诅咒
- 033 | 晚清留学,不去欧美去日本
- 033 | 不安的龙泉剑

诗词小真相

- 003 | 孔子为什么说"不学诗,无以言"
- 007 | 王杨卢骆当时体
- 013 | 何等仇恨,让岳飞恨不能将其餐肉饮血
- 019 | 文天祥为何给自己的诗集取名《指南录》
- 029 | 一代名将的凄凉晚景
- 031 | 虎门销烟:一个必然发生的历史事件

名人万花筒

- 005 | 楚怀王左徒——屈原
- 009 | 人缘极好的"七绝圣手"——王昌龄
- 011 | 李贺的调色盘
- 015 | 是佳眷,还是怨侣?
- 017 | 诗人之外的教育家——陆游
- 021 | "马革裹尸"的诗人——辛弃疾
- 023 | 一心向"南"的诗人——文天祥
- 025 | 陈亮与辛弃疾的送别友谊
- 027 | 陆游眼中的诸葛亮
- 033 | "鉴湖女侠"——秋瑾
- 034 | 本章知识小问答答案

言志篇

篇名	作者	页码
南园十三首·其五	[唐]李贺	036
定风波·次高左藏使君韵	[北宋]黄庭坚	038
墨梅	[元]王冕	040
石灰吟	[明]于谦	042
竹石	[清]郑燮	044
自题小像	[近代]鲁迅	046
望岳	[唐]杜甫	048
摸鱼儿·更能消几番风雨	[宋]辛弃疾	050
凉州词二首·其一	[唐]王翰	052
短歌行	[魏]曹操	054
观沧海	[魏]曹操	056
归园田居·其一	[晋]陶渊明	058
赠韦秘书子春·其二	[唐]李白	060
宣州谢朓楼饯别校书叔云	[唐]李白	062
少年行·其二	[唐]王维	064
己亥杂诗·九州生气恃风雷	[清]龚自珍	066

诗词 AB 面

- 037 | "吴钩"是什么
- 037 | "凌烟阁"里都有谁
- 039 | "次韵"从何而来
- 039 | 谢氏家族究竟出了多少"人才"
- 041 | 你知道吗,"淡墨"不仅仅指一种颜色哦
- 041 | 为啥要在画上写首诗
- 043 | 古代石灰竟然是这样来的
- 043 | 石灰为什么"清白"
- 045 | "扬州八怪"怪在哪里
- 045 | "竹""石"为何如此受文人青睐
- 047 | 既是额头又是内心:含义丰富的灵台
- 047 | "轩辕",听起来好像一个拉车人
- 049 | 泰山凭何被誉为"五岳之首"
- 049 | "造化"一词从何而来
- 051 | 《长门赋》的故事
- 051 | 古代如何形容女子貌美
- 053 | "年度最受欢迎歌曲"——凉州词
- 053 | 琵琶为什么要在马背上弹奏
- 055 | 歌行体
- 055 | "青衿"长什么样
- 057 | 何谓"四言诗"
- 057 | 碣石山在哪里
- 059 | 不为五斗米折腰
- 059 | 鸡怎么能上树
- 061 | 一叶舟,五湖游

- 061 | "秘书"是个什么官职
- 063 | 是人名也是楼名
- 063 | 仙人的死法
- 065 | 羽林是一个什么官职
- 065 | 侠骨香:王维对比李白
- 067 | 干支纪年法是怎么回事
- 067 | 你知道"天公"是谁吗

诗词小真相

- 037 | 好诗竟从驴背来
- 039 | 爱在头上戴朵花儿的宋代男人
- 055 | 曹操与《诗经》
- 057 | 诗歌的骨肉

名人万花筒

- 041 | "爱攀亲戚"的王冕
- 043 | 无辜遭杀的于谦
- 045 | 史上最不会做官的画家——郑板桥
- 047 | 既是好国民,也是好家长
- 049 | "登高"诗的由来
- 051 | 圣明天子与绝情郎君
- 053 | 古代饮酒礼仪知多少
- 059 | 对家人心怀愧疚的陶渊明
- 061 | 李白的庐山
- 063 | 李白的酒量
- 065 | 王维的"霍去病情结"
- 067 | 龚自珍那不成才的儿子
- 068 | 本章知识小问答答案

咏德篇

篇名	作者	页码
和郭主簿·其二	[晋]陶渊明	070
悯农·其一	[唐]李绅	072
蝉	[唐]虞世南	074
答章孝标	[唐]李绅	076
蜂	[唐]罗隐	078
梅花	[宋]王安石	080
己亥杂诗·其五	[清]龚自珍	082
雪梅·其一	[宋]卢梅坡	084
卜算子·咏梅	[宋]陆游	086
赠韦侍御黄裳·其一	[唐]李白	088
赠韦侍御黄裳·其二	[唐]李白	090
山园小梅·其一	[宋]林逋	092
卖残牡丹	[唐]鱼玄机	094
老马	[唐]姚合	096

| 小松 | [唐]杜荀鹤 098 |
| 松 | [南唐]成彦雄 100 |

诗词 AB 面

- 071 | 诗人赞美菊花，也吃菊花
- 073 | "四海"原来不是海
- 073 | 粟的祖先是狗尾草？
- 075 | "咏蝉三绝"——最会咏蝉的三个诗人
- 077 | 科举考试非得十年寒窗才能成功吗
- 079 | 你知道蜜蜂采蜜会跳一种特殊的"舞蹈"吗
- 079 | 我国从何时开始养蜂
- 081 | 盐粒还是柳絮？说说那些与雪有关的比喻
- 083 | 原来古代人是这样退休的
- 085 | "独天下而春"的梅花
- 085 | 赏梅胜地有哪些
- 087 | 你知道吗，"梅"还有这样的用处呢
- 089 | 华山、太华山、少华山，这些你分得清吗
- 091 | "太行"="大山"？
- 091 | 谄媚油滑的韦侍御
- 093 | 梅妻鹤子林和靖
- 093 | 写梅之绝——"疏影""暗香"
- 095 | 为牡丹而痴狂的唐代人
- 095 | 皇家园林——上林苑
- 097 | 历史上都有谁写过老马的故事
- 097 | 秋风秋雨为啥"愁煞人"
- 099 | 小时了了，大未必佳
- 101 | "五大夫松"真有五棵吗
- 101 | 松树还是服务员？

诗词小真相

- 073 | 文学创作还要求利己利人？
- 079 | "十上不第"的讽刺人生
- 083 | 千变万化的"愁"
- 085 | 有梅无雪不精神
- 089 | 多样"桃李"
- 101 | 松树在古代都有哪些象征

名人万花筒

- 071 | 在出世与入世之间纠结的陶渊明
- 075 | 被皇帝誉为"五绝"的诗人——虞世南
- 077 | 毁誉参半的诗人——李绅
- 081 | "拗相公"与"司马牛"——王安石与司马光
- 087 | 陆游的梅花对比毛泽东的梅花
- 091 | 李白是个"交际花"
- 093 | 古今隐士隐居动机知多少
- 095 | 男权社会下的悲剧人生
- 097 | "武功派"创始诗人——姚合
- 099 | 那些神童后来都怎么样了
- 102 | 本章知识小问答答案

劝学篇

长歌行	汉乐府 104
金缕衣	[唐]佚名 106
冬夜读书示子聿	[宋]陆游 108
劝学	[唐]颜真卿 110
观书有感·其一	[宋]朱熹 112
白鹿洞二首·其一	[唐]王贞白 114
勤学	[宋]汪洙 116
上堂开示颂	[唐]黄檗禅师 118
偶成	[宋]朱熹 120
渔家傲·天接云涛连晓雾	[宋]李清照 122
题弟侄书堂	[唐]杜荀鹤 124
苔·二首	[清]袁枚 126
闲居书事	[唐]杜荀鹤 128
符读书城南·节选	[唐]韩愈 130
劝学·其二	[唐]孟郊 132
送弟	[唐]卢肇 134

诗词 AB 面

- 105 | "阳春"到底为何物
- 107 | "金缕衣"缘何珍贵
- 109 | 陆游教子诗知多少
- 111 | "三更"具体指何时
- 111 | 方正不屈——颜真卿的书法及品格
- 113 | "鉴"为何物
- 115 | 白鹿洞的故事
- 115 | "一字师"
- 117 | 囊萤映雪
- 117 | "三冬文史足用"
- 119 | 黄檗禅师二三事
- 119 | 写禅诗的只有和尚吗
- 121 | "池塘春草梦"的典故出自谁
- 123 | 充满故事的银河
- 123 | 神仙居住的三座仙山
- 125 | 古人的"题字"和今人的"到此一游"
- 127 | "栖息于性灵"的袁枚
- 127 | 国色天香的牡丹
- 129 | 心情不好，因为听到猿声？
- 129 | 古人怎么总喜欢在晚上读书

131 | 古人如何造车轮
131 | "规矩"指的是什么
133 | 不断受到"敲打"的燧石
135 | 此"石"非彼"石"
135 | 蟾宫折桂的卢肇

诗词小真相

111 | 诗词中"白首"都有哪些含义
113 | 宋人擅说理
119 | 有趣的佛经语言
121 | 典故的"活"用
123 | 不朽的话题——梦
129 | 当官,古代文人绕不过去的坎儿
135 | "家风"的由来

名人万花筒

105 | 古人的时间观
107 | 平生至乐在何处
109 | 读书成"痴"的诗人
115 | 文成武功的诗人们
117 | 九岁能诗——汪神童
125 | 诗词中的那些"好声音"
127 | 可叹可敬的诗中青苔
131 | 尊师重教的韩愈
133 | 何以惜少年
136 | 本章知识小问答答案

 抒怀篇

登鹳雀楼 …………………… [唐]王之涣 138
登幽州台歌 ………………… [唐]陈子昂 140
行路难·其一 ……………… [唐]李白 142
终南别业 …………………… [唐]王维 144
赋得古原草送别 …………… [唐]白居易 146
浪淘沙·其三 ……………… [唐]刘禹锡 148
酬乐天扬州初逢席上见赠 … [唐]刘禹锡 150
画菊 ………………………… [宋]郑思肖 152
登飞来峰 …………………… [宋]王安石 154
月下独酌·其一 …………… [唐]李白 156
书愤 ………………………… [宋]陆游 158
南乡子·登京口北固亭有怀 [宋]辛弃疾 160
漫感 ………………………… [清]龚自珍 162
临安春雨初霁 ……………… [南宋]陆游 164

赴戍登程口占示家人·其二 … [清]林则徐 166
自嘲 ………………………………… [现代]鲁迅 168

诗词 AB 面

139 | 古人的登楼抒怀情结从何而来
141 | 登高赋诗还是古代士大夫评判的重要标准
141 | 登高而悲的"农山心境"
143 | "嗜酒见天真"
145 | 王维为什么被称为"王右丞"
147 | 关于"原上草"喻义之争
149 | 诗词中的"渡口"
151 | 闻笛赋
151 | 烂柯人
153 | 南宋诗人的"枯菊"情结
155 | 不动声色地用典
157 | 李白之死和月亮有关?
159 | 陆游为何在南宋词坛地位不高
161 | 辛弃疾推崇孙权的真正原因
163 | 最有名的句子是写给神仙的
165 | 乐景中的哀情
167 | 老头皮:发牢骚的戏谑之语
169 | 鲁迅笔下"嘲"的力量

诗词小真相

165 | 陆游的"杏花春雨"
169 | 鲁迅对"孺子牛"的阐述:从父子爱到家国情

名人万花筒

139 | 王之涣"旗亭画壁"
141 | 屡谏屡降的诗人——陈子昂
143 | 杜甫眼中的"谪仙人"李白
145 | 诗中之佛——王维
147 | 十六岁"赋得"——白居易
149 | 抗暴英雄——刘禹锡
151 | 刘白唱和的惺惺相惜
153 | 史上最耿直的诗人——郑思肖
155 | 被政治耽误的文学家——王安石
157 | "盛唐气象"代表人物——李白
159 | 为国恨家所累的诗人——陆游
161 | 官场失意的诗人——辛弃疾
163 | 天才诗人龚自珍的成长故事
167 | "睁眼看世界第一人"——林则徐
170 | 本章知识小问答答案

爱国篇
AIGUOPIAN

自古以来，孟子「达则兼济天下」的教诲影响了无数文人墨客，陆游「位卑未敢忘忧国」的告诫激励了不少仁人志士。爱国，是华夏儿女解不开的情结，也是中华民族的优良传统。爱国诗篇，更是我国古代文化经典中的不朽篇章。

《诗经》，中国历史上第一部诗歌总集，保存了商周至春秋时期的诗歌共305首。

诗经·秦风·无衣

岂①曰无衣？与②子同袍。
王于兴师③，修我戈矛，与子同仇④！
岂曰无衣？与子同泽⑤。
王于兴师，修我矛戟，与子偕作！
岂曰无衣？与子同裳。
王于兴师，修我甲兵，与子偕行！

解读赏析

"危难之时，同仇敌忾。"

此诗以一个士兵的口吻讲述战友间的关怀和鼓励，表现了秦国军队奋力抵御外敌、保卫家园的精神。每段只是改换中心词，循环往复，一唱三叹。此诗很有民歌风味，翻译成现代汉语也要注意押韵，保留它的音乐性特点：谁说没衣穿？与你同穿一战袍。秦王派兵去打仗，修整我的戈与矛，与你共同把匪剿！谁说没衣穿？与你同穿一件里衣。秦王派兵去打仗，修整我的矛与戟，与你一起从军去！谁说没衣穿？与你同穿一件裙。秦王派兵去打仗，修整护甲与兵器，与你一起战场行！国家遇到危难，秦王立即派遣军队，整首诗充满昂扬的斗志。战友间的互相扶持、同仇敌忾，就在这重复的咏叹中展现出来了。这战歌若是在军中唱响，一定会士气大振。

①岂：难道说，表示反问语气。②与：跟。③兴师：出兵打仗。④同仇：共同御敌。⑤泽：通"襗"，贴身衣物。

赋、比、兴具体指什么

"赋比兴"是《诗经》首创的诗歌手法，大大丰富了《诗经》的艺术色彩。"赋"就是铺陈直叙地行文，将连续的人物、事物和景色一一呈现，层次分明，结构清晰，相当于现代文章表现方式中的"记叙"。比如《七月》按时间顺序记录了农民家庭春夏秋冬的辛勤劳作，篇幅较长但叙事流畅。"比"就相当于现代的比喻修辞，通过寻找本体和喻体之间的相似性构建诗句，比如《淇奥》说君子如金如锡、如圭如璧一样精致可贵。"兴"就是先言他物再言此物，触物生情，以物说理，两物的本质有相通之处。比如说《关雎》，先描绘"挚而有别"的关雎鸟之间的亲密，再说青年男女之间合乎分寸的爱情，过渡自然，增加审美意趣。这三种手法对后世的诗歌创作影响深远。

古代兵器小科普

矛、戈、戟都是春秋战国时期常见的冷兵器。矛由木竹质的矛柄和金属的矛头组成，矛头呈锥形，两侧有刃，整体较长，形似后世的"枪"，用于远程刺杀；戈也有木柄，但戈头与柄垂直。戈头有双刃、尖锋，穿绳与柄相连，形似今天的斧头，可用于较近距离的钩、啄、割。戟既配有尖头的矛，又配有侧边的戈，远近皆可攻，杀伤力最强。

孔子为什么说"不学诗，无以言"

《诗经》是我国最早的诗歌总集，是现实主义文学的开端，它不仅具有审美和教化功能，还有政治功能，在春秋战国时期的外交活动中扮演着非常重要的角色。使臣到别的国家，在宴饮的时候，是要根据等级奏乐唱诗的，而且几乎都来自《诗经》。政治家间的酬谢、谈判往往借助诗歌的隐喻来传达。这样一来，《诗经》就被后世的经学家解读出了"美""刺"等政治映射，体现在"小序"里。儒学家们解释这些诗歌的文意，也都是围绕着小序展开论述的。小序就是诗歌的主题，往往是一个政治事件，通常与诗句内容没什么关联。如《周南·关雎》："窈窕淑女，君子好逑"，表面上说好的男女成为一对，小序却说是歌颂"后妃之德"，周王的妃子顺从恭敬，还帮其物色新的女子共同服侍周王，有贤惠的德行；《郑风·山有扶苏》："不见子都，乃见狂且"，表面上是恋人间的打情骂俏，小序却说"刺忽也"，是讽刺郑昭公忽在婚姻大事上的轻率，而且不重用人才。如果不了解背后的历史事件，也就读不懂小序的"诗旨"了。《诗经》与政治捆绑在一起。《左传》记载，楚国被吴国侵犯，派申包胥去秦国请求援助。面对无动于衷的秦哀公，申包胥在秦庭上哭了七天。秦哀公最终被感动了，他赋诗《秦风·无衣》，"与子同袍""与子偕作"，表明愿与楚国一同作战。孔子说"不学诗，无以言"，如果不了解《诗经》的内容，申包胥又怎么听得懂秦王已经答应了呢？由此可见《诗经》的地位有多高。

> **知识小问答**
> "不学诗，无以言"出自我国历史上哪位名人？（　　）
> A. 孔子　　B. 孟子　　C. 李白

屈原，芈姓，屈氏，名平，字原，战国时期楚国伟大的文学家、政治家。

九歌·国殇[①]

[先秦] 屈原

操吴戈兮被犀甲，车错毂[②]兮短兵接。
旌[③]蔽日兮敌若云，矢交坠兮士争先。
凌余阵兮躐[④]余行，左骖殪[⑤]兮右刃伤。
霾两轮兮絷[⑥]四马，援玉枹[⑦]兮击鸣鼓。
天时坠兮威灵怒，严杀尽兮弃原野。
出不入兮往不反，平原忽兮路超远。
带长剑兮挟秦弓，首身离兮心不惩。
诚既勇兮又以武，终刚强兮不可凌。
身既死兮神以灵，魂魄毅兮为鬼雄。

"国殇：替死去的人吐露的心声。"

　　此诗是屈原的骚体组诗《九歌》的第十一篇，是他为悼念楚国战死的士兵而作的祭歌，以一个主帅的视角，先记录战争的残酷和血腥，最后言说自己为国捐躯、誓死而归的精神。

　　前八句直接描写战况：战士们手持吴戈、身披犀甲，战车纵横交错，两方短兵相接，进行激烈的厮杀。战旗遮天蔽日，敌军如云涌上，弓箭交相坠落，战士们争先搏斗，但是敌我悬殊，难以预测。敌方乱我战阵，践踏我的队伍，我战车的左侧骖马倒地死去，右侧骓马也负了伤，情况危急。即使如此，我也拉住要后退的战车，拴住要逃跑的马，手持玉槌敲击战鼓，绝不退缩。这八句涉及车、马、人、武器等战场实物，混乱中呈现出刀光剑影，也刻画了面对敌军强大实力勇不退缩、战斗到最后一刻的战士们。从一个"敌若云"，已经可以预测到最终胜负了。但下句交代战争结局，运用想象手法突出悲惨：至高的上天在怨恨，威严的神灵已愤怒，严酷的厮杀中战士尽死，尸横遍野。诗人形容此战已经震动了神灵，可见有多惨烈。此句作转折，下面八句是死去战魂的心声：出来打仗就不再回去，前进了就不再后退，尽管平原茫茫路途遥远，我视死如归。身佩长剑和秦弓，身首异处也心无悔意。我着实勇敢又威武，终究意志刚强，不忍被辱。身虽已死，但灵魂依然聪慧，我的魂魄刚毅无比，死了也是鬼中雄才。

　　本诗是一首代表楚辞浪漫主义风格的典型诗歌，写实中带有浓墨重彩的艺术加工和鬼魅的想象，虚实结合，雄浑悲壮，给人以极大的震撼。

①国殇：为国而死的人。②毂：车轴。③旌：军旗。④躐：践踏。⑤殪：死。⑥絷：拴马。⑦枹：鼓槌。

"投躯报明主，身死为国殇"

"国殇"指为国事而牺牲的人，诗中指为国捐躯的烈士。战国时诸侯混战，楚国在怀襄时期君主昏庸无能，致使佞人掌权，在与他国的交战中屡屡取得败绩，战士们伤亡惨重，却因战败而不能归国安葬，只能暴尸荒野。本诗创作之际屈原本人也遭遇排挤诽谤，愁肠百结化作悲壮之词，成不朽名篇，后人便称烈士为"国殇"。据《礼记》《说文解字》《小尔雅》所释，"殇"有未成年而死、意外死亡之义。

拉车的马还分左右？

春秋战国时期诸侯混战，战车的数量是衡量军事实力的重要因素之一。当时的战车用马拉，马的数量和乘客的等级有关，《王度记》："天子驾六，诸侯驾五，卿驾四，大夫三，士二，庶人一。"到了战国，战车一般用三匹马拉，中间的马叫"服"，左侧的马叫"骖"，右侧的马叫"骈"。人坐的区域叫"舆"，主帅在中央指挥战斗，驾车的人在左，勇士在右，手持武器以御敌，各有分工。

楚怀王左徒——屈原

提到屈原，人们往往会想到他的《离骚》《九歌》《九章》等文学作品，并将其视为一个文学家。但实际上，屈原在遭到楚王流放写作这些诗歌之前，首先是对当时楚国内外的政治局势有重要影响的政治家。如果忽略了这一点，就很难理解屈原在诗歌中表达出的那种深切的忧怨。

屈原出身于楚国贵族屈氏，从小接受了良好的贵族教育。司马迁评价他是"博闻强识""娴于辞令"，说明他不仅博学多才，而且口才极好。屈原20多岁做了楚怀王的左徒。左徒比楚国的宰相令尹只低一级。他可以直接和楚王讨论国家大事，发布号令，对外接待宾客，应对诸侯。楚王很信任他，还让他草拟法令，推行改革；又让他出使齐国，联齐抗秦。由此可见，屈原曾是楚国兼管内政外交的重要官员。但他在楚国推行的改革，损害了楚国旧贵族的利益，招来了这些人的反对和嫉恨。他们依附于怀王的宠妃郑袖和公子子兰，在怀王耳边说屈原的坏话，怀王听信谗言，因此才逐渐疏远了屈原并最终将其流放。

屈原在流放过程中创作的那些伟大的文学作品，不仅仅是他个人文学才能和思想情感的展现，更代表了那一时期文学发展的最高水平。同时再一次印证了"辞，穷而后工"这一铁律，屈原的文学成就，也与他的这一遭遇有极大关系。

我国古代"大夫"之职出门驾车可用几匹马？　　　　　　　　　　　　　　（　　）
A. 三匹　　　B. 四匹　　　C. 五匹

杨炯，华州华阴人，唐代文学家，与王勃、卢照邻、骆宾王并称"初唐四杰"。

从军行

[唐] 杨炯

烽火照西京①，心中自不平。
牙璋②辞凤阙③，铁骑绕龙城④。
雪暗凋旗画，风多杂鼓声。
宁为百夫长，胜作一书生。

解读赏析

"战士和书生，职责不同，面对卫国的战火，气节相同。"

杨炯借用乐府旧体，用铺陈叙事加言志的传统结构，记叙一个投笔从戎的文人参与战争、保家卫国的过程，表现出了诗人的爱国情怀。

首联写外敌入侵的紧急状况：边地烽火燃起，军情传到国都，文人的心中颇不平静，热血满腔，不愿再做文弱书生，从此立志上战场。一个"自"彰显出诗人"天下兴亡，匹夫有责"的社会责任感，奠定了本诗昂扬的情感基调。

颔联写朝廷火速出兵的场景。将领握着"牙璋"兵符的一半，辞别"凤阙"，即皇宫，迅速到达战场，勇武的铁骑包围了龙城。一个"绕"字彰显出军队强大的实力和平定叛乱的决心，更渲染出战前紧张的态势。

颈联进入战斗状态，但诗人不直接写战场厮杀，而是先从视觉上描写大雪纷飞，天昏地暗，队伍的象征——军旗都黯然失色；再从听觉上写狂风呼啸，与鼓声混杂在一起，展现边地恶劣天气，暗示战争激烈，反衬战士们的英勇无畏。

尾联言志，直抒胸臆：宁愿在军中做低级官员、在战场厮杀，也比做一个安居书房、悠游过活的书生要好得多，抒发了诗人渴望投笔从戎、保家卫国的豪情壮志，酣畅淋漓，毫无保留。

此诗每一联都严格对仗，将文人的典雅和武士的豪放结合起来，在形式和内容上都力求完美，在初唐文风奢靡的背景下显得别具一格。

---

①西京：今西安，这里指国都。②牙璋：古代皇帝命令发兵的兵符，代指奉命出征的将领。③凤阙：汉建章宫的圆阙上有金凤，故以凤阙指皇宫。④龙城：汉代匈奴聚集地，即为战场。

古代兵符怎么总要分两半

在中国古代，皇帝控制军政大权，兵符就是皇帝调遣军队的凭证。"牙璋"就是兵符的一种，由玉石制成，边缘有刃，分凹凸两块，相合处呈牙状。此外，"虎符"是最常见的兵符，是一种金属制的虎形调兵凭证，背面刻有铭文，也分为两半。古代兵符大多制成两半，一半存于朝廷，一半发给统兵将帅或地方长官，需要两半吻合才能出兵，主要目的是"集权中央"，这也是"符合"一词的来源。

"百夫长"比"书生"高了几个 level（等级）

"百夫长"在古代是百人左右军队的长官之职，放在今天，"三十为排，百人为连"，"百夫长"是"连长"之职，对应"股所级正副职科员"，也就是有一定级别的公务员。据公务员录用相关规定，按最低学历，高中和中专毕业生被录用时被任命为中专级办事员，是最基础级别，从"中专级办事员"升级到连长职"股所级正副职科员"，须连升两级，立功四次。如此看来，按照今天的标准，"百夫长"比基础级"书生"至少高出两级。

王杨卢骆当时体

历史上一个朝代的兴盛需要几代王者的努力，文学也一样。我们看到的"声律风骨兼备"的盛唐诗歌，是近百年初唐诗孕育的产物 初唐是文学大变革、大创新的时期，在绮错婉媚的"上官体"宫廷诗风占主导的背景下，王勃、杨炯、卢照邻、骆宾王四位诗人横空出世，以革除文坛浮躁之风、终结诗歌颓靡之势为己任，创造出大量清新刚健的作品。

以《从军行》为代表，杨炯在五言律诗的规范化和边塞诗歌的面貌上做出了开创性的功绩。这首诗不仅每一联对仗，而且多句句内对仗：烽火对西京，牙璋对凤阙，铁骑对龙城，雪对旗，风对鼓；平仄上完美符合律诗"粘对"的要求，韵律上属于"首句入韵式"，将诗歌工整严密、精雕细琢、音乐性强的特点发挥到极致，这是对饱受诟病的前朝文风的批判性继承，而且思想感情上又脱离了官体文的享乐主义。除了诗歌创作，他还在《王勃集序》中阐发了自己的诗歌理论，认为没有风骨的对称美，是空虚的、腐朽的，如今正是变革的时代。他称赞王勃《滕王阁序》的革新之功："积年绮碎，一朝清廓，翰苑豁如，词林增峻。"

明代胡应麟夸赞"初唐四杰""近体铿锵，下开百世，其功力匪貌小也"，他们的文学史意义在于破旧立新。扫除旧习多遇阻力，往往自身仍在此山中，比如他们的文章多为骈体，用词华丽，诗歌也受限于格律，因此受到不少批评指责。但杜甫在《戏为六绝句》中批判了这些苛求古人、过河拆桥的声音："王杨卢骆当时体，轻薄为文哂未休。尔曹身与名俱灭，不废江河万古流。""初唐四杰"在诗歌内涵和气韵的增广方面迈出了历史性的一步，这点不容忽视。

"百夫长"比"书生"高了几个 level？　　　　　　　　　　　　（　　）
A. 负一个　　　B. 一个　　　C. 两个

王昌龄，字少伯，河东晋阳（今山西太原）人，盛唐著名边塞诗人。

出 塞

[唐] 王昌龄

秦时明月汉时关，
万里长征人未还。
但使龙城飞将①在，
不教胡马度阴山②。

解读赏析

"唐人七绝的压卷之作。"

此诗是组诗《出塞》的第一首，是唐代边塞诗的代表作，也是诗人七言绝句的代表作。诗人身在西域，体验自然恶劣、战争残酷与军旅艰辛，眼看边乱不断，在此诗中借秦汉之事，讽刺当朝穷兵黩武却剿匪不力，盼望良将出现，能够早日平定边关，使战士归家，百姓安居乐业。

诗歌开篇，就把整个情景安置在边疆的自然风光之下：皎皎明月，寂寂关口，俯仰之间，好似天地间别无他物，荒凉而寥廓。"明月"与"关"本是边疆夜色的常景，而为何说是"秦时明月""汉时关"？这里诗人运用了互文的修辞手法，所以此句要把上下两部分参互理解：秦朝、汉朝的明月和关口，至今未变，更有言外之意：边关战事自秦汉以来一直未停歇。诗人的这一句景色描写，笔触粗粝，极尽写意。由眼前的景色，诗人想到如今战事胶着的现实，经过万里长征，战士们仍旧不能回家。他也是其中一分子，此刻思乡之情涌上心头，不知万里之外的亲友们有没有想念自己呢？

接着笔锋一转，回忆古事，浮想联翩：若是此时"龙城飞将"还在，一定不会给胡人越过阴山的机会，又怎么会像现在这样，久陷战争泥潭无法脱身？"龙城飞将"是诗人用典，代指奇袭龙城的卫青，和"飞将军"李广，二人都是西汉骁勇善战、战功赫赫的名将，为汉代的边关安宁做出过巨大的贡献。诗人盼望着能有这样卓越的将领指挥军队打胜仗，保卫祖国的安宁，终结战争给人们带来的灾难。

这首诗篇幅短小，情感却复杂。情景交融，用典自然，修辞恰当，韵律严整，明代诗人李攀龙曾经推举它为唐人七绝的压卷之作。

---

①飞将：指汉朝名将李广，匈奴畏惧他的神勇，特称他为"飞将军"。②阴山：昆仑山的北支，起自河套西北，横贯内蒙古自治区中部及河北省最北部，是我国北方的屏障。

"龙城飞将"还是"卢城飞将"？

本诗中的"飞将"一般认为是西汉名将李广，他长期戍守北部边境，以英勇善战著称，匈奴称之为飞将军，一听到他的名字就畏惧、惊退。而对于诗中的"龙城"究竟指何处却一直存在争议。史书上说龙城又叫"茏城""龙庭"，在汉代是匈奴祭天的城市，在北方边塞之地。但在宋朝王安石《唐百家诗选》中，有关学者将"龙城"改为"卢城"，认为传闻中卫青、李广大破匈奴按地理应是"卢城"，后又有学者争论"龙城"不过是象征性的地名，并非特指某一具体城邑。而王昌龄取"龙城"一词，是出于音律的需要，使诗句达到音、义、色俱佳的境地。

北方游牧民族对"阴山"究竟是爱是恨？

阴山位于我国内蒙古自治区中部，在历史上既是我国北方游牧民族自我防御的屏障，也是他们想要越过的高峰，只要越过，他们便可享受优质的自然条件，福泽万代。为此，他们与中原政权展开过无数次战争。与此同时，中原也无数次想跨过阴山统领北方游牧民族。贞观四年（630年），李靖率三千精骑进驻恶阳岭，在阴山大破突厥，斩首万余级，俘获人口十余万，巩固了大唐对西北边陲的统制。王昌龄在此诗中提到"阴山"，是隐喻这一历史事件。

人缘极好的"七绝圣手"——王昌龄

王昌龄人称"七绝圣手"，尤擅作七言绝句，现存诗歌180余首，赠答送别诗50余首，情感真挚，发自肺腑，少对声色犬马的流水记叙或觥筹交错间的官场敷衍，故多有名篇，与此同时，王昌龄性格上不拘小节，随和、重情，与李白、孟浩然、岑参、高适、王之涣等都是好友，在"圈内"有人缘极好之名声。

他赠了很多诗给朋友，朋友也写了很多给他。两次遭贬，都有许多好友写诗同情他、鼓励他，替他叫屈，比如孟浩然的《送王昌龄之岭南》、岑参的《送王昌龄赴江宁》、李白的《闻王昌龄左迁龙标遥有此寄》。他与孟浩然的故事也叫人感叹。有一年夏天，孟浩然背上长了一个脓包，病情加重，医生嘱咐他切忌鱼鲜。第二年春天，王昌龄从贬谪之地岭南归京，官复原职，路过襄阳探访孟浩然。看老友劫波渡尽，孟浩然欣喜万分，用襄阳名菜鳊鱼招待他，二人纵情宴饮，结果旧疾复发，还没等到王昌龄离开襄阳，孟浩然就猝然离世了，享年五十二岁。可见文人的真性情，到了连命都抛之脑后的地步。

古人没有微信和Skype（即时通信软件），路途遥远，一别就是数年，若去了偏远地区，连书信都很难寄到，所以他们十分重视离别。但是在王昌龄的赠别诗中，我们很难看到那种极度灰色的字眼，他深知离别愁苦、人生无常，文人又在离别时格外敏感，于是他不愿再给朋友增加心理负担，所以即使难舍难分，境遇困苦，他也能以诗与友人共勉，表达随遇而安的乐观，抒发兼济天下的信念。如此细腻的情思，一定是真正让自己设身处地为他人着想才能产生的。而王昌龄能够收获那么多好友，也在情理之中了。

 有学者争议"龙城飞将"的"龙城"原是哪座城？　　　　　　　　　　（　　）
A. 山城　　　B. 阳城　　　C. 卢城

李贺,字长吉,汉族,唐代河南福昌(今河南洛阳宜阳县)人,后世有"诗鬼"之称。

雁门太守行

[唐]李贺

黑云压城城欲摧,甲光①向日金鳞开。
角声满天秋色里,塞上燕脂②凝夜紫。
半卷红旗临易水,霜重鼓寒声不起。
报君黄金台上意,提携玉龙③为君死。

"为报君恩,愿手操宝剑,为君而死。"

此诗极尽想象,描绘了一幅浓墨重彩的战场厮杀图,杀气滚滚,叫人胆寒。

首联运用比喻,以厚厚的乌云比喻敌军来势汹汹,整座城市即将被摧毁,"压"字表现出敌我力量悬殊,暗示这场保卫战的残酷。战士们立即集合,严阵以待,铠甲在太阳下折射出金色鱼鳞般的光芒。

颔联结合了听觉、视觉两个维度。号角一吹,响彻秋日的天空;塞上的泥土颜色如胭脂般鲜红,又在夜里变紫,暗喻战士凝结的鲜血。可见战况激烈,连诗人也不敢直陈惨状。

颈联描绘的是夜袭敌军的场景:军旗被风半卷,队伍行至易水,夜深露重,军鼓湿冷,敲起来声音沉闷。行军遮遮掩掩,难以察觉,符合夜袭的背景需要,引用了荆轲刺秦中"风萧萧兮易水寒"的典故,渲染悲壮的气氛。

尾联的言志直接而浓烈,为了报答君主黄金台上的赏赐和信任,我愿手操宝剑,为君而死。此处引用燕昭王筑黄金台招贤纳士的典故,表现将士感激君主赏识、甘愿以死报国的激情,主题得到升华。

此诗描绘了"敌军入侵""军队集合""战场厮杀""夜间偷袭"四个场面,有强烈的画面感。

①甲光:战士的铠甲散发的光。②燕脂:即"胭脂",描写塞外土地泛红。暗指战士的鲜血染红了土地,在暗夜中凝结成紫色。③玉龙:代指珍贵的宝剑。

东风吹，战鼓擂

古时作战用乐器声传递信号。"击鼓进军"是指击鼓命令士兵进击，也能够振作士气。在主帅的战车里一般配有鼓。《左传·庄公十年》，曹刿指挥长勺之战，帮助鲁国打败了齐国，就是凭借对战场上鼓声重要性的深刻认识。在这场战役中，曹刿不和敌军正面对抗，而是等齐军击过三遍鼓之后才发起反击，结果一鼓作气取得了胜利。原来战场上，第一次击鼓可以增长士气，第二次士气就会较之前有所回落，第三遍则将战士的士气消耗完了，由此体现了击鼓的时机对军队士气的重要性。

黄金台是用黄金做的吗

黄金台是战国时期燕昭王所筑用于招揽贤才的高台，但它并不得名于其上有黄金或用黄金筑成，而是得名于典故"死骨千金"。据《战国策·燕策一》记载，燕昭王登基后决定招贤纳士，向智者郭隗请教，并从他那里听说了一个故事：古代一君主等了三年才发现一匹千里马，派臣子购马，但马已死去，臣子却用五百两黄金买来头骨，君主愤而不解，臣子说："死去的千里马您都重金购入，何况是活的呢？现在世人都知道您愿以千金买马，不久他们就会送马过来！"果然不久，就有人送来了三匹千里马。郭隗将死骨比作自己，要求燕昭王重用他，这样就能吸引更优质的人才。燕昭王听了以后重用郭隗，用"黄金台"之名表示他愿当伯乐的想法，不久燕国便人才济济。

李贺的调色盘

李白叫"诗仙"是因为气质脱俗，杜甫叫"诗圣"是因为奉献精神，白居易叫"诗魔"是因为刻苦成魔，我们给诗人美称，大都是宏观上的气场概括。但李贺这个"诗鬼"的称号却来得实实在在，他绝大多数作品里的意象——鬼，我们看得见，摸得着，读起来还脊背发凉。他笔下的仙界和地狱有无数种奇诡姿态，而这种效果的产生，要归功于他手中的"调色盘"。

李贺写诗爱用颜色，《将进酒》里说"桃花乱落如红雨"，是粉与红的细微渐变，是青春的颜色；《南园十三首》里写"小白长红越女腮"，红白花朵如美人，或是朱砂痣，或是白月光；《北中寒》里写"一方黑照三方紫"，北方的冬日天色晦暗，有颜色也是冷冽的紫，叫人望之心寒；《雁门太守行》里有黑、金、红、紫、黄，齐齐泼在战场的画布上，血腥气息盘旋其上，刀光剑影藏匿其中。有时不直接写颜色：《秦王饮酒》"羲和敲日玻璃声"，把白日比作玻璃让羲和敲击，太阳的清脆闪耀，有色又无色，更显仙界恢宏。

色彩能够调动人最直接的视觉感官，使人产生迅速的、强烈的共鸣，不需拐弯抹角。李贺写诗意象繁多，而色彩的运用也是与之相配套的浓稠，否则意象间的区分度就不够大，整首诗读下来，会像没加盐的佛跳墙，浪费了里头的山珍海味。数数《李凭箜篌引》中有多少个妖怪，需要多少种颜色，而李贺却能如调度千军万马一样，使它们分出层次、相得益彰，使人不禁感叹他想象力的无极限。

"黄金台"是用"黄金"做的吗？　　　　　　　　　　（　　）
A. 是　　B. 不是

岳飞，字鹏举，宋相州汤阴县（今河南汤阴县）人，抗金名将。

满江红·写怀

[宋]岳飞

怒发冲冠，凭①栏处、潇潇②雨歇。
抬望眼，仰天长啸，壮怀激烈。
三十功名尘与土，八千里路云和月。
莫等闲、白了少年头，空悲切！

靖康耻，犹未雪。臣子恨，何时灭？
驾长车，踏破贺兰山缺③。
壮志饥餐胡虏肉，笑谈渴饮匈奴血。
待从头、收拾旧山河，朝天阙。

"当国土被夺，这将是我们共同的怒吼——还我河山！"

此词上阕回顾自身经历，表达愤慨之情；下阕展望家国未来，抒发雄心壮志，情感逐渐强烈，感人肺腑。

开头是一系列情感表达：骤雨初停，凭栏远眺，诗人气愤得头发竖立顶起帽子，抬起头仰天长啸，情感激荡，壮志满怀。为何激动至此？此时岳飞看到祖国的大好河山渐渐沦于敌手，他心有不甘。接着他想到自己三十年的赫赫功名，不过是卑微的尘埃；八千里的南征北战，经历了多少日月更替。面对民族的危难，个人的荣辱是那样渺小，而今年华逝去，他感叹：千万不要虚度光阴，否则等到白头就徒增悲伤。这既是勉人，也是自勉。抗金大业，迫在眉睫，朝廷、军队和百姓都要为之努力。

接着，诗人想起眼下的困境，"靖康之变"的耻辱还没洗清，臣子的悲愤何时才能消灭？1127年，金兵攻陷宋朝都城汴梁，烧杀抢掠，掳走徽、钦二帝，北宋灭亡，是奇耻大辱。他恨不得立刻驾驶战车，占领匈奴控制的贺兰山，打仗饿了就吃敌人的肉，谈笑渴了就喝敌人的血——如此不共戴天之仇，必须用这样血淋淋的方式才能偿还。结尾他直抒万丈豪情：待我重整旗鼓，收复失地，凯旋之时再朝见天子吧！岳飞对外敌蹂躏中原、涂炭生灵的切肤之恨，战胜强敌的决心，在此处一览无余。

①凭：倚靠。②潇潇：雨势急骤的样子。③贺兰山缺：贺兰山中险峻的关隘。

宋朝王牌劲旅——岳家军

岳飞曾领导一支王牌劲旅，为抗击外敌做出了巨大贡献。"岳家军"是岳飞奉朝廷之命成立的"行营后护军"。这支部队初期鱼龙混杂，由农民、俘虏和亡命之徒组成，岳飞却能用严格训练和公平赏罚将它改造成"奉令承教，无敢违戾"的正义之师，"冻死不拆屋，饿死不掳掠"，受到百姓的爱戴。宋朝崇文抑武，多数军队缺乏实力，但岳家军却拥有先进的武器，如床子弩、神臂弓和火箭，有优良的战马和粮草，这些多数是从金兵那里夺来的。岳飞带领它收复建康，击败女真骑兵，威名远扬。

"胡虏"一词从何而来

"胡虏"原是中国古代对少数民族的称谓。古代的中原政权凭借优越的地理条件，创造出先进的农耕文明，与其他游牧民族相比具有强烈的心理优越感，便以自己为天下之中。《礼记·王制》记载："东曰夷、西曰戎、南曰蛮、北曰狄。"说他们不懂缫丝耕田，以皮或草遮体，吃生肉，好武力，是不开化的野蛮人。"胡"是春秋战国时期中原政权对西北少数民族的统称，加一"虏"字表示生擒的俘虏，更添蔑视的意味。民族间的冲突与融合在古代从未停止过，而如今的中华民族，各民族之间平等团结、共同繁荣。

何等仇恨，让岳飞恨不能将其餐肉饮血

"壮志饥餐胡虏肉，笑谈渴饮匈奴血"，可能是中国古代诗词史上最"血腥"的一句了。是何等仇恨，让岳飞恨不能将敌人生吞活剥？"靖康之变"到底让北宋遭受了多少耻辱？

1126年，宋钦宗接连让出大片国土，搜刮民脂民膏补金人欲壑以求自保，但还是在次年1月9日失去都城开封，又帮金兵诛杀反抗的军民，在街头设站令平民排队向金军缴纳钱财，发现私藏不纳者便严刑伺候。开封百姓甚至凿开河上的坚冰捞水藻充饥，城内哀鸿遍野。5月13日，金军押解徽、钦二帝北上，叫他俩赤裸上身、披上羊皮向金国君主行投降的牵羊礼，封其为昏德公、重昏侯，将他们囚禁在一四合院里。皇帝受辱还多来自精神，而皇族的女眷却经历了非人的虐待，先是被皇帝论个数卖给金军抵债，后在北上途中遭受侮辱和患上疾病，死亡率高达50%。送到金营后，大批妇女被送进"洗衣院"，也就是军中妓院，其中包括高宗皇帝的母亲和妻子。皇族尚且如此，沦陷区底层百姓的生活，便可想而知了。

后人叹息"靖康之变"，将它列为北宋最屈辱的事件，没有之一，主要是因为，这场惨剧本可以避免。当日金军包围开封，在奸臣的怂恿下，宋钦宗吓得连兵都不出，立刻跑去金营议和后被俘，开封彻底沦陷。这毫无底线的奴性，简直叫人发笑。那些年的北宋，论民不聊生比不过秦末，论国力衰弱比不过明末，末世之相还远远未显露，它的灭亡完全是由朝臣的误判和领袖的软弱造成的。

知识小问答	我国古代最早记载"胡虏"一词的是哪部作品？　　　　　　　　　（　）
	A.《春秋》　　　　B.《史记》　　　　C.《礼记·王制》

李清照，号易安居士，汉族，齐州济南（今山东省济南市章丘区）人，宋代女词人。

夏日绝句

[宋] 李清照

生当作人杰，死亦为鬼雄。
至今思项羽①，不肯过江东。

"铮铮铁骨，从来无关性别。"

这首诗表面上简单易懂，但字里行间的男儿气概、兴亡之理及背后的隐喻，却值得我们一再品味。

诗人开篇便直抒其价值取向：生时应当做人中豪杰，死后也应是鬼中雄才。一个灵魂，或浮或沉，或死或生，都要脱离平庸，积极进取，建功立业。这是诗人的座右铭，更是她评判历史的标准。起笔如此气势高昂，震慑人心。一代才女的柔中之刚，不让须眉，叫人惊叹。

后两句是诗人对其价值取向的延伸解读，更诠释了她心目中的英雄：项羽。人们至今怀念着他，是因为他拒绝渡过乌江，放弃一线生机，选择以死报江东父老之恩，成就一代英豪"宁为玉碎，不为瓦全"的操守。偏安一隅、苟且偷生，让自己的追随者蒙羞，是一个英雄的噩梦，而项羽的自尊心不允许他这样做。这个"不肯"而非"不能"，顿时让人心生悲怆的敬意。本诗到此结束，联想诗人的时代，这豪放笔触背后的芒刺，便指向明确了：南宋的统治者对中华大地四分五裂的状况袖手旁观，躲在江南富庶之地歌舞升平，既无项羽开疆拓土的高远志向，又无他坚守气节的牺牲精神，是民族的罪人。

清人张谦宜评价五绝为"短而味长，入妙尤难"，此诗妙在截于说破的边缘，运用了"当""亦""不"三个语气强烈的虚词，表明诗人不可撼动的原则，再略作思考，讽刺意味更辛辣。

①项羽：名籍，字羽，楚国下相人，楚国名将。

"鬼雄"一词最早出自哪个诗人

"鬼雄"一词最早出自爱国诗人屈原的骚体组诗《九歌》的第十一篇《国殇》，为悼念楚国战死的士兵而作。"身既死兮神以灵，子魂魄兮为鬼雄。"那些为国事而牺牲的人，横尸战场不得归家，但是他们的精神强壮，魂魄武毅，死后也是鬼中第一。诗人引用"鬼雄"，是为了赞颂保家卫国的精神。

项羽的"江东"和"梅长苏"的"江左"具体指哪里

《史记·项羽本纪》记载，项羽逃到乌江边却拒绝渡河："籍与江东子弟八千人渡江而西，今无一人还，纵江东父兄怜而王我，我何面目见之？"留下了"无颜见江东父老"的俗语。在中国古典文献中，"江"专指长江。长江走势自西向东，自然有"江南""江北"，又何来"江东"呢？其实，项羽逃到了今日安徽和县的江边，而此段长江由西南向东北斜流，故有东侧、西侧。项羽所说的"江东"，泛指东侧的安徽部分地区和江苏省，也就是他出生、起兵的老家。而"江东"又称"江左"，因为古人习惯称东为左、称西为右。魏晋南北朝时期，"江左"是以南京为中心的政治、经济和文化中心，物阜民丰，文人渊薮。

是佳眷，还是怨侣？

数起中国古代才子佳人式的婚姻，李清照和赵明诚算是其中典范，合著的《金石录》记录了他们渊博的学识，也唱诵着他们赌书泼墨的爱情。但佳眷难求，怨侣易生，再被看好的感情也可能产生分歧和裂痕。

《夏日绝句》作于"靖康之变"的第二年夏天。有一天，身为江宁知府的赵明诚收到急报：御营统治官王亦要叛变，但他并没有做出职责内的应对措施。当晚王亦出兵，赵明诚却趁夜用绳子从城墙上逃跑了，贪生怕死，置全城百姓安危于不顾，李清照为丈夫严重渎职的行为感到惊讶和羞耻，因为他亵渎了二人相誓要毕生坚守的节操，与他产生了不可消除的隔阂。叛乱平定后赵明诚被革职，虽一年后复职，但宋朝局势江河日下，夫妻二人也被迫南逃，行至乌江，李清照想起了西楚霸王项羽的死，她联想今日境地，百感交集，吟出此诗。夫妻之间的情感，国家的完整和强盛，都不复从前了。两人因为志同道合而相恋，生活的柴米油盐多少会冲淡初心，但是非抉择下的坚守与屈服，却是打击性的，心中的裂痕一旦出现，便无法修补了。

因为此事，赵明诚着愤难当，郁郁寡欢，加上世事动荡不安，便生了急病，不久病逝于南京。而46岁的李清照，带着他留下的半部《金石录》，孤身一人，漂泊于乱世。

"鬼雄"一词最早出自哪个诗人？　　　　　　　　　　　　（　　）
A. 李商隐　　　B. 李清照　　　C. 屈原

陆游，字务观，号放翁，山阴（今浙江省杭州市）人，南宋诗人。

示 儿

[南宋] 陆游

死去元①知万事空，
但悲不见九州②同。
王师北定中原日，
家祭无忘告乃翁③。

解读赏析

"忠愤之气，落落二十八字间。"

此诗为陆游的绝笔，作于嘉定三年（1210年），可以看作诗人的遗嘱。在生命的尽头，诗人依然念念不忘自己抗击外敌、收复失地的理想抱负，我们既可以从诗中看到诗人的爱国豪情，也可以看出一位老人临终前对于生命和时局的无奈和不舍。

首句即为诗人自述："我原本也知道，死去之后，万事皆空"，然后以"只是悲哀于没有看到九州统一，国土完整"相承接。前后两句形成对比，尤其是诗眼"悲"字，既铸成全诗沉郁的基调，又与前一句"空"字形成对照。本来对死亡已经无所畏惧，但还剩下国家未能统一的遗憾，表达出作者的悲愤之情。

相比于前两句，第三、四句形成转折："等到将来国家的军队收复北方失地的时候，祭祀我的时候别忘了告诉我一声。"诗人坚信未来有一天国家的军队一定可以平定中原收复失地，由悲愤化为坚定的信念和美好的希望，同时又将这种信念和希望传递给子孙，越发看出年迈的诗人爱国之情的真挚厚重。

全诗文辞质朴，浑然天成，没有雕琢之意，全为真情之流露，越发见出情感之饱满。诗句中有悲愤、有遗憾，但更重要的是对于国家的热爱和信心，对于未来的期盼和希望，是一首豪迈之作。明代胡应麟评价其"忠愤之气，落落二十八字间"。

①元："元"通"原"，原本。②九州：相传大禹的时候，天下分为九州，分别为豫州、青州、徐州、扬州、荆州、梁州、雍州、冀州、兖州，后泛指天下。③翁：假借为"公"，父亲。

"九州"划分还和泥土有关？

古人把中原划分为"九州"，豫州，今河南、山东，土地是黑色的；徐州（又名正东青州），今天的山东、江苏、安徽，土地是红色的黏土；冀州，今山西、河北、河南等省，白色土壤；兖州，今河北，河南，黄河下游，黑色土壤；青州（又名东北幽州），今渤海、山东半岛，肥沃白壤；扬州，今江苏、安徽、江西，潮泥土；荆州，今湖北、湖南，泥土较潮湿；梁州，今陕西、四川、甘肃、青海，黑色泥土；雍州，今内蒙古、宁夏、甘肃河西、新疆，黄色土壤。难道"九州"划分还和泥土有关？事实上，这是古人以山水为界，区域划分的错觉。

传统"家祭"对比"网上祭祖"，你支持谁

传说汉时有一个叫丁兰的青年以砍柴为生，常因母亲未能按时送饭偶尔回家发发脾气。有一天，看到乌鸦反哺的现象有些触动，刚好看到母亲，便激动地迎过去，母不解其举，看到儿子手中的砍柴刀，惊慌之余，失足落河。丁兰救援不及，只得一木，于是以之为母日夜祭拜，奉烛，供食，这一孝举流传民间，成为日后人们祭祖习俗的由来，传承至今。

祭祀文化到今天，衍生出了网上祭祖。各类祭祀网站上用户可以自主创建纪念馆和网上陵墓，可以直接用鼠标点击和拖拉"供品"和"祭品"，模拟完成动作逼真的献花、点烛、烧香、献祭品等传统祭奠活动；也可以敲击键盘发表留言、追忆文章以表达对逝者的思念。

诗人之外的教育家——陆游

你所知道的陆游是一位著名的爱国诗人，有无数名作流传给后人。

与此同时，陆游还是一位不为人知、当之无愧的教育家。在他的一生中，有一百多首诗和一篇《家训》留给子孙，是为了教导他们成为有才有德的人。在《家训》中，他这样教育后人："对于才思敏锐的年轻人，更应该严加管束。让他们熟读儒家经典，训导他们做人必须宽容、厚道、恭敬、谨慎，不要让他们与轻浮浅薄之人来往。就这样十多年后，他们的志向和情趣会自然养成。我这些话，是给后人防止过错的良言规诫，都应该谨慎对待，不要留下遗憾和愧疚。"语句非常诚恳细致，被认为是古代家训的典范之作。除此之外，陆游还亲自教育儿子读书要有方法："重要的是对于课本知识能够充分融会贯通，就像大禹治水因势利导，庖丁解牛自然顺畅一样。"（沛然要似禹行水，卓尔孰如丁解牛。）孩子读书很多了，做父亲的又怕他钻入死读书的牛角尖里去，告诫他："从课本上得到的知识是浅白的，要深刻理解这些道理必须亲自实践。"（纸上得来终觉浅，绝知此事要躬行。）可以说，陆游的教育理念即使在今天也是非常先进的。在陆游的言传身教之下，陆游的七个儿子最终都成为品行优秀、有才有识的人才。虽然他们没有自己父亲那么高的名气，但也算没有给父亲丢脸。

> **知识小问答** 本诗中"九州"具体不包括以下哪一个州？　　　　　　　　　　（　　）
> A. 扬州　　B. 荆州　　C. 柳州

文天祥，初名云孙，字宋瑞，南宋末政治家、文学家、爱国诗人、抗元名将。

扬子江

[宋]文天祥

几日随风北海游，
回从扬子大江头。
臣心一片磁针石①，
不指南方②不肯休。

"有的人，他活着，是为了多数人更好地活。"

这首七绝作于宋恭帝德祐二年（1276年），文天祥以右丞相的身份代表宋朝与元政权谈判，被元人扣押北上又在镇江逃脱，北行绕过沦陷区，从长江口南下，曲曲折折才回到南宋退守的福州。南逃途中历经九死一生，他庆幸未被俘虏，一心想回到朝廷，继续进行抗元大业。此诗表达了他逃出生天的激动和忠于祖国的赤诚。前两句交代了近日行程：这几天随风在北海漂流，迂回曲折地到达扬子江口。诗人的叙述口吻平平淡淡、毫无波澜，好似一次海上旅行，而这背后却是他被俘北上又虎口脱险的现实，如此言说，更显一位英勇男儿面对绝境时的沉着与苦涩，只有一个"回"字，还带着一抹波折的色彩。然而，后两句的情感表达完全不似前两句的压抑，而是轰轰烈烈：臣子的心就像指南针，不指着南方绝不罢休。文天祥归心似箭，回到福建后又立即投入抗元的斗争中。可见诗人已经把自己的命运投映在国家的命运中，不计个人得失，牺牲小我，成就大业，此诗行文简洁明快，一气呵成，情感发自肺腑，具有强大的艺术感染力。

①磁针石：指南针。②南方：指南宋王朝。

"磁针石"是什么

磁针石即为指南针,是中国古代四大发明之一。战国时期,人们利用磁石指示南北的特性制成了指南工具——司南,它由磁制小勺和铜制底盘组成,使用时放平,勺柄指南,勺头指北。宋代科学著作《梦溪笔谈》中记录了人工制磁的技术,造出了指南鱼。把薄钢片剪成鱼形,顺子午线方向淬火使钢片磁化,置于水中便可指示方向。指南针在北宋末年传入欧洲。到了元代,指南针的准确度大大提高,广泛应用于航海业。

古人对长江都有哪些称谓

长江是我国第一大河,流经青海等十一个省区,不同时代、不同流域的人对长江的称呼都不同。在古代汉语中,"江"专指长江。如《山海经·西山经》:"嶓冢之山,汉水出焉。东南流,注于江。"汉代以后始称"大江",六朝以后通称"长江"。隋代扬州有扬子津渡口,这一段长江便得名为"扬子江"。隋代诗人柳辩在《奉和晚日扬子江应制》诗中写道:"千里烟霞色,四望江山春。梅风吹落蕊,洒雨减轻尘。"明代后期,欧洲商人开始在长江下游经商,便以扬子江代称整段长江。

文天祥为何给自己的诗集取名《指南录》

1276年,文天祥在元兵手底下逃了出来,隐姓埋名,颠沛流离,好不容易上了艘船,他的心里就一件事:回家。沿直线火速南下是最快的,可四周全沦陷了,只得绕道北海,辗转中坐上了去往福建的船,稍微安定下来,想着自己这条捡回来的命,看看身后任人蹂躏的国土,心如刀绞,于是提笔作出数诗,并把《扬子江》的最后一句"不指南方不肯休"拿出来,作为诗集的名字《指南录》。除了国事,这本诗集未提其他事;除了南归,文天祥没有其他心思。他在《指南录后序》里计算跟死神擦肩而过的次数:喝骂元军首领时,应该死了;与人争论是非曲直,应该死了;京口逃出来时多遇不测,应该死了;被真州——祖国的城市驱逐,很想自杀;在荒山野岭中躲避元人骑兵,若是被抓回去,也是一死……数着数着,口气越来越淡漠,好像在数自己吃了几顿饭。其实痛苦过后的追思,无异于二次创伤。"呜呼!予之生也幸,而幸生也何为?"他感激生命,却将个人生死置之度外,这次重生,他把自己完全交付给国家,毫无保留。彼时的南宋王朝,连在临安城歌舞升平都做不到了,节节退败,勉强在福州落脚,而元朝的铁骑还在逼近。文天祥一刻也没有耽误,到福州投奔新皇帝宋端宗,参军入伍,再次北伐。每次翻阅《指南录》都会惊讶:一次次的磨难,一句句的羞辱,他怎么能如此长久地保持愤怒,守住初心?黄宗羲说"慷慨赴死易,从容就义难",当他游走在生死边缘,大概也知道,如果死在南归的途中,会更轻松地赢得身后名。大厦将倾,君主软弱,他比谁看得都清楚。只是他更知道,家在南方,南方有光,有光就不能放弃希望。

知识小问答 长江在我国古代又被称为什么江?　　(　　)
A. 孟江　　B. 扬子江　　C. 乌江

辛弃疾，字幼安，南宋豪放派词人、将领。

破阵子·为陈同甫赋壮词以寄之

[宋] 辛弃疾

醉里挑灯看剑，梦回吹角连营。
八百里①分麾下②炙，五十弦翻塞外声。沙场秋点兵。
马作的卢③飞快，弓如霹雳弦惊。
了却君王天下事，赢得生前身后名。可怜白发生！

"人生最痛苦的，是梦醒了无路可以走。"

  此词记录了辛弃疾在醉态中入梦又逐渐清醒的过程，刻画了一个渴望报国杀敌却无门的战士形象。第一、二句将读者带入情境：一个深夜，词人大醉，挑亮了灯，观看自己的剑，逐渐入梦，回到了角声阵阵的军营。此句用五个动词"醉""挑""看""梦""回"展现词人如今的精神状态：借酒消愁，庸庸碌碌，沉溺于昨日辉煌，心里是不被赏识的苦闷和杀敌报国的雄心壮志。接着描绘了梦境里的战场生活。把牛肉分给部下作为犒赏，各类弦乐演奏铿锵的塞外军乐。秋日里，沙场正在庄严阅兵，这是战前准备。战场上，马如同的卢一般飞快，弓箭如雷鸣般使人心惊。词人不写将士冲锋陷阵的英勇，却用战马和兵器的光影表现战况激烈，以作衬托。接着写军队凯旋，完成了君王统一天下的大业，自己也获得了今生乃至死后的威名。词人多么希望报效国家、建功立业啊，所以这是一个美梦。突然间词人醒来，一切成空，看看如今的自己遭受主和派的排挤，国家危难无法挽救，他发出了悲凉的感叹：可惜我白发已生，年华老去，恐怕再无施展抱负的机会了！词尾一句，终结所有光辉的幻想，重回残酷现实，使人揪心。此词多处用典，气势磅礴，感情愤慨悲壮，引人共鸣。

①八百里：出自《世说新语·汰侈》，王恺以自己的名牛"八百里驳"与王济比射，王济获胜，取牛心炙烤而食。这里代指牛。②麾下：军旗之下，代指将帅的部队。③的卢：三国时期刘备的坐骑。这里代指骏马。

三国时期的名马你知道几匹

三国鼎立,风云变幻,英雄辈出,他们的传奇故事中,也少不了跟随他们南征北战的骏马。它们以矫健的身姿、非凡的"性能"和忠诚的事迹而声名显赫。赤兔马:本名"赤菟","赤"指它通体火红,无一杂毛,"菟"意为老虎,指它壮硕强悍如虎,由董卓从西域带回,后传给吕布、曹操、关羽。关羽乘着它斩文良、诛文丑,如虎添翼。的卢马,又叫"的颅",额前有白色菱形毛发,眼下有泪槽,特点是灵动矫健。古代相马著作《相马经》认为此马克主,但在刘备避樊城之难时,它纵身跃过数丈宽的檀溪,使刘备摆脱追兵,也成就了"忠马护主"的美名。绝影马、爪黄飞电:曹操的坐骑,来自波斯。"绝影"是说此马奔驰不见踪影,一骑绝尘,在宛城之战中身中三箭仍背负曹操渡过赤水河,随即牺牲;"爪黄飞电"通体雪白,四蹄金黄,势如闪电,曹操爱其非凡气质,故多在打猎、庆功时骑乘。

"马革裹尸"的诗人——辛弃疾

一个深夜,谪居江西的辛弃疾借酒消愁,朦胧中做了个沙场秋点兵的美梦,但醒来后更愁,他想提刀上战场,却只能悲叹"可怜白发生"。这一年辛弃疾48岁,对于一个年轻时"投鞭飞渡""列舰层楼"的男儿来讲,也算壮年,就算有白发,他心里那股劲头其实与少年无异。大诗人们幻想中的自己在战场上英姿飒爽,但没有谁像辛弃疾一样,真正在刀光剑影中穿梭过那么多次:勇擒叛徒张安国;带着敢死队荡平茶寇;组织"飞虎军",雄镇一方。可惜,"飞虎军"被朝廷死死压着,一次重要战役也没打过;《美芹十论》皇帝一句也没听进去。他的奔走呼号,主和派看在眼里,恨在心里,以至于辛弃疾被闲置了几十年,时升时降、任人摆布。他自嘲说自己的姓不好,"辛苦""辛酸",好滋味都"不到吾家门户",却还等着下一次被任用。1204年,朝廷重新起用64岁的辛弃疾为浙东安抚。此时金国和蒙古虎视眈眈,南宋国力衰弱,辛弃疾心知北伐无望,出兵须万分谨慎。而主帅韩侂胄未看清内外形势就轻敌冒进,辛弃疾反对,斗争失势。他悲愤满怀,写下《永遇乐·京口北固亭怀古》。他老了,头发花白,内心矛盾,一遍遍问自己,此时的保守态度,算不算背叛国家,背叛年轻时的那个自己,算不算背叛那夜写的《破阵子》,他觉得无能为力。三年后,命运跟他玩儿了把黑色幽默:朝廷让他到杭州带兵打仗,却出师未捷身先死,在弥留之际,他还大呼"杀贼",最终带着不甘死去。

知识小问答　下列哪匹马是三国时期曹操的坐骑?　　　　　(　　)
A. 绝影　　B. 的卢　　C. 赤兔

文天祥，初名云孙，字宋瑞，宋末政治家、文学家、爱国诗人、抗元名将。

过零丁洋

[宋]文天祥

辛苦遭逢起一经①，干戈②寥落四周星。
山河破碎风飘絮，身世浮沉雨打萍。
惶恐滩头说惶恐，零丁洋里叹零丁。
人生自古谁无死，留取丹心照汗青③。

"覆巢之下，安有完卵？"

　　开篇诗人讲述自身经历，早年刻苦读书，熟于经典，考取状元走上仕途。这是大喜事，为什么要说"遭逢"呢？是因为南宋朝廷面临着外敌威胁的险恶境遇，而他以七尺之躯许国，承担起抗敌的艰巨任务，绝不轻松，所以说"遭逢"。但朝廷兵力衰弱，如四周天空稀疏的星星。此时山河破碎，如柳絮任风摆布，他也经历坎坷，如浮萍任雨敲打。颔联两个对仗的比喻，折射出"唇亡齿寒"的道理。前四句的叙事主体，由自身到国家，再由国家到自身，可见诗人是把自己和民族的命运绑在一起的。颈联是诗人眼下的处境：被敌人押解着经过零丁洋，沦为阶下囚的他感到惶恐不安、孤苦伶仃。元世祖忽必烈亲自劝降，还让他写招降书给南宋大将张世杰、陆秀夫，文天祥拒绝并以此明志。尾联是他的心声：古往今来，谁人没有一死？若我死了，将会留一颗忠心照耀史册，震古烁今。这样豪放洒脱的自我安慰，这样将生死置之度外的境界，激励着古今多少仁人志士为高尚事业做出贡献，真乃千古绝唱。此诗情感层层递进，于结尾处达到巅峰，升华主题，表现出诗人舍生取义的气节。

①起一经：因精通一部经典而被朝廷起用。②干戈：武器，代指卫国战争。③汗青：古代用竹简记事之前要用火烤干青竹里的水分，这里代指史书。

惶恐滩、零丁洋在哪里

惶恐滩是赣江十八险滩之一，1277年文天祥抗元失败，带领部队撤回宋端宗所在的福建时路过此地，这里是诗人昨日的回忆；零丁洋又叫伶仃洋，是珠江入海口处一片水域，1278年末文天祥在广东被俘，押送途中经过零丁洋，这里是今日之景。前一次做了败将，这一次沦为囚徒，加上地名的巧合，激起诗人内心的悲愤。

"四周星"真的是说时间吗

有人认为"四周星"意为"四周年"，符合文天祥1275年至1278年四年抗敌现实，但古代的辞书和文献里并没有说"周星"表示一年，《辞源》释"周星"为"岁星"，而《史记·天官书》记载："岁星，十二岁而周天。"岁星绕一周需要12年。所以有人认为"四周星"就是48年，而文天祥只活到47岁，时间不符。所以此处应指四周天空的星星，"寥落"意为"稀疏"，也比喻前文的"干戈"，形容朝廷的军队兵力弱。另外，此句结尾运用比喻，也与下两句的"风飘絮""雨打萍"相一致，格式上较为和谐。

一心向"南"的诗人——文天祥

文天祥被俘后押到北京，已经夺取中原的忽必烈召见他，他只是行拱手礼，被重锤击膝也拒不下跪。行刑前元人说投降免死，他只是淡淡地问南方在哪里，随后"南乡拜而死"，慷慨就义。文天祥流芳百世，但他的生死观很简单，就是自己对家国天下的价值。1276年在元兵手下逃脱，他觉得自己不能死，还有用，回到福建后立刻参军；此时的他，听闻崖山海战中十万军民投海殉国，心如死灰，却也备受感动。"天祥受宋恩，为宰相，安事二主？"国家亡了，唯一效忠的事业毁灭，他只剩下心中的价值观可以坚守，一臣从属二主的骂名，没必要忍辱承受。这与沽名钓誉者完全相反，因为他有"实业精神"。他生在一个本就建立在半壁江山上的王朝，腹背受敌，但始终没有放弃对国土的守护。正如罗曼·罗兰在《米开朗基罗》中所写的那样："世界上只有一种真正的英雄主义，就是认清了生活的真相后还依然热爱它。"末世英雄身上之所以有更浓重的悲剧色彩，大概也是因为这种"明知不可为而为之"的乐观吧。北京文天祥祠内，他亲手栽种的那棵枣树枝叶向南，大概也是与他心有灵犀吧。

"四周星"与"四周年"是不是同一个意思？　　　　　　　　　　（　　）
A. 是，本诗中"星"为时间单位　　B. 不是，就是四周的星星

陈亮，原名汝能，字同甫，号龙川，学者称为龙川先生，南宋思想家、文学家。

贺新郎·寄辛幼安和见怀韵

［宋］陈亮

老去凭谁说。看几番、神奇臭腐①，夏裘冬葛②。
父老长安今余几，后死无仇可雪。犹未燥、当时生发③。
二十五弦多少恨，算世间、那有平分月。
胡妇弄，汉宫瑟。

树犹如此堪重别。
只使君、从来与我，话头多合。
行矣置之无足问，谁换妍皮痴骨④。但莫使、伯牙弦绝。
九转丹砂牢拾取，管精金、只是寻常铁。龙共虎，应声裂。

"精神上志同道合，是最高贵的友情。"

　　此词是陈亮答辛弃疾《贺新郎·把酒长亭说》的词作，上阕探讨国家局势，揭露掌权者的无能，忧愤满腔；下阕抒发报国壮志并与友人共勉，慷慨激昂。词人开篇就感叹年老无人诉，这符合他与辛弃疾相与酬和的语境。接下来视角变广：看世事变幻，神奇化为臭腐，整个世界如夏穿棉袄冬穿薄衫一般颠倒、荒唐。曾在长安古都的百姓还着的没有多少了，后代们安于现状，不愿雪靖康之耻；如今在世的，都是胎毛未干的婴儿。正如西汉的乌孙公主与王昭君被迫与外族和亲时弹奏的琵琶曲一样，如今我朝与金国的屈辱议和也让人无比悲哀，数古往今来，哪有与人平分国土的道理？词人有力反诘，可见胸中愤恨难抑。如此下去定要亡国，到时汉族的乐器就要被胡人妇女玩弄。诗人想到"靖康之变"时金人掳走宫中贵重器物，借古讽今以警醒世人。下阕转向抒情。词人用树的成长衬出时间流逝，而自己怎能忍受分别？只有你，与我志同道合。你我天各一方，只要初心不改，就无须时常问候。只是不要像伯牙绝弦那样，让我失去你这个知音。这里的第二人称口吻表现出彼此惺惺相惜、互相信任的友情。九转仙丹一旦炼成，就要牢牢拾取，哪管黄金是用铁制成的呢？到时候龙虎丹制成，应声崩裂，举世瞩目。词人运用神仙炼丹后点铁成金的故事，暗喻两人远大的志向，即使如今处境艰难，只要不懈努力，就可完成统一大业，声名远扬。这是诗人对困境中的两人共同的鼓励，彰显其坚定的乐观主义精神。此词用典密集，内涵丰富，初读拗口，需要仔细揣摩，才能体会其内在精神。

①神奇臭腐：神奇化为臭腐，指天翻地覆的改变。②夏裘冬葛：指不合时宜、违背常理之事。③生发：生来带的发，即为胎毛。④妍皮痴骨：本指美丽的外表、痴傻的内在，这里自嘲人才无人赏识。

"妍皮不裹痴骨"

出自《晋书·慕容超载记》。十六国时期南燕最后一位皇帝慕容超，为了逃过后秦的追捕，装疯卖傻以自保。姚绍见其气质不凡，向文桓帝姚兴举荐。姚兴见其虽外表俊美，但痴痴傻傻，鄙视地说："谚云'妍皮不裹痴骨'，妄语耳。"谚语本义为，好的外表一定包裹着优秀的灵魂，姚兴以为慕容超败絮其中，所以否定了这句谚语。作者以此激励自己，即使面对世人的误解和蔑视时也不要改变初心。

"钟期久已没，世上无知音"

《列子》记载，春秋时期，琴技高超的俞伯牙有一次在山野中弹奏，樵夫钟子期爱其琴声，二人一见如故，子期能听出伯牙弹奏时的心绪，或流水之思，或高山之志。俞伯牙感叹："子之听夫志，想象犹吾心也！"子期死去，伯牙悲痛中挑断琴弦，此生不复弹奏，因为知音再难觅了。后人常用他们的故事来形容志同道合、心有灵犀的友谊，化用在许多诗歌、小说中。

陈亮与辛弃疾的送别友谊

1188年冬，陈亮去江西带湖看望罢官闲居的朋友辛弃疾，二人放歌纵酒近十日，共商复国大计。来时有多欢喜，别时就有多心酸。辛弃疾冒着大雪追赶离去的陈亮，欲留他多住几日，可惜"水深冰合"无法前行，他寓居客栈，夜不能寐，想起七年来的世态炎凉，提笔写下《贺新郎·把酒长亭说》，送给陈亮。辛弃疾说，送你走是我铸成的大错。陈亮深深地被感动了，立即回了《贺新郎·寄辛幼安和见怀韵》，其中的男儿气概，扫除了友人的愁绪，更点亮了他灰暗的生活。来来回回，一共五首《贺新郎》，成就了历史上的第二次"鹅湖之会"。从此以后，陈亮跟主和派斗争，下过两次大狱，进过无数忠言，最后"忧患困折"死在岗位上；辛弃疾组建军队，研究兵法，可到死也没提枪上阵。只是如果没有这一次会面作为精神给养，不知二人会不会在某一次挫败中，心灰意冷，归隐山林。"男儿到死心如铁"，就会变成一句空话。人和人之间需要互相取暖，当事业艰巨时更是如此。零距离的拥抱可以交换体温，若相隔万里，灵魂的契合可以雪中送炭，给人以追逐梦想的希望。陈亮逝世，辛弃疾用血泪书写《祭陈同父文》："欲与同父憩鹅湖之清明，酌瓢泉而共饮，长歌相答，极论世事，可复得耶？"伯牙绝弦的滋味，也不过如此吧。

"妍皮痴骨"最早出自哪部典籍？　　　　　　　　　　　　　　（　　）
A.《聊斋》　　　B.《搜神传》　　　C.《晋书·慕容超载记》

陆游,字务观,号放翁,山阴(今浙江省杭州市)人,南宋诗人。

病起①书怀

[宋]陆游

病骨支离②纱帽宽,孤臣万里客江干③。
位卑未敢忘忧国,事定犹须待阖棺。
天地神灵扶庙社,京华父老望和銮④。
出师一表通今古,夜半挑灯更细看。

解读赏析

"能写出《出师表》,是所有文官的梦想。"

此诗是陆游被罢免后大病初愈时的作品,面对仕途的坎坷和病痛的折磨,他并没有怨天尤人,依然挂心国事、自我勉励,体现了他对祖国赤诚的爱。首联写自己病体衰弱消瘦,以至乌纱帽都显得宽了,孤身一人客居在国都万里之外的成都江边,由此可见诗人正处在贬谪和病痛的双重打击中,孤苦无依,壮志难酬。颔联说自己虽然职位低微却从未停止忧国忧民,事业的实现与个人的名誉,死后才能盖棺论定。诗人一扫上联的消沉,言志以自励,在仕途坎坷中仍以国家统一为理想,体现了他的乐观主义精神。颈联是诗人虔诚的祈祷:愿天地神灵保佑江山社稷的安宁,北方的京华父老盼着看见君主御驾亲征的马车,失地能重归祖国。成事在天,谋事在人,诗人呼吁朝廷能够不负民望北伐成功,使百姓安居乐业。尾联承接上文,诗人希望自己也能尽一份力,想起了胸怀天下的诸葛亮,于是深夜里挑灯阅读流芳千古的《出师表》,想从中习得运筹之术、悟出为臣之道,鼓励自己坚持不懈地为理想奋斗。本诗用词质朴恳切,情感真挚,句句发自肺腑,"位卑未敢忘忧国"这传世警句激励着平凡人勇担国家社会的责任。

①病起:病愈。②支离:衰弱,憔悴。③江干:江边。④和銮:古代驾车上的铃铛,这里指君主完成统一大业后到北方看望百姓。

乌纱帽小史

乌纱帽就是黑纱做的帽子,是古代官服的一部分,所以被固定下来指称官位,做官叫"戴上乌纱帽",罢免叫"掉了乌纱帽",《红楼梦》的《好了歌》唱"因嫌乌纱小,致使枷锁扛"。东晋时期乌纱帽在民间流行,隋初在朝中流行,乌纱帽上的玉饰数量显示官职的高低。北宋时期,宋太祖给乌纱帽加上一尺多长的两翅,身动时摇摇晃晃,用来提醒官员注意仪态。明朝时乌纱帽成为正式的官帽,《明史·舆服三》记载,"文武官常服,洪武三年(1370年)定:凡常朝视事,以乌纱帽、圆领衫、束带为公服"。清朝时废除了汉族服制,改乌纱帽为红缨帽,但"乌纱帽"依然用来指称与做官有关的事物。

"社稷"为什么指代国家

"社"本义为土地之神,"稷"为五谷之神,二者与耕种之事息息相关,在以农业为本的古代,君主每年都要祭拜二神以求得风调雨顺,只有农业稳定,才能国泰民安,所以"社稷"就固定为复合词来指代国家。诗中的"庙社"指"宗庙"和"社稷",即为祭祀与农事,也表示"国家"的意思。在古代,中原国家的代称还有"江山""九州""四海""神州"等。

陆游眼中的诸葛亮

对陆游来说,诸葛亮是精神导师、人生范本。《感状》里说"凛然《出师表》,一字不可删",《游诸葛武侯台》里他说"出师一表千载无,远比管乐盖有余",《书愤》里说"出师一表真名世,千载谁堪伯仲间",评价如此之高,想必是时常翻阅,倒背如流,满心倾慕,而且最重要的,是感同身受——陆游觉得生平所遇和诸葛亮相似,所以要求自己达到他的高度。《出师表》是身为蜀相的诸葛亮在北伐之前献给蜀汉后主刘禅的一封谏书,条分缕析、事无巨细地劝皇帝广开言路、任用贤臣、科学用兵,当时北伐之事万分紧急,诸葛亮却冷静得犹如一台机器,最后却说"临表涕零,不知所言",拿着笔墨未干的文章哭得不知刚刚写了什么,然后就挥师北上了。离开蜀地,诸葛亮舍不得,放不下,于是在《出师表》中放了很多东西,这是一篇臣子的谏言,是一段将军的誓词,更是一封长辈给晚辈的家书。而刘禅也谨遵刘备"事丞相如父"的遗嘱,杀了污蔑诸葛亮的李邈,在沔阳为之立庙,这等于将诸葛亮尊为汉室的祖先而非功臣了,这是汉朝的唯一一例。在陆游眼里,《出师表》有一种可贵的分寸感:本为臣子,若是行令如君便会招嫌;身为君主,事臣如父就会违背伦理,但是诸葛亮和刘禅却能安定蜀地,不起流言,是君臣皆贤的缘故。如今南宋也面临着北伐,陆游也有诸葛亮一般的赤胆忠心,时常翻看《出师表》,把它当成精神寄托,所以对他来说,《出师表》是"千载无"的。

"社稷"的本义是什么?   (   )
A. 国家   B. 庙堂   C. 土地神和谷神

戚继光，字元敬，号南塘，明朝抗倭名将，杰出的军事家、书法家、诗人、民族英雄。

望阙台[①]

[明] 戚继光

十年驱驰海色寒，
孤臣于此望宸銮[②]。
繁霜尽是心头血，
洒向千峰秋叶丹。

"知荣辱，轻得失。"

  这首七绝是抗倭英雄戚继光在福建作战时所写的。此时他被弹劾，东征西战却得不到皇帝的认可，但依然心系祖国，此诗表明了他的忠诚。首句是个人经历回顾：在这寒波荡漾的海边，我已同倭寇斗争了十年。这个"寒"字体现出军旅生涯条件艰苦、命运跌宕，如同这海一般动荡、阴冷。而如今，我这个孤立无援的臣子登上望阙台，在千里之外的福建遥望皇宫。这时诗人在政治斗争中落败，得不到朝廷的支持，登上高台仰视自己的军队，内心感到孤苦无依，更加思念京城。前两句先是提起赫赫战功，再表明处境艰难，最后表忠心，情感过渡自然，更能引发共鸣。接着诗人眺望四周秋景，浓霜染红了千山万壑的树叶，就如同我的心血洒向大地一般，他将激烈的感情融入景色描写中，情景不分，彰显诗人多年来守卫国土付出的心血和忠贞不渝的报君之心。尽管诗人遭受冷遇，但仍能看轻个人得失，重视社会责任，本诗是他的肺腑之言。此诗运用拟物、夸张修辞手法，融情于景，具有极强的艺术感染力。

①望阙台：戚继光在福建建造并命名的高台，意为"仰望皇宫的高台"，表明自己的忠诚。②宸銮：皇帝的住所。

戚家军的"现代化建设"

戚家军于1559年在浙江义乌成立,由戚继光组建,在明代的抗倭战争中立下赫赫战功。强大的作战力量当然是主要原因,顶尖的作战设备也起到了保障作用。戚家军等级森严,有腰牌做身份证,无论是骑兵、步兵还是车兵,每个战士都武装到牙齿,每人两条弓、三十支箭,所着"棉甲"刀枪不入,基本配置还有明盔、布面甲、革带、水壶,能够同时满足进攻、防御、生理需求。除了冷兵器,还置有火绳枪、镗钯手、虎蹲炮等,它们是现代化武器的雏形。戚继光发明的"鸳鸯阵",配合充裕的武器,每每使戚家军能在损失最小的情况下获胜,在铲除台州倭寇的一战中大捷,几乎做到了零伤亡。

霜后树叶为什么这样红

秋分后霜降到来,气温下降到0摄氏度左右,寒冷的清晨,可以看见万物覆盖着一层白色结晶,俗称"下霜"。树叶里有各种色素,盛夏时叶绿素占主导,所以树叶呈现绿色。下霜之后,气温变低,叶绿素被分解,其他颜色就会显露出来,树叶变黄是因为富含叶黄素、胡萝卜素,比如银杏、杨树;变红是因为花青素、黄酮醇苷,比如黄栌、鸡爪槭等。本诗后两句就是写霜降后树叶变红的景色。

一代名将的凄凉晚景

一般人提起戚继光都知道他是明代抗倭名将,民族英雄,很少有人了解戚继光在当时朝廷中的处境和他凄凉的晚景。在戚继光的征战生涯中,曾经数次被人弹劾,几起几落。他之所以仍旧能够带领军队在战场驰骋,全是因为当时朝廷的首辅张居正的赞赏和支持。

但到了万历十年(1572年),首辅张居正病故,反对派群起攻击张居正,戚继光也被诬陷为张居正的同党。以前被戚继光一手提拔起来的一些人也到处散布流言,企图取代戚继光的位置。当时有一个给事中张鼎思,竟然上疏说戚继光在闽浙一带抗倭有功,应该把他调往南方。而在此前,因为南方倭寇祸患平息,戚继光已经在北方抵御蒙古军队多年。不可思议的是,朝廷真的根据这一条莫名其妙的理由,将戚继光调到广东镇守。

戚继光一世忠贞,当然不可能违抗命令。但在此过程中,因为被当作张居正同党,戚继光的亲朋也受到牵连,弟弟戚继美被罢免官职,老部下浙江总兵官胡守仁也受到弹劾,继而被革职。戚继光大受打击,从此闷闷不乐,在广东镇守没几年就向朝廷请求还乡养病。但戚继光戎马一生,积蓄很少,晚年生活非常贫寒。回到家乡没几年便因病而亡。

在中国古代,战将的结局大多凄凉,这是因为他们手握重兵,最容易受到以皇帝为首的当权者的猜忌。

 关于"戚家军",以下哪项描述有误? （　　）
A. 由戚继光组建　　B. 作战设备很足　　C. 成立于1556年

林则徐，福建侯官县人，字元抚，清朝时期的政治家、思想家和诗人。

赴戍登程口占①示家人·其一

[清] 林则徐

出门一笑莫心哀，浩荡襟怀到处开。
时事难从无过立，达官非自有生来。
风涛回首空三岛②，尘壤从头数九垓③。
休信儿童轻薄语，嗤他赵老送灯台。

"沧海横流，方显出，英雄本色。"

  1842年，林则徐因为对抗英军而受到朝中投降派的污蔑，被发配至新疆充军，与亲人分别时口头作诗，尽显其坦荡的胸怀和乐观的精神。前两联是对亲人和自己的鼓励。出门远行不要心中悲哀，我无论走到哪里都会敞开坦荡的胸怀。世间万事，很难不经历过错就成功，达官显贵也不是天生就有的。面对重大的挫折，林则徐为了不让家人担忧而笑言相劝，承诺自己将随遇而安，笑对人生，等待历史还自己一个清白。可见诗人潇洒态度的背后，更有愤愤不平之气郁结于心。颈联中，诗人吟唱心中狂傲：回想起风雨交加的禁烟运动，心中畅快，英伦三岛在我眼中空无一人。他并不把侵略者放在眼里，始终顽强抵抗，可今日竟被效忠的朝廷流放。他本该心灰意冷，但下一句就化伤痛为力量：从今以后，我将从头来过，风尘仆仆中走遍九州，体察民情。如此乐观豁达、气势磅礴的辞藻，大公无私、忧国忧民的胸怀，让人钦佩不已。尾联诗人告诉妻儿，不要相信幼稚无知之人的轻薄流言，你且嘲笑那些"赵老送灯台，一去更不来"之类的诅咒吧，我终将赢回清白，全身而退。这是对朝中佞臣的嘲讽，也是对家人的承诺、对自己的安慰。诗人虽愤懑不平，但全诗无一怨天尤人之词，始终表现出积极进取、四海为家的精神，真可谓"英雄本色"。

①口占：口头即兴作诗。②三岛：英伦三岛，包括英格兰、苏格兰、爱尔兰，这里指称英国。③九垓：九州，指称中国。

丧权辱国的《南京条约》

1842年，林则徐流放西北，同一年，清朝在鸦片战争中战败。英国迫使清廷在南京下关区的康华丽号战舰上签订《南京条约》，这是中国近代史上的第一个不平等条约。条约规定，中国割香港岛给英国；赔款2100万银元；开放广州、厦门、福州、宁波、上海五处为通商口岸，准许中英自由贸易；英商的进出口税，中国须与英国共同商定；英国在中国具有领事裁判权，侨民犯法不受中国法律管辖；英国在中国享有片面最惠国待遇，仅英国享受这种权利，而中国没有。条条都是对中国领土完整、贸易司法自主和人民权利的严重伤害。

"赵老送灯台"的诅咒

传说鲁班为了防止龙王闹事，派徒弟赵杲给龙王送两盏灯台，赵杲私藏起其中有夜明珠的一盏，没承想刚出龙王宫就葬身于大海，得到应有的报应。后固定为一句俗语，用来表示"有去无回"。欧阳修在《归田录》中讲了个一语成谶的故事，说尚书郎赵世长老年时担任西京留台御史，有人在送他上任的时候，用"赵老送灯台，一去更不来"打趣他"送登台"，不久赵世长就在留台去世。所以世人视"赵老送灯台"为诅咒之语。

虎门销烟：一个必然发生的历史事件

1839年，林则徐奉命到广东虎门镇禁烟，用23天销毁了两万箱鸦片，成果显著。然而，英国以清朝侵害英商合法财产和人权、违反通商条例为由发动鸦片战争，中华民族承受了数千年来前所未有之奇耻大辱。有人说，如果没有虎门销烟就不会有鸦片战争，中英的和平贸易能延续得更久。真的是这样吗？其实在那个时候，英国的自由贸易经济已经极度繁荣，他们的商品不仅满足了本国人的需要，而且还有很多剩余，为了获取更多利益，英国人必须寻找倾销商品的殖民地，"和平贸易"不会持续太久，有机会一定会威胁中国实行关税自主；另外，林则徐说"使数十年之后，中原几无可以御敌之兵，且无可充饷之银"，鸦片的主要吸食者是士兵而非百姓，用禁烟来重整军队迫在眉睫。正如蒋廷黻在《中国近代史》中指出："以中国的国力及国情，用林则徐的方法尚有一线之望，不用则全无禁烟的希望。"虎门销烟暴露了清廷的愚昧无知，包括林则徐。这根本上是闭关锁国的错误政策引发的，不是一个人、一件事的问题。"落后就要挨打"，我们一方面要对外国殖民者的残暴卑劣行径加以谴责，另一方面更要不断努力加强自身国力。在国际社会秩序还未建立起来的1839年，强国自身的道德约束是不可依赖的，退避忍让无异于投降。虎门销烟的英勇反抗，值得我们中国人永远铭记。而那段屈辱历史的教训，我们永远也不能忘记。

知识小问答 九州又被称为什么？ （　　）
A. 九陆　　B. 中原　　C. 九垓

秋瑾，字竞雄，号旦吾，笔名有鉴湖女侠等，中国女权思想早期倡导者。

鹧鸪天·祖国沉沦感不禁①

［近代］秋瑾

祖国沉沦感不禁，闲来海外觅知音。
金瓯②已缺总须补，为国牺牲敢惜身！
嗟险阻，叹飘零。关山③万里作雄行。
休言女子非英物，夜夜龙泉④壁上鸣。

解读赏析 JIEDU SHANGXI

"国家兴亡，男女有责。"

此词是秋瑾赴日本参加革命活动后不久所作，表达了投身救国事业的坚定信念和不让须眉的英武之气。首句直抒胸臆，她忍不住感叹祖国沉沦，闲来无事，到日本去寻觅知音。帝国主义的侵略让她痛心疾首，那为什么要说"闲"呢？这个"闲"是指词人无途径报国所以无奈赋闲，又因世俗对女子的偏见而被束缚，只好到日本去寻找志同道合之士，一起探讨救国大业。像金瓯破裂了必须要补上一样，被列强瓜分的国土也亟待收复，她为了国家甘愿牺牲自己。这是词人殷切的愿望和将生死置之度外的精神。感世间路艰难险阻，叹自己身世飘零，虽然日本在万里之外，也要勇敢前行。面对世俗的嘲讽、愚昧的思想，她在国内看不到出路，要走出去学习先进文化，寻找有识之士共同救国，这是任何困难都阻挡不了的。尾句是词人的自勉之词：休要说女子不能成为英杰，我桥上的宝剑，每夜都在鞘中吟啸。诗人以宝剑比喻自己躁动的灵魂。丈夫阻挠她出国学习，她却说巾帼不让须眉，立志做一番事业，扛起救亡图存的大旗。全诗体式工整，抒情直率，尽显一位女革命家的飒爽英姿和侠肝义胆。

①不禁：忍不住。②金瓯：金制酒器，比喻完整的国土。《南史·朱异传》："我国家犹若金瓯，无一伤缺。"
③关山：代指日本。④龙泉：宝剑。

晚清留学，不去欧美去日本

1904年，秋瑾东渡日本，参加国外的革命运动，结识了鲁迅、黄兴、宋教仁等。这一事件的背景就是清末的日本留学热。清政府在1895年甲午战争的失败中认识到了自身的落后，于是在1896年向日本派遣留学生。维新派人士张之洞在《劝学篇》里赞赏这一举动可以为中国带来先进的制度和技术："或学政治、工商，或学水陆兵法，学成而归，用为将相，政事一变，雄视东方。"1903年，清政府推出了《鼓励游学毕业生章程》，归国的优秀毕业生可以被封为举人、进士、翰林等。1906年年底中国的日本留学生将近18000人。著名的日本留学生还有廖仲恺、陈独秀等，他们为中国的民主革命带来了新的理念。

不安的龙泉剑

秋瑾把自己比作墙上急待出鞘的宝剑，是化用了一个典故。相传，春秋末期的铸剑大师欧冶子与干将在秦溪山麓的剑池湖制成三把宝剑"龙渊""泰阿""工布"，中国冷兵器的历史由此展开。"龙渊"是指"观其状，如登高山，临深渊"，剑气有如深渊一般浑厚。《晋书·张华传》记载，"龙渊""泰阿"两宝剑被丰城县令雷焕在狱基下掘得，后又变为飞龙。唐代因避讳唐高祖李渊，更此剑名为"龙泉"。

"鉴湖女侠"——秋瑾

秋瑾为中国的民主革命奔走呼号，英勇就义，的确担得起"鉴湖女侠"的名号。她不仅关心民族的安危，更担忧民间疾苦，尤其是底层的女性。秋瑾的婚姻也是父母之命、媒妁之言的产物，所以她一直意难平。丈夫王廷钧是纨绔子弟，不学无术，吃喝嫖赌，辱骂革命人士是士林败类，二人完全没有共同语言。精神的沟通困难让秋瑾无法接受，她叹息"琴瑟异趣，伉俪不甚相得"。于是，她身体力行地反对封建礼教，倡导男女平权，希望女性能够自强自立，摆脱附庸地位。秋瑾少时学习经史、骑射，性格刚强。通过好友吴芝瑛，她接触到新的思想，内心向往"天赋人权、男女平等"，开始着男装，从短马褂到西装长裤，再到就义时的玄色长衫，她以此鼓励自己，更是挑战世俗的眼光。她在日本成立的共爱会，第一次在近代提出了妇女解放的口号。1907年，秋瑾在上海创办《中国女报》，以"开通风气，提倡女学，联感情，结团体，并为他日创设中国妇人协会之基础"为宗旨，激起社会热议。她还将日本的《看护学教程》译成中文，帮助了从事护理事业的女性。秋瑾不仅强调女性该享有男子的权利，更强调女性要承担社会义务，有工作，能赚钱，不必仰仗男性的施舍。她在《勉女权歌》中写道："愿奋然自拔，一洗从前羞耻垢。愿安作同俦，恢复江山劳素手。"鼓励女性也参加到保卫祖国山河的革命中去，有一分力就尽一分力，将女性主义和民族主义结合起来，开近代女性思想解放之先河。

"鉴湖女侠"是我国近代哪位女诗人的名号？　　　　　　　　　　　　　　　（　　）
A. 秋瑾　　　B. 李清照　　　C. 赵四

本章知识小问答答案

第 3 页　正确答案：A. 孔子

第 5 页　正确答案：A. 三匹

第 7 页　正确答案：C. 两个

第 9 页　正确答案：C. 卢城

第 11 页　正确答案：B. 不是

第 13 页　正确答案：C.《礼记·王制》

第 15 页　正确答案：C. 屈原

第 17 页　正确答案：C. 柳州

第 19 页　正确答案：B. 扬子江

第 21 页　正确答案：A. 绝影

第 23 页　正确答案：B. 不是，就是四周的星星

第 25 页　正确答案：C.《晋书·慕容超载记》

第 27 页　正确答案：C. 土地神和谷神

第 29 页　正确答案：C. 成立于 1556 年

第 31 页　正确答案：C. 九垓

第 33 页　正确答案：A. 秋瑾

言志篇
YANZHIPIAN

好男儿，志在四方，古人常以「远大志向」作为终生之追求。「大鹏一日同风起，扶摇直上九万里。」「粉身碎骨浑不怕，要留清白在人间。」这里每一首言志诗的背后，都是一个个慷慨激昂的诗人的凌云壮志。

李贺，字长吉，汉族，唐代河南福昌（今河南洛阳宜阳县）人，后世有"诗鬼"之称。

南园十三首·其五

[唐]李贺

男儿何不带吴钩①，
收取关山五十州。
请君暂上凌烟阁②，
若个书生万户侯？

"书生亦是男儿，这一腔豪情与悲愤。"

本诗由两个问句组成，既是泛问，也是诗人的扪心自问。李贺处于战乱频仍的中晚唐交界，希图建功立业，然而理想被现实无情粉碎。诗歌声情激越地表达了诗人的家国之痛与杀敌建功、报效国家的一腔热血。起首"何不"直贯下句，起势急峻，看似问句，实则态度凛然，声调铿锵：身为赤胆忠心的好男儿，就应该佩带锋利军刀，跃马关山塞漠，杀敌报国，收复失地，方显豪迈气概，方不虚此生。"何不"二字极富表现力，其不仅构成问句，且通过反诘加强气势，增强了诗歌表情达意的力度。这里的"何不"也从侧面表达了诗人反躬自问后的愤懑之情，科举这一条进身之路被堵死，才能无处施展，体弱多病又阻塞其建功边塞的理想，一腔豪情付诸东流。"何不"是"男儿"的"应然"与诗人的"不能"，是雄心壮志之心与报国无门之境，由此可见诗人之痛切。后两句也是一问到底，封侯拜将、扬名后世的功臣哪一个是纸笔立身的书生呢？如果前两句是正面表达军功报国的理想，那后两句则是反面落笔，用"书生"的籍籍无名反衬投笔从戎之必要性，情感也由昂扬激切转向沉郁哀愁。"若个"是"哪一个"，也在提问的同时加强语气，即没有一个书生可以成就不朽功名，而何以丰功至伟呢？答案又转回起首两句，戎马倥偬，立功塞上，光复大好河山。李贺《南园》组诗，多借景物题咏情感，这首七绝凭空寄慨，一气呵成，气概磊落，看似说理，实则言情，以气使言，使诗人的一腔豪情与悲慨喷薄欲出，使诗歌具有动人的艺术能量。

①吴钩：吴地出产的弯形的刀，此处指宝刀。②凌烟阁：唐太宗为表彰功臣而建的殿阁。

"吴钩"是什么

春秋吴人善铸钩,吴钩是春秋时期流行的一种弯刀,以青铜铸成,是冷兵器里的典范,充满传奇色彩,后又被历代文人写入诗篇,成为驰骋疆场、励志报国的精神象征。在众多文学作品中,吴国的利器已经超越刀剑本身,上升为一种骁勇善战、刚毅顽强的精神符号。

"凌烟阁"里都有谁

凌烟阁是唐朝为表彰功臣而建筑的绘有功臣图像的高阁,位于唐朝皇宫内三清殿旁的一座不起眼的小楼。唐贞观十七年(643年)二月,唐太宗李世民为怀念当初一同打天下的诸位功臣(当时已有数位辞世,还活着的多已老迈),命阎立本在凌烟阁内描绘了二十四位功臣的图像,皆真人大小,褚遂良题字,时常前往怀旧。后又有四位皇帝在凌烟阁命人为功臣描绘图像。现在能看到的总共132幅画像,除去重复画像,总共100人左右。凌烟阁内的功臣有长孙无忌、李孝恭、杜如晦、魏徵等赫赫有名的人物。

好诗竟从驴背来

文学创作方式多种多样,有刹那灵光的闪现,也有字斟句酌的用心,杜甫所言"为人性僻耽佳句,语不惊人死不休",而李贺正是耽溺于佳句的追寻,将诗歌创作的用心发挥到极致的典范。李商隐在《李贺小传》中说,"诗鬼"李贺"恒从小奚奴,骑巨驴,背一古锦囊,遇有所得,即书投囊中",由于所觅诗句太多,李母心疼道:"是儿要当呕出心乃已耳!"李贺作诗炼句极为刻苦,以至茶饭不思,全身心地投入到诗歌创作中。他擅长苦吟、熔铸诗句,所以诗歌往往诗句精警,灵活多变,极具独创性。可以想见,包袱打开,满满的锦囊绣句,诗人一一摘择,再围绕此四面八方组成一首意脉贯通的律诗或绝句,于诗人而言该是何等欣慰快意之事。"骑驴觅诗""驴背诗思"是久有传统的文学创作状态,在《古今诗话》中记载相国綦毋善于作诗,于是有的人问他最近是否有作新诗,他回答说:"诗思在灞桥风雪中驴子背上。"至此,"诗思在灞桥风雪中驴子背上"遂成千古名言。而我们所熟知的诗人贾岛的"推敲"之思,吟哦思虑之态,也是在骑驴慢行之际发生的。历经数代文人的吟咏,"骑驴觅诗"最终成为一个非常经典的诗歌意象,进入我们的文学、艺术作品中,如陆游《剑门道中遇微雨》所咏:"此身合是诗人未?细雨骑驴入剑门。"文人雅士在赏玩风景时苦心于作诗的情致可见一斑。古人坐于驴背之上,俯仰之间见天地广阔,诗人从途中的一花一木、一人一事中寻觅灵感,将生命中每一个微小的感受变成一首诗。诗人在驴背之上走走停停,思维也一直处于活跃状态,"悲落叶于劲秋,喜柔条于芳春",感于外物,诗思自然涌动。所以古人也常说"读万卷书,行万里路",读书行路均是扩大视野、开阔心胸的妙法,古人灵光一现,触手成春,往往即是在行途之中心有所感。骑驴觅诗,锦囊收句作为中国古典诗歌的写作方法之一,为许多诗人所推崇,其原因也在于此。

"万户侯"是一个什么程度的官职?

黄庭坚，号山谷道人，北宋著名文学家、书法家。

定风波·次高左藏使君韵

[北宋] 黄庭坚

万里黔中一漏天，屋居终日似乘船。
及至重阳天也霁，催醉，鬼门关外蜀江前。

莫笑老翁犹气岸①，君看，几人黄菊上华颠②？
戏马台③南追两谢，驰射，风流犹拍古人肩。

解读赏析

"杖履所及，是诗与远方。"

本词是黄庭坚被贬谪到黔州时所作，通过重阳节事，抒发自己即使面临困顿，依旧乐观奋发，不向命运低头的昂扬精神。

上阕描写的是客观环境——阴雨不断，无法出行。数万里黔中之地到处是连绵阴雨，整天被困，待在屋子里，好像坐在船上。通过比喻修辞展现了房屋里潮湿，既说明了雨势之大，也说明了词人当时生活环境的恶劣。但即使是这样的生活环境，一碰到重阳节，天气放晴，也要去蜀江前饮酒狂欢。与前两句相比，后三句形成明显的转折，前两句的凄凉悲惨一扫而空，即使在"鬼门关"一样的环境里，也要畅饮买醉。"鬼门关"既是对前两句的呼应，也是作者的自嘲。

下阕从一开始，作者就直抒胸臆，其乐观豪迈展现得酣畅淋漓。作者用对他人说话的语气写道："你们不要笑话我老头子，你们看，除了我谁还敢在这么大年纪把菊花插头上？若论作诗我能比得上戏马台上的谢瞻和谢灵运；若论骑马射箭，我也比得上古代那些风流人物。"作者用夫子自道的口吻表达了对自己才华的自信，也正是因为有这样的自信，作者才能超越俗人的眼光，在恶劣的环境里追求生活的乐趣。

整首诗先抑后扬，一抑三扬，上阕生动，下阕流畅，其豪迈乐观之情展现无遗。

①气岸：气度傲岸。②华颠：老年人的白头。③戏马台：项羽所筑，南北朝时期刘裕北征，众臣会聚于此以诗送别，谢瞻和谢灵运都曾在此次集会上赋诗。

"次韵"从何而来

古代文人交往，通常会赠送给别人自己写的诗词。收到别人的诗词，给他们回赠诗词的时候，最隆重的不是自己另外写一首，而是"次韵"。"次韵"的意思，就是按照别人所写诗词的韵字（例如本诗中"天"和"前"两个字都是以"ian"为韵母，所以它们就是同韵字，但次韵中要求用原字，要求更加严格），按照原来的顺序写一首新诗，要求严丝合缝，一处也不能有差别，就像跟在别人后面走路一样，所以"次韵"也叫"步韵"。因为每一个字的含义是固定的，要从一样的韵字中写出与原诗不同的意思，其难度是可以想见的。

谢氏家族究竟出了多少"人才"

谢瞻和谢灵运都是南北朝时期陈郡谢氏的族人，他们俩还是族兄弟。说起陈郡谢氏，在中国历史上可是大名鼎鼎，不仅仅因为其所具有的政治影响，还因为这个家族才子辈出。在武将方面，有以少胜多，打赢淝水之战的谢安；在文士方面，有将飞雪比喻成柳絮的才女谢道韫。而大诗人李白更是对出自谢家的谢灵运、谢惠连、谢朓等人推崇备至，曾经多次写诗赞颂他们。

爱在头上戴朵花儿的宋代男人

不知道你有没有注意到，中国古代最出名的小说之一《水浒传》中，梁山泊的英雄好汉都爱在头上戴朵花儿。不仅有被称作"一枝花"的蔡庆，浪子燕青也是"腰间斜插名人扇，鬓畔常簪四季花"，阮小五鬓边插石榴花，杨雄则爱插翠芙蓉，不仅头领们，就连小喽啰们也"头巾边乱插着野花"。这些人都是魁梧雄壮的汉子，但都头戴鲜花，以今天的审美看，真有点儿滑稽。

但在当时，这一社会风气是普遍存在的，就连皇帝、宰相都不能免俗。诗人杨万里写过一首诗："春色何须羯鼓催，君主元日领春回。牡丹芍药蔷薇朵，都向千官帽上开。"写的就是春天皇帝头上戴着牡丹、芍药、蔷薇等各色花朵的场景。戴花因为皇帝参与和推崇，甚至上升为一项礼仪制度，在什么样的节日场合，什么人戴什么花儿都有严格的规定。我们可以想象一下，要是穿越到宋朝，那可真是置身于花的海洋呢。

宋朝人戴花，背后有非常厚重的社会和时代因素的影响。宋代的时候，国家经济繁荣，社会风气宽松，人们推崇自由浪漫的审美和生活，人人都追求美并享受美，所以戴花才成为一种普遍的社会风气。由此我们可以明白，苏轼、黄庭坚的乐观积极的生活态度，实际上也是整个宋代社会乐观积极的风气影响熏陶的结果。

"戏马台"建于哪个朝代？　　　　　　　　　　　　　　（　　）
A. 南北朝　　B. 东汉　　C. 秦末

王冕，字元章，号煮石山农，浙江诸暨枫桥人，元朝著名画家、诗人、篆刻家。

墨 梅

[元] 王冕

吾家洗砚池头树，
个个花开淡墨痕。
不要人夸好颜色，
只留清气满乾坤①。

解读赏析
JIEDU SHANGXI

"梅，清高之物也。"

　　这首诗是王冕为自己的画作《墨梅图》所写的题画诗。诗人赞赏梅花坚持自己的高远追求，不在意世俗眼光，只愿清香的美德永远流传的高尚品质。表面上写的是图画上的墨梅，实际上也是诗人自己的思想写照。

　　本诗前两句直接交代了画作背景：我家洗砚台用的池子旁边长着一棵梅花树，每朵花开的时候上面都有淡淡的墨色痕迹。到了第三、四句，诗人就点明了主旨：虽然这一树梅花的颜色并不娇艳，可以引来别人的赞叹，却有一缕清香一直留存于天地间。

　　诗人采用了借梅自喻的写作手法，抒发了自己和梅花一样清香孤傲，不向世俗献媚低头的志向和思想。更特别的是，作为一首题画诗，本诗不单纯是对画意的直接描述，更在思想境界层面对画意有所升华，达到了诗与画相互辉映、有机融合的效果。

①乾坤：天地间。

你知道吗，"淡墨"不仅仅指一种颜色哦

在王冕的画中，梅花所具有的"淡墨痕"，不仅仅指的是淡淡的墨黑色，而且还透露出作者画这些梅花所用的技巧。原来，中国古代书画中一个重要的类别就是水墨画，只在白纸上用黑色墨汁作画，通过加入清水调节墨汁的不同浓度即颜色深浅表现出画面的不同层次。在唐代，画家们就总结出可以用水将墨调节出"焦、浓、重、淡、清"五种墨色。通常在同一幅山水画中，人们通过这五种墨色和纸本来所具有的白色，就可以表现出山、水、树、云等不同的形象和其背后的神气。王冕这首诗里的"淡墨"指的也是他用较淡的墨色画出梅花花瓣的绘画技巧。

为啥要在画上写首诗

中国古代文人从来都不是只会写繁体字、读线装书的呆子，他们很多人在书法、诗歌、绘画艺术上都有很高的成就。而中国传统绘画艺术，特别是文人们创作的"文人画"更不单单是画张画那么简单。文人笔下的花草树木、飞禽走兽、山水人物个个都有特殊的含义。有时候看画的人不能理解，或者画家想要更加清楚地说明自己所要表达的含义，往往就会在画上题首诗，这首诗就相当于对画中事物的注释。当然，还有一些题画诗是后来人添加上去的，那可能是为了表达自己对画的见解，或者对画家的仰慕之情。

"爱攀亲戚"的王冕

在《墨梅》这首诗里面，王冕提到了"我家"的洗砚池。这里有一个问题要指出来，王冕自己家里面实际上并没有这样一处洗砚池。洗砚池来自东晋时期的书法家王羲之，他练字很刻苦，又很爱惜自己的毛笔和砚台，所以每天练完了字就在家旁边的池塘里清洗，天长日久慢慢积累，满池的水都成了黑色的，后人为了表彰王羲之的勤奋，所以称这座池子为"洗砚池"。那么王冕为什么敢称这座池子是他家的呢？这就和传统社会里中国人的一种社会交往习惯有关了，那就是爱攀亲戚。

中国人有句俗话"同姓之人五百年前都是一家"，这一方面说明了中国姓氏文化源远流长，影响深刻；另一方面展现了有些人走到哪里都要攀个亲戚的习惯。这个习惯的养成和那个时候人们的生产和生活方式有关，所有同姓的人聚在一起形成村庄，在劳动中互相帮助，同时防止其他人和野兽的攻击伤害。慢慢地，人们就形成一种思维惯性，那就是同姓的人都有一点点血缘关系，交往的时候都比较可靠。这种思维影响了王冕，他就以为他和王羲之都姓王，很多年前也是一家人，而在今天，依旧有许多人被这种思维影响。

在现代社会，血缘、姓氏已经不是影响我们日常交往的决定性因素，摆脱这种人情的纠缠和牵扯，凡事按照规章制度办成为人们的共识。另外，我们也要认识到，在同一个家族、家庭之内的这种血浓于水的亲情所带给我们心灵上的温暖和抚慰也是无法替代的。

 王冕笔下的"洗砚池"是谁家的？　　　　　　　　　　　　　　　　（　　）
A. 自己家的　　　B. 邻居家的　　　C. 王羲之家的

于谦，字廷益，号节庵，杭州府钱塘县（今浙江省杭州市上城区）人，明朝名臣。

石灰吟

［明］于谦

千锤万凿出深山，
烈火焚烧若等闲①。
粉身碎骨浑不怕，
要留清白在人间。

解读赏析

"宁可粉身碎骨，也要留清白本色。"

这首诗一般被认为是明代著名政治家于谦的一首托物言志诗而广为传唱。表面上诗歌赞颂的是石灰，实际上借物喻人，托物言志，表达的是作者自己不怕磨砺、无所畏惧的凛然正气和高洁品质。

前两句属于客观描述，讲述了石头从深山中经过千锤万凿的击打被开采出来，然后再经过烈火焚烧，这些都好像是平常之事，无所畏惧。后两句则属于点明主旨的部分，对于石灰来说，纵然最后要面临粉身碎骨的危险，但也不害怕，因为它已经在人世留下一身清白。这首诗最高明的地方在于将石灰的煅烧过程与人生所面临的艰难和磨砺相对应，从石头的开采到煅烧再到被使用，这个过程就相当于人生中所面临的挫折与磨难，不断地加重，然而到最后，人们最应该注重的还是清白高尚的个人品质。这首诗从某种角度而言正是作者对自身人生态度的描述，采用拟人手法，将石灰和作者合二为一。

此外，这首诗用词质朴自然，气势沉稳，从头至尾一气呵成，是明诗的代表作品。

---

①若等闲：好像很平常的事情。若：好像，好似；等闲：平常，轻松。

古代石灰竟然是这样来的

石灰是一种常见的建筑材料，中国古人很早就掌握了石灰的制造技术并沿用至今。首先，人们从山里开采灰色的石灰石。然后修筑一座椭圆形的石灰窑，石灰窑是半密封的，因为要防止温度散失太快，所以石灰窑只留小小的通气孔。人们通过在窑底烧炭加温，使窑内的温度达到1000～1100摄氏度。在这样的高温下，石灰石中的碳酸钙分解为二氧化碳和氧化钙。氧化钙是白色或淡灰色的块状物，还不能直接使用，人们称其为石灰或生石灰。人们通过给生石灰加适量水，使氧化钙和水发生化学反应，生成氢氧化钙，成为粉末状的熟石灰，也叫消石灰。

石灰为什么"清白"

知道了以上知识，再来看于谦这首诗，就可以明白"千锤万凿"是指人们在开采石灰石，"烈火焚烧"指人们加高温使石灰石转变为生石灰，"粉身碎骨"指人们通过加水使块状的生石灰变为粉末状的熟石灰。而在石灰石转变为生石灰再到成为熟石灰的过程中，其颜色都是白色的，这就是于谦说它"清白"的原因。

无辜遭杀的于谦

于谦不仅仅是个文人，还是明朝中期重要的政治家和军事家。因为他的努力，明朝才能多存活上百年，但他终究还是被人冤枉致死，结局十分悲惨。

正统年间，明英宗朱祁镇听信谗言贸然亲征来犯的蒙古部族，结果在张家口的土木堡遭遇大败，自己被俘不说，还连带着整个国家的主力军队全部沦没。当时担任国防部副部长的于谦收到消息之后，和留守京城的大臣拥立英宗的弟弟朱祁钰为景帝，树立主心骨以安民心；然后，于谦亲自安排进行北京保卫战，防止瓦剌攻破北京城。于谦一方面调兵遣将多方筹划，一方面亲临战场督战，在众将士和北京城内百姓的协力支持之下，北京保卫战取得了胜利，瓦剌退军。

然而于谦生性刚正不阿，眼里容不得沙子，所以在朝廷中树立了许多政敌。几年之后，明英宗回到北京，却遭到自己弟弟的囚禁。在一次宫廷政变之后，他才重新成为皇帝。这时候，于谦却被拥立英宗的石亨、曹吉祥、徐有贞等奸佞诬为谋逆而处死。英宗本身不想杀他，但石亨等人劝他说："如果我们不杀于谦，人们就都以为他拥戴景帝的做法正确，那也就说明我们做错了，老百姓就不会拥护我们了。"英宗这才下了杀死于谦的决心。

于谦去世之后，负责查抄家产的官员发现他家中只有皇帝赏赐的衣物和宝剑，没有多余的财产。又过了几年，曹吉祥和石亨因为谋反被处死，于谦的冤屈才得以昭雪。后世人感念于谦忠贞不贰、清正廉洁的品质，为他在北京和杭州建立祠堂，一直保留至今。

中国最早什么时候使用石灰？　　　　　　　　　　　　　　（　　）
A. 公元前7世纪　　B. 公元前6世纪　　C. 明朝

郑燮,号板桥,人称板桥先生,"扬州八怪"的重要代表人物。

竹 石

[清] 郑燮

咬定青山不放松,
立根原在破岩中。
千磨万击还坚劲[1],
任尔东西南北风。

"对于盘结在石崖上的树根来说,生长本就是一次艰苦的拼搏。"

《竹石》又名《题竹石》,是清代诗人、书画家郑燮的一首题画诗。表面上描述的是生长在石缝中的竹子不怕任何艰难险阻,顽强地面对一切打击磨难,实际上作者借物言志,表达的是自己对于坚韧的生命意志的推崇和赞扬。

这首诗层次简单,意思显白。前两句说竹子生长环境之艰难,特指先天条件的恶劣。在岩石缝隙中扎根,紧紧咬定不敢放松。一个"咬"字,与"不放松"三字相照应,如有千钧之力,运用拟人的修辞手法,形象生动地将竹子那种坚韧不拔的气质表现了出来,也让读者体会到竹子生存的艰难。而"破岩"二字,不仅指竹子生长在破碎的岩石缝隙中,从另一个角度,这些缝隙正是竹根所破开的,更见竹子的生命力之顽强。到了后两句,则专门写的是竹子面对外界施加的压迫和磨难,依旧岿然不动的场景,这不是一个静态的画面,而是被大风欺压而不屈服地坚持斗争的场景,使人身临其境,更能直观地体会竹子那种顽强不息的生命力。

郑燮的竹,不是生长在肥沃平原,被围墙幕布保护着的园竹,而是扎根贫瘠石缝,承受四面八方打击的岩竹、风竹。题目《竹石》,不仅仅是因为画面中有竹有石,而且是因为诗人所表彰的竹子坚韧顽强、不惧风雨的品质和巨石是相似的。整首诗语言质朴,简单易懂,但寓意深刻,后劲十足,是清诗中不可多得的佳作。

[1]坚劲:坚韧强劲。

"扬州八怪"怪在哪里

郑燮，号板桥，所以人们又称他"郑板桥"，是清代著名的"扬州八怪"之一。除郑燮之外，"扬州八怪"还包括罗聘、黄慎、李方膺、高翔、金农、李鱓、汪士慎。那么他们到底"怪"在哪里，才得了这么一个特殊的名号呢？

实际上，"扬州八怪"的"怪"，说的是他们的艺术风格。在他们之前，中国的书画艺术，特别是绘画，追求的是典雅的风格和精致的构图设计。而到了这八个人这里，前人所确立的技法规矩全部被打破，所谓"掀天揭地之文，震惊雷雨之字，呵神骂鬼之谈，无古无今之画"，对于当时坚持正统画法的人们来说，这八个人的做法确实太奇怪了，所以他们被称为"八怪"。

"竹""石"为何如此受文人青睐

《竹石图》是中国古代文人画常见的题材，从宋代的苏轼到近代的启功，都曾依据这一题材进行创作。"竹""石"之所以受到文人的青睐，关键在于文人们从竹子和顽石身上发掘出了自己所仰慕的那种精神气质。文人们认为，竹子承受风吹雨打，依旧青翠挺拔，即使冬天也不枯萎；而顽石更是坚强不屈的象征。中国古代文人注重"气节"，就是说面对磨难不轻易屈服和放弃，在他们看来，"竹"与"石"正是具有这种气节的。

史上最不会做官的画家——郑板桥

郑板桥是清代康熙到乾隆时期最著名的书法家、画家和诗人。在书法方面，他综合各家所长，加入描摹兰草和竹枝的绘画技法，写的时候歪斜不整，大小不一，成为独具个人艺术特色的"六分半书"；在绘画方面，他尤其擅长画兰草、竹子和石头，自称"四时不谢之兰，百节长青之竹，万古不败之石，千秋不变之人"。可见他是真心喜欢这三种东西经久不变、坚韧清高的品行，并将其与自身的追求相融合。郑板桥的诗文通俗流畅，大量使用当时的白话、半白话，去除俗套，直抒性情，在清代诗坛占据了重要位置。

郑板桥不仅有才华，而且拥有高尚的品德。他曾经担任山东潍县的知县，遇到饥荒，他打开官仓赈济灾民。身边有人提醒他要先向上级申报，私开官仓可能要受到处罚，他却不以为意，说："现在的灾情已经十分紧急了，如果先向上级申报，来回辗转，要花费很多时间，这样老百姓要等到什么时候，他们还怎么活命？上级如果降罪，那我就担着吧。"于是他毅然打开粮仓，上万人得以存活下来。后来他果然因为这件事失去官位，临走的时候，老百姓都来送别，他写了一首诗来作为告别："乌纱掷去不为官，囊橐萧萧两袖寒。写取一枝清瘦竹，秋风江上作渔竿。"意思是他从来不关心自己的仕途，当了许多年官也没什么钱，现在正好可以画画自己喜爱的竹子，在秋天的时候去江上钓鱼。他以这样轻松的口吻向百姓告别，而他的品德和才华一起，被老百姓永远铭记。

知识小问答 "扬州八怪"不包括下列哪一位？ （　　）
A. 黄慎　　　B. 郑板桥　　　C. 贺知章

鲁迅，原名周树人，字豫才，浙江绍兴人，著名文学家、思想家，中国现代文学奠基人。

自题小像

[近代] 鲁迅

灵台无计逃神矢，
风雨如磐①暗故园。
寄意寒星荃不察，
我以我血荐轩辕②。

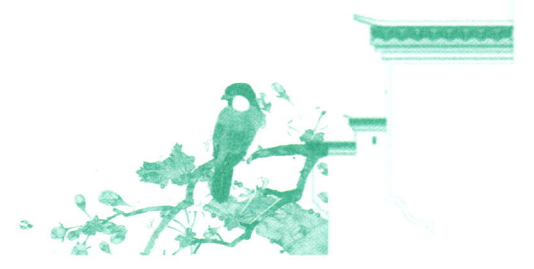

"真正热爱祖国的人，从来不畏流血牺牲。"

这是鲁迅先生1903年留学日本时写的一首七绝诗，有其特殊的时代和社会背景，表达了鲁迅先生对当时黑暗腐朽的旧中国的愤怒和忧虑，对祖国、中华民族、中国人民的忠诚和热爱。

起句鲁迅先生就直接表达了自己的心理状态。"灵台"，指的是人的内心；"神矢"，指爱神丘比特那既能让人互相热爱（用金子造成）又能互相憎恶（用铅造成）的神箭。自己的内心在极度的热爱和极度的憎恶中饱受折磨而无处逃避，这是当时诗人心理状态的真实写照。下一句承接前句，指出了出现这一状况的原因，那就是自己的祖国处于风雨飘摇之中，正承受着前所未有的危机和磨难。一想到这点，鲁迅先生内心就充满了苦痛。

后两句则直接抒发自己的情感，我把我对祖国和人民的热爱和怜悯托付给天上的流星请求传达却无人明白，那么我只有以我的一腔热血报效祖国。"寄意寒星"出自宋玉的《九辩》："愿寄言夫流星兮"，说的是诗人远在日本，只有将心意托付给星星请求传达；"荃不察"出自屈原的《离骚》"荃不查余之衷情兮"，荃本来是一种香草，代指君王，鲁迅先生这里用来代指祖国人民。

整首诗情感饱满且有起伏，由最开始的直抒胸臆到后来略有低沉再到喷薄而出，慷慨激昂。同时作者巧妙运用了多种典故、比喻及象征手法，使情感的表达更加形象具体，为抒发自己的爱国情感和报国志向做了很好的铺垫。

①风雨如磐：磐，扁而厚重的巨石；风雨如磐指当时国家所处环境十分恶劣，所面临的灾难十分深重。②轩辕：相传中华民族的始祖皇帝姓轩辕，这里代表整个国家。

既是额头又是内心：含义丰富的灵台

灵台是中国古人经常提到的一个词语，其含义是非常丰富的。

最初的时候，灵台就是帝王们建造的高台。历史记载中，夏桀、商纣、周文王、春秋战国时期的卫侯都曾建造过这样的高台。其作用不外乎供帝王们游乐宴饮之用，但周文王的灵台不仅是供他一个人游乐的，也是老百姓一起游乐的好去处，所以他建造灵台的时候老百姓都自愿来帮忙，建造起来就比其他那几位昏君容易多了。有时候灵台也指古人观察天文星象的天文台，或许是其很高大的缘故。除此之外，灵台也被用来指逝者的坟墓或者祭台，这是因为"灵"字本来就有涉及精神的、灵魂的、鬼神的含义。而不论我们的额头还是内心，也都被古人认为是我们灵魂和精神依附的地方，所以人身上这两处地方也会被称为"灵台"。

"轩辕"，听起来好像一个拉车人

"轩辕"两个字虽然都是车字旁，但跟车子没有一点儿关系。轩辕是中华民族的始祖皇帝的氏，因为他居住在轩辕之丘。黄帝姓公孙，号轩辕氏，因为他在有熊建立国度，所以又称有熊氏，因为按五行划分，他属于"土德"，土色黄，所以称他为"黄帝"。虽然黄帝"轩辕"之号的来历和车子没半点儿关系，但相传就是他第一个制造出车子和舟船的。同时，他还是第一个制作衣服帽子、音乐韵律的人。他在位期间，仓颉创造文字，嫘祖发现养蚕缫丝法，人类正式进入文明社会，所以他也被称为"人文初祖"。

既是好国民，也是好家长

鲁迅先生是近代最著名的爱国文学家，一提起他来，人们总会想起他那"横眉冷对千夫指"的严肃面庞。但常人不知道的是，他还是一个孝顺的儿子，一个友爱的兄长，一个尽责的丈夫，一个慈爱的父亲。

鲁迅出生于浙江绍兴，祖上做过官，但到他这一辈，家道早已中落。他这一辈，家中还有两个弟弟——周作人、周建人。作为兄长，父亲又早亡，鲁迅先生要早早担负支撑起整个家庭的责任。他早年在南京读书，后来又留学日本，在此期间，他就将两个弟弟带在身边，以便随时教导他们学习并照顾他们的生活。后来他在北京谋得差事，早早买好了房子，接了母亲、二弟、三弟，一大家子住在一起。母亲和两个弟弟及他们的妻儿住好的房子，自己住临街的门房。可见他对母亲和两个兄弟感情之深。

然而即便如此，鲁迅还是因为家事和二弟周作人闹了矛盾，鲁迅也因此愤而搬家。后来，他的第二任妻子许广平为他生下了儿子海婴，从此他全心全意拂母亲和妻儿。他后来移居上海，每月寄足额生活费给母亲和前妻朱安。对于妻儿，他更是细致耐心。他和许广平的书信编辑为《两地书》出版，成为夫妻感情的最好见证；他的日记里经常见到关于儿子海婴的成长记录。家庭生活的温馨使这位"斗士"可以暂时放松一下，而斗士这鲜为人知的另一面正是鲁迅先生坦率真诚的表现。

知识小问答	鲁迅的弟弟叫什么名字？			（　　）
	A. 周树人	B. 周作人	C. 鲁良	

杜甫，自号少陵野老，唐代伟大的现实主义诗人。

望　岳

［唐］杜甫

岱宗①夫如何？齐鲁青未了。
造化②钟神秀③，阴阳割昏晓。
荡胸生层云，决眦④入归鸟。
会当凌绝顶，一览众山小。

"高远的理想是攀登之路的指引与力量的源泉。"

　　本诗作于杜甫落第而归后北游齐、赵的漫游途中，虽然仕途略有不顺，但诗人处于裘马轻狂的青年时期，自谓能立登要路、致君尧舜，泰山的雄浑景致又触发了诗人内心的豪情壮志，所以诗歌充满了蓬勃向上的精神和豪迈的气概。

　　首联发句以问句领起，语气词"夫"的使用将古文笔法融入诗句，生动地抒发了诗人初识泰山的赞叹仰慕之情。泰山到底怎么样呢？之后不实写泰山景致，而是虚写一笔，泰山横亘于齐鲁两地中间，诗人以即使走出齐鲁，仍可望见青绿山色来烘托泰山的高远。颔联以传奇之笔写泰山高雄秀美，"钟""割"二字传神，仿佛天地的灵秀之气与鬼斧神工都汇聚在高耸的泰山之上。颈联是诗人主观感觉的介入，归鸟投林、层云浮荡，缥缈神奇的景致摇荡了诗人的心神，恨不能将山中景色尽收眼底。尾联为全诗的升华，"会当"是"一定要"，登顶泰山在此已经超越了其本身的含义而成为一种俯视一切的雄心和能力，如黄钟大吕之响，震荡人心。

　　全诗写望岳，却无一"望"字，而是通过对泰山描写角度和景致的选择来体现遥望之感，使人如身临其境。

①岱宗：泰山亦名为岱山或岱岳，古代以泰山为五岳之首，诸山所宗，故又称"岱宗"。②造化：大自然。③钟，聚集；神秀，天地之灵气。④决眦：眦，眼角。形容眼角要裂开。

泰山凭何被誉为"五岳之首"

泰山位于山东省中部，属于泰安市，主峰玉皇顶，海拔1545米。

泰山有"天下第一山"的美誉，不仅源于其自然形态与景观，更有其独尊的历史渊源。早在远古时代，泰山就是东方文化的重要发祥地。秦汉之后，泰山又成为最高政权的象征，汉代班固所著《白虎通义》说："王者受命，易姓而起，必升封泰山。"泰山封禅被视为昭告统治者受命于天，向上天报告帝王政绩，感谢神灵庇佑的象征。此后，历朝历代沿袭此法，不断在泰山举行封禅和祭祀活动，建筑庙宇，刻石题字，文人墨客游历于此也有感于其雄伟气魄，留下了许多颂扬泰山的文字碑碣。

"造化"一词从何而来

在本诗中，"造化"指自然天地，孕育万物。"造化"一词最早出现在道家经典《庄子》中，《庄子·大宗师》有云："今以天地为大炉，以造化为大冶，恶乎往而不可哉！"这里的"造化"即对应于天地，指其陶铸群物，锤锻苍生的作用。"造化"也有创造化育的动词含义。在道家典籍中，"造化"有时也指道家系统中化育万物的"道"。

而后经过发展，"造化"也可以代指福分与运气，明代冯梦龙《喻世明言》就有"若是老身这两只脚跨进得蒋家门时，便是大官人的造化"的说法。

"登高"诗的由来

在中国古代的诗歌中，可以发现古人对登高情有独钟，不论是登山、登楼还是登台，诗人往往在登高远望、独倚栏杆之时抒发内心的感慨，留下不朽的名篇佳作。登临高处时眼界的扩展与心胸的舒展是每个人的切身体会，而敏感多思的诗人更容易与眼前景致产生共鸣，触发感慨，寄托心曲。

有时，是独立高台，天地浩渺触发的时空轮转、人事沧桑之感，陈子昂《登幽州台歌》："前不见古人，后不见来者。"一种"伟大的孤独感"呼之欲出。有时，广阔天地、悠悠山水使一腔豪情充塞胸臆，本诗即是杜甫登泰山而俯视万物的雄大气魄。而对于羁旅漂泊的游子，移步高处的他们所望见的，是故乡的山水。崔颢的《黄鹤楼》所言"日暮乡关何处是，烟波江上使人愁"即是一例。古时女性所居之地多为楼，独倚绣楼的她们望穿秋水，期盼见到远行的情人，王昌龄《闺怨》中"不知愁"的少妇在登上翠楼之后都被陌头的杨柳色勾起了对远赴边疆抚恤的丈夫的无限离愁。登高时人的视野扩大，可以整体感知眼前的风景，也会突然被一草一木抓取了视线，思绪纷繁，被遗忘的事情仿佛"今朝都到眼前来"。

江山留胜迹，我辈复登临。登高往往使诗人产生视通万里之感，文思泉涌。

"岱宗"是五岳之中哪座山的称号？　　　　　　（　　）
A. 秦岭　　　B. 嵩山　　　C. 泰山

辛弃疾，字幼安，号稼轩，南宋豪放派词人、将领。

摸鱼儿·更能消几番风雨

[宋] 辛弃疾

淳熙己亥，自湖北漕移湖南，同官王正之置酒小山亭，为赋。

更能消①、几番风雨，匆匆春又归去。惜春长怕花开早，何况落红无数。春且住，见说道，天涯芳草无归路。怨春不语。算只有殷勤，画檐蛛网，尽日惹飞絮。

长门②事，准拟佳期又误。蛾眉③曾有人妒。千金纵买相如赋④，脉脉此情谁诉？君莫舞，君不见，玉环飞燕皆尘土！闲愁最苦！休去倚危栏，斜阳正在，烟柳断肠处。

"触目尽是衰败的景致，家国之愁在这个暮春萦绕不去。"

本词题序交代了创作的缘起和背景，辛弃疾由湖北的转运副使调转到湖南，当时正是暮春时节，同僚王正之为其置酒饯行，辛弃疾感慨万千，写下了本词。

词的上阕写诗人的惜春、留春和怨春之情，看似写暮春景致，实则写处于风雨飘摇中的南宋朝廷。"更能消"即使再也经受不住风雨的打击，春花凋残，满目憔悴，惜春之情油然而生。"春且住"和"怨春不语"是诗人向春天做痴语，动之以情，晓之以理，天涯芳草，哪里是你的归所呢？不如留在此处吧。然而春光无情逝去，诗人只能于屋檐蛛网上沾留的柳絮找寻一点儿春的痕迹，聊以自遣。

这种对春日浓厚、深切的感情，是诗人对故园的怀恋与对国势日衰的痛惜的映照。

下阕诗人借用典故而大胆生发，以陈皇后遭人妒忌而失宠比拟自己忠而见疑，屡屡遭受排挤打击。"又误"是陈皇后被召幸的佳期一再延误，也是辛弃疾多次被调遣，壮志难酬的象征。"纵"字生动地传递出诗人的无奈和愤懑，问句"脉脉此情谁诉"正是此情无人可诉的表达。而下句即转入第二个层面，诗人借杨玉环和赵飞燕典故，指责和警告长袖善舞、曲意逢迎的奸佞小人。最后以景语作结，"闲愁"本为无端无谓的忧愁，然而诗人言其至苦，是辛弃疾的"闲愁"仍旧包含了痛切的家国之感，暮色苍茫的斜阳烟柳又勾起对南宋日薄西山命运的联想，使诗人思之肠断。

①消：经受。②长门：汉代宫殿名，武帝皇后失宠后被幽闭于此。③蛾眉：借指女子容貌的美丽。④相如赋：即司马相如的《长门赋》。

《长门赋》的故事

《长门赋》的作者是汉代著名的文学家司马相如。司马相如其人好读书、善弹琴,写得一手好文章,其中,特别擅长写赋,是汉赋的代表作家,正因其生花妙笔与卓越的文才,陈皇后才会在失宠后托重金求其作赋,而前提是司马相如以赋见宠信,武帝刘彻喜好辞赋。

《长门赋》开骈体宫怨题材的先河,是司马相如以一位受到冷遇而郁郁寡欢的嫔妃口吻写成的骚体赋,其文体本身就含有屈骚缠绵不尽的不平之义,诗人用一系列景色来描写衬托女子心中对爱的期盼与爱而不得的失落,于情景交融中衬托出其内心丰沛的情感与幽微敏感的心绪,辞藻华丽,句句精工。

古代如何形容女子貌美

本诗中,"蛾眉"借指女子容貌的美丽,蚕蛾触须细长而弯曲,以此比喻女子美丽的眉毛,"淡扫蛾眉朝至尊"即是一例。古代形容女子美貌有许多美好的比喻,早在《诗经·卫风·硕人》中,就以"手如柔荑,肤如凝脂,领如蝤蛴,齿如瓠犀,螓首蛾眉"来形容卫庄公夫人庄姜曼妙的姿容。"柔荑"是柔嫩的白茅的芽,"蝤蛴"为色白身长的天牛的幼虫,"瓠犀"为瓠瓜子儿,色白而齐,"螓"古书上指一种形体较小的蝉,头部宽广方正。古人的这种比喻现在看来实在有些出人意料,想象奇特,然而对于与自然联系紧密的当时之人,由于对自然的熟谙,这就是他们借自然以感知、理解、记录人类社会的一种方式。

圣明天子与绝情郎君

在本诗中辛弃疾以美人见妒来表达自己受到小人的排挤而难以建功立业的愤懑之情,以男女情写君臣意。朱自清在《诗言志辨》中说"艳情之作以男女比主臣,所谓遇不遇之感",表达政治情怀并非始自辛弃疾,这种手法有着悠久的传统,最有代表性的是《楚辞》中"香草美人"的象征意象。

《楚辞》中有大量的人物、神灵的形象,其中,以"美人"做比喻和象征处尤为多。宋代洪兴祖的《楚辞补注》说:"屈原有以美人喻君者,'恐美人之迟暮'是也;有喻善人者,'满堂兮美人'是也;有自喻者,'送美人兮南浦'是也。""美人"代表了屈原的政治理想和政治追求的意象,是一种心理投射,在《离骚》中,"曰黄昏以为期兮,羌中道而改路。初既与余成言兮,后悔遁而有他。"用男女的婚假来表示君臣相契,而用男子的变心来表示君主对贤臣的猜忌和不信任。

这种文人借男女情表达情感抱负,抒发美刺、讽喻的方式是中国文学中一种独特的表达方式,可以以受到冷遇的女子自比来抒发不受君主赏识的愤懑与孤独,也可以用对浪漫美好女子的孜孜以求来表达对明君的向往,并以在追求中的凄迷恍惚的环境来体现政治理想的失落。

知识小问答 下列形容女子貌美的古代用词不包括哪一个? ( )
A. 闭月羞花　　B. 螓首蛾眉　　C. 美轮美奂

王翰（687—726），字子羽，并州晋阳（今山西太原市）人，唐代边塞诗人。

凉州词二首·其一

[唐]王翰

葡萄美酒夜光杯①，
欲饮琵琶马上催。
醉卧沙场君莫笑，
古来征战几人回？

"作旷达语，倍觉悲痛。"

  这首七绝是王翰所作组诗中的第一首，记叙一场战前宴饮，旷达情怀后更有一丝不易察觉的悲凉。

  前半部分是场景描写，夜光杯盛满葡萄美酒，正想举杯痛饮，马背上传来阵阵琵琶声助兴，好像在催促战士们及时行乐。葡萄酒、琵琶乐是典型的西域元素，诗人用此来点明叙事地点，用视觉和听觉描写结合的方法，奠定全诗热烈的情感基调。整个沙场一扫往日荒凉，军中欢声笑语，觥筹交错，看似气氛轻松，其实是在鼓舞士气，他们马上就要展开一场激烈的战斗了，每个人的心中都有一份悲壮。

  下半部分是一个战士的自述，又好像战友之间劝酒的谈话：今夜若是醉倒在沙场上，请诸君不要见笑，自古出征有几个人是活着回去的？面对刀光剑影，他们一定早就做好了牺牲的准备，才能说出如此豪放豁达的话。他们为国捐躯，视死如归，喝起壮行酒，整个军营都洋溢着热情。

  整首诗用词明快、鲜艳，没有哀怨之语却能引人慨叹，整体上意境开阔，尽显盛唐气象。

①夜光杯：产于肃州（酒泉），色彩绚丽，造型优美，玲珑剔透。

"年度最受欢迎歌曲"——凉州词

王翰的《凉州词》并不是指在凉州所写，而是所用的曲调名称。《乐苑》记载："凉州宫词曲，开元中，西凉都督郭知运所进。"《凉州词》本是西域的乐谱，由郭知运进献给唐玄宗，所以在中原流行开来。唐代诗人很喜欢这个曲调。由于它独特的异域风情，许多诗人给它填上边塞战场词，相当于今天的歌词，比如王之涣的"羌笛何须怨杨柳，春风不度玉门关"，孟浩然的"坐看今夜关山月，思杀边城游侠儿"等。这些诗传到今天，乐谱早已失传，只有词还留着。

琵琶为什么要在马背上弹奏

对于"欲饮琵琶马上催"，有人认为是用琵琶催促战士们停止宴饮、马上集合。首先，唐代军队多用角、鼓、钲，并没有用琵琶为号的规定；其次，前一句是在写宴席的盛大，后一句写将士们继续饮酒，兴致很高。如果此句是催促集合，他们怎敢不立即停止呢？王翰可不是想要表现唐朝军容散漫的。所以此处是说在马背上传来的琵琶声轻快急促，听起来心情舒畅。汉代刘熙《释名·释乐器》："枇杷本出于胡中，马上所鼓也。"少数民族喜欢在马背上弹奏乐器，琵琶传入中原后失去了这一传统，但此诗中军队在西北边塞，入乡随俗，而宴饮之时，奏乐也需要仪式感，所以在马上弹奏。

古代饮酒礼仪知多少

中华民族的酒文化源远流长，因此酒器文化也历史悠久。夏商周时期，饮酒是贵族的特权，不同等级的人用不同的酒器，蒸酒、盛酒、斟酒、罚酒也用不同的酒器。酒过多则会放纵，精美的酒器握在手里，赏心悦目，同时也有约束的作用。

秦汉时期酒成为日常饮品，隋唐时期酿酒技术大大进步，西域葡萄酒传入，行酒令流行开来，增加了民间饮酒活动的趣味性。唐诗的兴盛有酒的一份功劳，唐诗的品位也提升了酒文化的高度。唐人的酒器也十分精美，材质有玉、瓷、金银、玛瑙、水晶、玻璃、象牙等，极尽奢华，用这些器具饮酒，一半因酒醉，一半因杯醉，从中能够获得生理和心理双重的审美乐趣，文人也能因此获得灵感。

金庸的武侠小说《笑傲江湖》的第十四章名为"论杯"，祖千秋对令狐冲说："古人诗云'葡萄美酒夜光杯，欲饮琵琶马上催。'要知葡萄美酒作艳红之色，我辈须眉男儿饮之，未免豪气不足。葡萄美酒盛入夜光杯之后，酒色便与鲜血一般无异，饮酒有如饮血。岳武穆词云：'壮志饥餐胡虏肉，笑谈渴饮匈奴血'，岂不壮哉！"诗中即将上战场的将士们，也应该有这样的想象吧，饮酒如杀敌，醉倒就是胜利。

中华民族是礼仪之邦，传统的礼仪要求渗透到生活的方方面面，日常生活就多了些仪式感，喝酒更是这样。

> **知识小问答** 我国古代传统的饮酒器皿种类不包括下列哪一个？　　　（　　）
> A. 觚　　B. 舟　　C. 碗

曹操，字孟德，小字阿瞒，沛国谯县（今安徽亳州）人。

短歌行

［魏］曹操

对酒当歌，人生几何！譬如朝露，去日苦多。
慨当以慷①，忧思难忘。何以解忧？唯有杜康。
青青子衿，悠悠我心。但为君故，沉吟至今。
呦呦鹿鸣，食野之苹。我有嘉宾，鼓瑟吹笙。
明明如月，何时可掇②？忧从中来，不可断绝。
越陌度阡，枉用相存③。契阔谈䜩，心念旧恩。
月明星稀，乌鹊南飞。绕树三匝，何枝可依？
山不厌高，海不厌深。周公吐哺④，天下归心。

解读赏析

"愿做伯乐，接纳天下的千里马。"

曹操慷慨而歌，抒发心中年华逝去之伤与求贤若渴之情，体现出曹操在政治上的谋略与雄心。

诗歌前四句围绕着一个"忧"字展开，他一边喝酒一边高歌，感叹人生短暂，青春就如同早晨的露水转瞬即逝，实在苦于逝去的时日太多。此时本应慷慨而歌，但忧伤难以忘却。什么能帮我排解忧愁？唯有痛饮杜康酒了。诗人感叹时光匆匆，霸业未成就已不再年轻。但酒并不能消愁，那什么能做到呢？下四句是答案：穿着青衫的学子啊，你们悠悠地牵着我的心，只因为你的缘故，我在此沉吟。这里直接摘录《诗经·子衿》，用"青衿"借指有识之士，指出本诗的宗旨在于"求才"。接着又引用《诗经·鹿鸣》：呦呦叫的小鹿，吃着田野上的蒿草。好宾客在我这儿，一定要弹瑟吹笙来庆祝。这里委婉含蓄地表现出曹操的态度：只要是贤才来辅佐我，我一定以礼相待。以此可以看出，这其实是曹操的"求贤令"。

接下来，诗人感叹，我何时才能摘取明月啊？人才难得如揽月，这让他陷入不可断绝的忧愁之中。多么希望远方的宾客能够顺着田间小路，屈尊来探望我，久别重逢谈心宴饮，我念着往日的恩情。后四句是诗人思绪飘荡的写照。月光明亮，星光稀疏，乌鹊南飞绕树三周却无枝可栖，比喻三国鼎立的时代，人才无人赏识，不知何去何从。山再高也不嫌高，海再深也不嫌深，我愿意招揽更多的人才，就像周公一样，等不及见贤才三次吐出口中饭，使天下贤才都心悦诚服地归顺于我。最终情绪又转向高昂。

此诗借古体格式，多处用典、暗喻，不直指国事却又处处暗指，既有文人的典雅风韵，又具政治家的宏韬伟略，有极高的艺术鉴赏性。

---

①慨当以慷：应该用慷慨的感情歌唱。当以，应当。慨、慷，慷慨之情。②掇：摘取。③枉用相存：屈尊来探访。枉，枉驾。用，以。存，探访、问候。④哺：食物。

歌行体

曹操有《短歌行》，乐府诗里还有一首《长歌行》，它们都属于"歌行体"，是在东汉末年的乐府诗基础上建立起来的一种诗歌体裁，可以配乐演唱，延续了古乐府诗将叙事、写景和抒情融为一体的风格，篇幅可长可短，句式有四言、五言、七言、杂言等。长歌情感较为外放，适合内容积极向上的词，短歌曲调较为平静、短促，低吟浅唱，适合表达忧郁的情绪。唐代著名的歌行体作品有李白的《侠客行》、杜甫的《茅屋为秋风所破歌》、白居易的《长恨歌》等。

"青衿"长什么样

唐代孔颖达《毛诗正义》："青衿，青领也，学子之所服。""青衿"是古代传统的校服，青色的领子，前襟左右相交，衣色素净，表现年轻人的谦逊和求知若渴的态度。周代、南北朝、隋唐和宋代都用这种校服。据《新唐书·礼乐志九》记载："先置之官就门外位，学生俱青衿服，入就位。"古代的传统校服还有"襕衫"，是圆领的白色长衫，配饰有"峨冠""巾帽"等。

曹操与《诗经》

曹操的诗，情感饱满，但往往不喜直言其事，一番婉言曲语，找一系列的喻体，读者要结合写诗的背景来猜测本体为何物，而这比喻往往十分浅切生动，一猜就透，比如《短歌行》里的青衿、乌鹊，《龟虽寿》里的神龟和老马，《观沧海》里的洪波、日月、银河，好像说什么事前面都要加个有趣的修辞——欲言此物，先言他物，这就是《诗经》所开创的"比""兴"手法。

据统计，曹操的作品一共引《诗经》26次，或引某个意象，或引原句，或引《诗经》篇目的主旨。这些引用都是有感而发，为了不同的主题而服务，同时注入自己对《诗经》的理解。《短歌行》巧妙联系，把对贤才的仰慕说成犹如青年男女热恋时的思念之情，把自己承诺礼遇贤才比喻成小鹿呼唤同伴食苹的友爱场景，另类地表达自己的政治意图，显得清新、真挚。正如钱大昕所说："或又疑《生年不满百》一篇檃栝古乐府而成之，非汉人所作，是犹读魏武《短歌行》而疑《鹿鸣》之出于是也，岂其然哉？"看《短歌行》，好像以为《诗经》的《鹿鸣》篇反倒是出自它的，可见化用功力之纯熟。

传统的经学研究对于《诗经》，总是从诗小序上着眼，或"美"或"刺"，任何字词都是政治的附庸，先秦时期的政治交往中"赋诗言志"是一项基本技能，朝堂之上，吟《无衣》一定是说政治联盟，诵《河水》一定是表示归顺。以曹操为首的建安文人，能够从审美意趣上自由摘取《诗经》，自觉进行语词的锤炼，为我所用，是文学的一大进步。

| 知识小问答 | 以下哪首诗不是唐代著名的歌行体作品？ （ ）
A.《茅屋为秋风所破歌》　　B.《长恨歌》　　C.《渔家傲》 |

曹操，字孟德，小字阿瞒，沛国谯县（今安徽亳州）人。

观沧海

[魏] 曹操

东临碣石，以观沧海。
水何澹澹①，山岛竦峙②。
树木丛生，百草丰茂。
秋风萧瑟，洪波涌起。
日月之行，若出其中；
星汉③灿烂，若出其里。
幸甚至哉④，歌以咏志。

"非意气风发之人无法言说。"

　　207年，曹操东征乌桓胜利，击败袁尚和袁熙，经过碣石山，望见山川嶙峋，波澜壮阔，凯旋之快意被激起，于是面对着山河吟诵此诗。全篇以第一人称描述所见所闻，笔触粗粝强劲，虚实结合，情景交融，抒发雄心壮志。

　　首句交代地点，军队向东行，他登上碣石山，俯瞰这苍茫大海。一个"观"字统领全文。海水是如此浩浩荡荡，惊涛拍岸，山岛高高耸立着，危峰兀立。山上树木丛生，百草丰美，远远望去郁郁葱葱。这里的景物由远及近，随着诗人的目光而被一一呈现。接着，诗人的视角又转宽：秋风萧瑟凄凉，吹动大海，汹涌澎湃，涛声震耳，似乎有着吞噬一切的力量。接下来，诗人肆意发挥想象力，日月更替，星河璀璨，好像都是从这浩瀚的海洋中生发的。他运用夸张的修辞手法，大胆地幻想，把最宏观的宇宙运行都归为眼前这片沧海的力量。本诗写景到此结束，无一字写情，却处处有情。客观世界虽然不为人的意志所转移，但失意之人与得意之人眼中所见，截然不同，诗中的寥廓之景、恢宏之语，非意气风发之人无法言说。曹操扫除袁绍余党，以一次大捷开启北伐之旅，他渴望结束三国鼎立之势，一统天下，掌握大权，如此雄心壮志，洋溢在字里行间。

　　最后一句是乐府诗的固定格式，"来到这里十分庆幸，就以歌来吟咏我的志向吧"，这句用于表明诗歌体裁，也便于配乐演唱。

　　此诗是著名的四言诗，也是汉末建安文学的经典之作。

①澹澹：水波荡漾的样子。②竦峙：高高竖立。③星汉：星河。④幸甚至哉：庆幸至极。

何谓"四言诗"

四言诗是中国较为古老的诗歌体裁，每句四字，句数不定，《诗经》多用四言体式，"关关雎鸠，在河之洲""终风且暴，顾我则笑""有匪君子，如切如磋，如琢如磨"，偶有三、五、七字句，但四字占绝大部分，是四言诗的巅峰。东汉以后五言诗地位上升，四言诗佳作较少，著名的有曹操的《短歌行》、嵇康的《四言赠兄秀才入军诗》等。

碣石山在哪里

碣石山在今河北省秦皇岛市昌黎县，山体呈圆柱形，高耸入云，奇险峻峭，是渤海岸边最高的一座。许慎《说文解字》："碣，特立之石。""碣"有直立、竖长之义。登上碣石山，可望见大海茫茫。山上还有天柱凌云、水岩春晓、龙蟠灵壑、凤翥祥峦等奇景。1954年毛泽东在北戴河作《浪淘沙·北戴河》："往事越千年，魏武挥鞭，东临碣石有篇"，说的就是这里。而在曹操之前，秦始皇和汉武帝也到过这里，这是因为从战国以后，人们就传言碣石山是仙人所居之地，这两位帝王希求长生不老，都是来山上祈福求仙，希望获得长生不老秘术的。

诗歌的骨肉

诗歌同所有文学体裁一样，是所用的词句和想表达的思想的相加。有些诗主题鲜明，但用词粗疏，不够精细；有些诗辞藻华丽，内里空洞无物。纵向地看，这些都不算是成熟的文学作品。魏晋时期的诗歌开始重视个性化的审美，反对浮夸无实、没有灵魂的文章，开始形神并重。

从这个时期开始，文学开始脱离政治和刻板审美，成为独立的一派。魏晋南北朝时期出现了"文笔之分"，人们把纯审美文学功用的文章划分为"文"，把有其他功用的文章划分为"笔"。从此以后，不再是写一写字，就叫"文学"了。

以曹操、曹丕、曹植父子三人为代表的建安时期的作品真实地反映了现实的动乱和人民的苦难，抒发建功立业的理想和积极进取的精神。同时也流露出人生短暂、壮志难酬的悲凉幽怨，意境宏大，笔调朗畅，具有鲜明的时代特征和个性特征，其雄健深沉、慷慨悲凉的艺术风格，文学史上称之为"建安风骨"。他们既重视辞藻的精雕细琢，展现出"风"，又关注情感的真挚传达，塑造出"骨"，骨肉兼备，诗体便硬朗起来，不再像前代一样有失偏颇。而这样的文学写作风格，对今天进行写作的我们来说，依旧有很好的指导作用和启发意义。

以下哪首不是曹操的诗歌作品？　　　　　　　　　　　　　　　　　　（　　）
A.《短歌行》　　　B.《长歌行》　　　C.《亥下歌》

陶渊明,字元亮,又名潜,私谥"靖节",世称靖节先生,浔阳柴桑(今江西省九江市)人。

归园田居·其一

[晋] 陶渊明

少无适俗①韵,性本爱丘山。
误落尘网中,一去三十年。
羁鸟恋旧林,池鱼思故渊。
开荒南野际,守拙②归园田。
方宅十余亩,草屋八九间。
榆柳荫后檐,桃李罗堂前。
暧暧③远人村,依依④墟里⑤烟。
狗吠深巷中,鸡鸣桑树颠。
户庭无尘杂,虚室有余闲。
久在樊笼里,复得返自然。

"初心可贵。"

  这组诗是陶渊明辞官归隐后所写,记录淳朴宁静、清新恬淡的田园生活,表达出他不与黑暗官场同流合污,安于清贫、向往自由、坚守本真的高尚情操。

  前三句直接表现诗人与官场的格格不入和对淳朴生活的追忆,这使他进入官场最终辞官归田,交代了这组诗的主题。他从小就没有适应世俗的气韵,天性就热爱山水田园。不小心落入凡尘俗世的罗网中,这一去就是三十年。秉承儒家的入世精神进入官场多年,此刻他才知道这是违背自我本性的。误入歧途的他,像囚鸟一样依恋往日山林,像池鱼一样思念着旧时深渊。因此他离开了,在南边田野开垦荒地,守住自己的笨拙和本心回归田园。他有了房屋方圆十余亩地,还有草屋八九间,榆柳树荫笼罩房后屋檐,桃李树装点着房前小院,比昔日富丽堂皇的官邸又多了一份温馨。接着,诗人远眺远方山野,远处村社隐隐约约,袅袅炊烟轻缓飘升,显示出朦胧之美。深巷中传来几声狗吠,桑树顶有鸡在打鸣。村庄是静,鸡犬是动,农村生活在动静描写中,更添一丝烟火气息。庭院内没有那尘杂俗事干扰,安静的房间里我尽享悠闲,从前的交际应酬、烦琐公务、虚伪人情都不见了。最后一句体现了诗人对官场的极度厌倦,把它比作"樊笼",与上文的"尘网"相对应,此时他如释重负,整首诗结束于轻松愉悦的心情。

  此诗在写景上讲究动静结合、远近相交,抒情上运用比拟、对比,前后呼应,让人见之忘俗。

①适俗:适应世俗。②守拙:守住笨拙的性情,意为坚守节操。③暧暧:模糊不清的样子。④依依:轻柔袅娜的样子。⑤墟里:村落。

不为五斗米折腰

41岁时,陶渊明任彭泽县令,俸禄只够买五斗米。郡上一个邮督为人贪婪骄横,奉命来查政务,县官都穿得整整齐齐去拜见他,陶渊明平生最恨谄媚权贵,又非常蔑视这个邮督,他说:"吾不能为五斗米折腰,拳拳事乡里小人邪!"然后挂印辞职,永远离开了官场,也保全了自己的气节。

鸡怎么能上树

鸡是传统的家禽,有翅膀但飞不高,是不会跳到树上打鸣的,陶渊明为什么说"鸡鸣桑树颠"呢?首先,与"狗吠深巷中"相对,这句不应该是文学的虚构而是写实。有解释说,南方的桑树经常修剪,比较矮小、茂密,鸡常常飞上去做窝;《齐民要术》记载:"雌雄皆斩去六翮,无令得飞出。"可见古人为了防鸡乱飞还要剪翅。古代南北的鸡品种也不同。郭璞《尔雅注》写道:"盖鸡有蜀鲁荆越之种,越鸡小,蜀鸡大,鲁鸡又其大矣。"南方精瘦的鸡会更轻盈,陶渊明隐居之地在江西,很有可能那里的鸡会上树。

对家人心怀愧疚的陶渊明

读《归园田居》组诗,看陶渊明开荒种田,游山玩水,儿女绕膝,逍遥似神仙,其实陶渊明的归隐生活并不是这么悠闲。作为丈夫和父亲,他心有愧疚。

兜兜转转13年,陶渊明终于在41岁彻底归隐,告别了他所不齿的一切,也失去了"铁饭碗"。和拥有一栋带花园的大别墅"辋川别业"、闲来采采风摆摆宴的王维完全不同,陶渊明彻底变成封建时代一个底层的农民,衣食住行都得从土里刨。他自嘲"草盛豆苗稀",披星戴月地锄草,后来慢慢能"苗生满阡陌""只鸡招近局"了。他的夫人翟氏毫无怨言,"夫耕于前,妻锄于后",也算恩爱。可44岁那年,一场大火把他辛苦置办的家业全部烧毁,高傲的陶渊明不得不"叩门拙言辞"地向人求助,心中的耻辱感可想而知。基本生活都成问题,子女们怎么可能享受好的教育?他的五个儿子"总不好纸笔""不识六与七",跟着一无所有的父亲品尝生活的艰辛。他在《与子俨等疏》中写道:"汝辈稚小家贫,每役柴水之劳,何时可免?念之在心,若何可言。"他很内疚。

可陶渊明没有再回头,也不听别人的劝说。"人生归有道,衣食固其端",他不是两脚不沾地的人,一直努力种田养家。如果他是想走"终南捷径"来博取功名,怎能忍受贫困这么多年?他从未把缺衣少食的生活和坚贞不屈的性情割裂开来,在贫病交加中逝世。作为一家之主,他对家人有愧;作为靖节先生,他对自己无悔。

 陶渊明辞官归隐大概是在什么年龄段? （　　）
A. 青年　　B. 壮年　　C. 晚年

李白（701—762），字太白，号青莲居士，又号"谪仙人"，唐代伟大的浪漫主义诗人。

赠韦秘书子春·其二

[唐] 李白

徒为风尘苦，一官已白须。
气①同万里合，访我来琼都②。
披云睹青天，扪虱话良图。
留侯③将绮里④，出处未云殊。
终与安社稷，功成去五湖。

解读赏析 JIEDU SHANGXI

"达能兼济天下，穷不独善其身。"

此诗作于公元756年，李白为躲避"安史之乱"携夫人隐居江西庐山的九叠屏，永王李璘的谋士韦子春去山中探望，李白与其畅谈安定江山和建功立业的宏愿。

首句是与好友相逢时的问候：你徒劳为凡尘俗世奔波辛苦，一生为官，胡须都已经白了。久违的朋友因国事操劳，李白眼中的他是沧桑疲惫的，几笔肖像描写记录友人的关怀。下句中诗人感叹，你我气质相同，远隔万里也心意相合，如今你来琼都探访我，我心中万分感激。志同道合多么不易，你我身披山中云雾，自由自在地按着身上的虱子，谈论美好未来的图景。这里李白用典"扪虱而谈"，出自《晋书·王猛传》："桓温入关，猛被褐而诣之，一面谈当世之事，扪虱而言，旁若无人。"王猛在高官桓温面前穿破衣挤虱子，却把天下大事条分缕析，见解独到，得到了桓温的注意。从此"扪虱"便指不拘小节的贤才。李白以王猛自比，折射出他对才华的自信。接着，他提到了汉代的留侯张良和"商山四皓"绮里季，前者帮助刘邦打下汉室江山后急流勇退，后者帮助稳固太子之位却依然隐居商山，得到善终。李白也想像他们一样，先辅佐君王安定江山，功成名就后再隐居于五湖四海。尾句与朋友共勉。

此诗体现出李白强烈的政治雄心，虽然是个"谪仙人"，他身上也有儒家传统的入世精神，强调人的社会价值。

---

①气：气质。②琼都：指庐山仙境。③留侯：指汉朝的开国功臣张良，他被封为留侯。④绮里：汉代著名隐士，商山四皓之一。

一叶舟，五湖游

范蠡是越国的大夫，他"佯狂倜傥负俗"，才华横溢，特立独行。越国在与吴国的会稽之战中惨败，范蠡劝越王勾践忍辱负重，保存国家实力，用财物美色麻痹吴王夫差。勾践夫妇在吴国为奴为婢，范蠡却依然恪守君臣之道，在一旁服侍。勾践回国后大行范蠡的"节事之道"，最终一雪前耻吞灭吴国。范蠡看透了勾践"狡兔死，走狗烹"的性格，便在此时提出辞官归隐，乘一叶扁舟，入五湖而去，过上了随心所欲的生活。元人有曲《柳营曲·范蠡》："一叶舟，五湖游，闹垓垓不如归去休。"

"秘书"是个什么官职

古人称为官之人，常常用"姓氏"+"官名"+"名字"，可见韦子春担任秘书郎一职。唐代设有秘书省，负责管理国家藏书。《唐书·百官志》："秘书省，有监一人，少监二人，丞一人，秘书郎三人，校字郎十人，正字二人。"秘书郎主要负责看管、校订图书，纠正其中的讹误。古代担任秘书之职的官员一定是公认博学多闻之人，而今天我们常说的秘书，是指那些受雇为上司处理日常杂事和文案工作的人，是一份很普通的职业。

李白的庐山

李白很喜欢庐山。它雄奇险秀，有冰川刃脊，叠泉飞流，处处有奇景，拥有瑰丽想象的李白望见它就诗兴大发。他曾多次与庐山结缘，每次都在人生节点上。

25岁那年，他离开蜀地辞亲远游，第一次登上庐山，便被它的丹岩翠壑迷住。那时他颇有名气，初入仕途便畅通无阻，人人称赞这位青年才俊。庐山五老峰的雄壮激起了他的满腔壮志，在《登庐山五老峰》中幻想它是"青天削出金芙蓉"，这奇趣的比喻，向世人展露着他的锋芒。

三十年河东，三十年河西。56岁，经历宦海沉浮的李白在兵荒马乱中无处可去，想到了那个仙气萦绕的庐山。于是他隐居在庐山的屏峰嶂，却不忘担忧国事，写下《赠王判官时余归隐居庐山屏风叠》："吾非济代人，且隐屏风叠。中夜天中望，忆君思见君。"庐山对他来说，是一个避风的港湾，是舔舐伤口的幻境，但他不会久留。

公元761年，李白已60岁。因为永王李璘被判为乱党，他也遭到流放，这无疑是重大的打击。李白在流放夜郎的途中被赦，却无处可去，便顺着九江回到庐山。风烛残年的李白，为重获自由而兴奋，对着飞溅的三叠泉瀑布，吟出了千古名作《望庐山瀑布》，这个乐天派心中仍然有"飞流直下三千尺"的热情，如此旷达的心胸，要经历多少磨难才可铸就啊？

李白在庐山中汲取力量、保全性命、感悟真理，经历了"看山是山，看山不是山，看山还是山"的三重境界。诗歌天才遇到如此美景，可以说是文学的幸事了。

下列哪个不属于我国古代"秘书郎"的工作范畴？　　　　　　　　　　（　　）
A. 看管图书　　B. 编写图书　　C. 帮上级书写文书

李白（701—762），字太白，号青莲居士，又号"谪仙人"，唐代伟大的浪漫主义诗人。

宣州谢朓楼饯别校书叔云

[唐] 李白

弃我去者，昨日之日不可留。
乱我心者，今日之日多烦忧。
长风万里送秋雁，对此可以酣高楼。
蓬莱文章①建安骨②，中间小谢又清发。
俱怀逸兴壮思飞，欲上青天览明月。
抽刀断水水更流，举杯消愁愁更愁。
人生在世不称意，明朝散发弄扁舟。

"李白总是在出世与入世之间摇摆。"

此诗作于753年，李白来到安徽宣州的谢朓楼上送别担任校书郎的叔叔李云，此时李白处于仕途失意之时，全诗充满着怀才不遇的苦闷和消极避世的色彩。

诗歌前两句相对为文，体现出诗人对时光流逝功业不成的惋惜，和郁郁不得志的烦乱。昨天的日子弃我而去，无法挽留；今天的日子乱我心绪，几多烦忧。接着诗人远眺碧空，秋风乍起，天气转凉，送来了南归的大雁，此景寥廓畅达，他的心情也转向开阔，有了畅饮高楼的兴致。心情的突转看似不合理，实则表现出诗人疲于面对黑暗的官场斗争、渴望回归自然的心情，所以情绪大起大落。"送"字也点明了送别的主题。下一句是诗人对古今文风的评判，但其实是暗喻饯别的主客双方：校书郎您的文章颇具建安风骨，而我的诗也如谢朓一般清新发散。既对李云做出了极高的评价，又表现出对自己才华的自信。此时，两人都怀着飘逸豪放的兴致，壮阔的思绪肆意飞翔，甚至想登上青天去摘取一轮明月。"览"字这句体现出诗人志在必得的狂放。可诗人的情绪又急转直下。拔刀斩水，水仍然奔流不止，举杯消愁，愁思却越发浓重。这比喻极富想象力，表现出诗人面对现实无能为力的心情。在人生不称意的苦闷中，他愿明日就披头散发，驾一叶扁舟四海漂流。最后一句是失意中显现出的潇洒气韵、名士风度。

整首诗没有离别的伤情，更像是知己间的一次推心置腹的宴饮，情绪跌宕起伏，阴晴不定，更显这位谪仙人的真性情。

①蓬莱文章：东汉时人们称国家藏书观为"蓬莱山"，而李云在秘书省担任校书郎，故此指代李云的文章。②建安骨：建安风骨，指汉末建安年间的以"三曹"为代表的现实主义文风，这里暗喻李云的诗风。

是人名也是楼名

谢朓楼是南齐诗人谢朓任宣城太守时在城北的陵阳山上修建的,有两层高,四角翘起,是典型的江南建筑。登楼可见苍松翠柏,宣城之景朦朦胧胧。谢朓称之为"高斋",在其中工作、生活,写下众多山水田园诗,尽显其隐逸情怀。李白的《秋季登宣城谢朓北楼》被广为传诵:"江城如画里,山晚望晴空。两水夹明镜,双桥落彩虹。"从此人们叫它"谢朓楼"。

仙人的死法

关于李白,民间流传着许多传说,最离奇的当数"捞月而死"了。传说李白在当涂县采石江上喝酒,醉后望见水中明月,心神荡漾,迷迷糊糊中竟向水中抓去,不慎落江,不幸溺亡。后世对这种颇具浪漫气息的死法进行了无数艺术加工,甚至有人说他溺亡后"直驾长鲸归紫清",得道升仙了。虽然这种死法与李白的传奇一生交相辉映,但并不属实。762年,李白在当涂写下《临终歌》,把诗歌手稿交给了族叔李阳冰,随后病逝。

李白的酒量

李白的传世诗中关于喝酒的有200多首。无论是高兴还是失落,宴饮还是独酌,无论是白酒、黄酒、绿酒还是葡萄酒,喝了便诗兴大发。他常说"会须一饮三百杯""一杯一杯复一杯",夸耀自己的酒量,其实他的酒量未必好。

有一次,唐玄宗和杨贵妃在沉香亭赏花,命李白为乐曲填词,可他醉得东倒西歪,还吐到了宫女身上,用冷水泼了才醒过来,举笔写下《清平调》词三首,引人惊叹。据杜甫写的《饮中八仙歌》,李琎饮三斗酒还能见皇帝,李适之喝酒就像长鲸吸百川,焦遂喝五斗才算开头,还能高谈阔论……李白呢?一斗酒就可以"诗百篇"了,还常常醉倒在酒家,不省人事。杜甫此诗固然有夸张的成分,但根据他以往的现实主义文风来看,这些描述也是建立在杜甫切实观察上的。加上唐代酿酒还没有蒸馏技术,酒的度数都比较低,最纯净的"琥珀酒"也只有十几度,和现在的五十多度的白酒根本没法比,所以一斗就醉倒的李白,酒量可想而知了。

李白酒量虽一般,但他把酒看作精神寄托。他的诗兴从酒中起,又在酒中思考、发泄,每一种人生的滋味都有酒的参与。酒,让他这个谪仙人,在半梦半醒之间,触到了思想上的仙境。

"谢朓楼"修建于哪个时期? （　　）
A. 宋　　B. 南齐　　C. 南北朝

王维，河东蒲州（今山西运城）人，唐朝著名诗人、画家，字摩诘，号摩诘居士。

少年行·其二

[唐] 王维

出身仕汉羽林郎，
初随骠骑战渔阳①。
孰知不向边庭苦，
纵死犹闻侠骨香。

解读赏析

"马革裹尸，白骨仍散发着香气。"

此诗是《少年行》组诗中的第二首，承上启下：汉代的一位少年游侠在喝了君主的壮行酒后，就告别国都，奔赴沙场，抵御外敌了。此时他除了满腔热血，心中还有怎样的独白？又有多少难言的感慨？

起句是一个少年的自述：他效忠汉室，年少有为，初仕即为皇家禁卫军——羽林郎，我们可以凭此句在脑海中描绘出这样的景象：一个身披战甲、背负刀剑的少年守卫在殿门前，眉眼中英气十足；他的履历也配得上如此殊荣，初战便跟随骠骑大将军——霍去病，在渔阳边境抗击匈奴，平定叛乱。这一句是他从军生涯的回顾，画面感更加强烈：这位少年跨一匹战马，在边关风沙、刀光剑影中纵横，虽然身被重创，他却在听见胜利的号角时放声大笑，这是何等丰功伟绩？行文至此，我们也感染了诗人的乐观主义精神。

可真的是这样吗？他有十足的把握收复失地，做一个"福将"吗？第二句就是他的内心剖白了，用了一个有力的反诘：谁不知道边疆生活艰苦？气候恶劣，缺衣少食，匈奴势力强大，而自己能否活着回来，真的是个未知数。读到这里，我们的心情急转直下，好似前路突然被迷雾笼罩，不知何去何从。可是这位战士从未有过半点迟疑，他渴望保家卫国，建功立业，得到君主的赏识，纵使战死沙场，马革裹尸，他的白骨仍旧散发着香气，传到国都，保留千秋万代。此时，我们心中只有敬佩：明知山有虎，偏向虎山行，这才是英雄的抉择。

本诗用第一人称的口吻叙述，多处用典，借古言志，豪情中又有辛酸，颇具感染力。

①渔阳：唐时征戍之地。

羽林是一个什么官职

诗中的主人公年少时便成为"羽林郎",也就是皇家禁卫军。羽林军在西汉武帝时创立,"羽林"意为"为国羽翼,如林之盛","羽"为职责,"林"表"军队",前称为"建章营骑",常守在皇帝居住的建章宫外,承担着保卫皇室和都城的任务。他们也是皇帝的仪仗部队,英姿飒爽,威震四方。东汉应劭《风俗通义》记载羽林军:"袭毡帽,骑骏马,从侍中、近臣、常侍、期门、武骑猎渐台下,驰射狐兔。"

禁卫军,在三国魏称"虎豹骑",隋唐称"十二卫",宋称"禁军",元称"宿卫军",明代称"十二卫",著名的"锦衣卫"就是其中之一,清沿袭明制。它因为守卫皇城而地位尊贵,职能广泛,武器精良,是展现国家军队风采的一张名片。

侠骨香:王维对比李白

王维在《少年行》里写"纵死犹闻侠骨香",李白在《侠客行》里写"纵死侠骨香",二人都取材于乐府旧体,都写实现抱负、为君而死的侠义精神。不同的是,王维是以汉代的故事为背景,写虏骑将军、云台二十八将,李白多引春秋战国时期的典故,如信陵君、朱亥、侯嬴;王维诗表达了忠君报国、渴望建功立业的心情,李白却注重彰显侠客高超的技能和"为知己者死"的虔诚;王维官运亨通,事业的重心也在朝堂之上、体制之内,梦想是以家国为本的,而李白藐视权贵,更倾慕云游四方、拯危济难的清高侠客。二人都出生于公元701年,都在长安做官,都是盛唐的文学珍宝,人生轨迹虽不同,也无甚交集,但写出了如此相通的诗句,真是一种默契的巧合。

王维的"霍去病情结"

读王维的边塞诗,可以发现,西汉的骠骑大将军霍去病,在其中的出现率是很高的。《少年行》里有"初随骠骑战渔阳",《出塞作》里有"汉家将赐霍嫖姚",《送张判官赴河西》有"今思霍将军",而《燕支行》本就是以霍去病焉支山大战匈奴为题材的。他不吝夸赞,算得上一位"霍粉"。他在河西边塞,一想到自己脚下的土地是偶像打过胜仗的地方,就文思泉涌,干劲儿十足。

军事天才霍去病从没打过败仗,也得到了一个武将能够得到的最高荣誉。他17岁被汉武帝任命为"骠姚校尉",漠南大战匈奴,开局就是胜仗,此后六年饮马瀚海,封狼居胥,纳河西走廊入汉代版图,23岁就官拜大司马将军,而后骤然逝世,谥封"景桓侯"。汉代的军功制度非常严格,打了胜仗当然重要,首级和阵亡的差额,武器的使用和回收率,占领城池的面积,都要明算账。所以将领个人的勇武并不意味着优秀的战绩,上兵伐谋,霍去病从不蛮干。有一次汉武帝检阅军队,发现有不少服装、武器都与汉人不同的匈奴兵、匈奴将领,便询问霍去病,他回答说,边疆险恶,被俘的匈奴人可以帮助在进军中预测危险。因此,霍去病从未在遥遥大漠中迷路,如同自带"GPS"定位功能,精准打击,高效作战。王维无比向往这种技能,更向往汉代论功行赏的严明纪律和君主对人才的爱惜,所以常常以汉喻唐,借古讽今。

羽林军创立于哪个时期?　　　　　　　　　　　　　　　　　　　　　　(　)
A. 宋朝徽宗时　　B. 南北朝时期　　C. 西汉武帝时

龚自珍，字璱（sè）人，号定庵（ān），清代思想家、诗人、文学家和改良主义的先驱者。

己亥杂诗·九州生气恃风雷

[清]龚自珍

九州生气①恃风雷，
万马齐喑②究可哀。
我劝天公重抖擞③，
不拘一格降人才。

"争鸣讨论，是人才得以出现的最佳途径。"

这首诗是龚自珍的组诗《己亥杂诗》中的一首，"己亥"是中国古代干支纪年法的表示，说明这组诗写作于己亥年。本诗是其中一首表达作者政治理想的名篇，它一方面揭示了当时中国政治环境的阴暗沉闷，另一方面表达了作者对改变当前局面，创造光明未来的深切期盼。

本诗开篇就表达了作者对当时社会环境尤其是政治环境的观点：国家要有勃勃生气，就必须依靠疾风迅雷那样猛烈的社会力量，而当下社会，所有人都闭口不言，不敢表达意见，这样的沉闷使人哀痛。"万马齐喑"，这里的"马"指的是国家的政治人才，他们的思想被禁锢，才华被忽视，所以才会沉默不语。

后两句，作者进一步表明了观点：我奉劝皇帝重新振作精神，不要拘泥于陈规旧矩，选拔有用的人才。较之前两句，作者明确地提出了对当权者改革当下腐朽沉闷的社会风气的建议，认为只有不拘一格地选拔人才，才能推动社会变革和不断进步。

全诗气势雄壮，层次分明，逐步推进，到最后两句，既是对君主的建议，更表明作者对未来社会不断涌现有用之才，一扫笼罩在国家社会之上的沉重阴霾的企盼。其气势是豪迈的，情感是激烈的，思想是奋进的。

①生气：蓬勃的生机。②喑：沉默不语。③抖擞：振作奋发。

干支纪年法是怎么回事

早在汉代，中国人就发明了一套简单易懂的标记时间的方法，那就是干支纪年法。古人认为天有十干，为甲乙丙丁戊己庚辛壬癸；地有十二支，为子丑寅卯辰巳午未申酉戌亥。将天干地支依次相互配合，由甲子起，经过乙丑、丙寅这样的顺序到下一个甲子出现，刚好经过六十年，所以中国人也常将六十年称为"一甲子"。中国人的这种纪年方法一直沿用至今，我们日常所使用的农历用的就是这种纪年法。

你知道"天公"是谁吗

"天公"实际上是中国本土宗教道教中天地之间的最高主宰——玉皇大帝的别称，他掌管着天地之间的所有众生，包括神佛鬼怪和所有人类。玉皇大帝居住于北极星，每年农历正月初九是他的诞辰，在今天中国的许多地方，还有在当天祭祀他的宗教和民俗活动。而这首诗中的"天公"既是指玉皇大帝，也是指统治人类社会的皇帝。中国古代的皇帝为了显示他的统治威严，标榜自己为"天子"，即为上天的儿子，代替上天统治百姓的，其权力来源于上天，所以龚自珍也就以上天的称谓指代皇帝了。

龚自珍那不成才的儿子

龚自珍在诗中表达了对未来中国有用之才的呼唤和期盼，表达了浓重的爱国之情和忧国之思。但难以预料的是，他自己的儿子，却成为贪恋富贵、卖国求荣的贼子。

龚自珍的儿子龚橙，年少时接受父亲教导，家里又富有藏书，给他提供了很好的教育环境，所以自小聪颖，饱读诗书。但他生性狂傲不羁，其父屡屡劝责也不在意。

后来龚橙流落上海，没人管教，更加狂放，从此花天酒地，无度挥霍，终于落魄不堪。走投无路之下，他凭借自己流利的英文和丰富的学识投靠当时的英国公使门下，受到了公使很好的招待。不久之后，英法联军侵华战争爆发，他便随公使前往北京，据说他在联军攻打圆明园时为侵略者提供了许多帮助，成为人人唾骂的国贼。

从这一点来看，龚自珍在诗中所提出的美好愿望最终也是没有实现的。

干支纪年法发明自哪个朝代？　　　　　　　　　　　　　　　　　　　　　　（　　）
A. 宋代　　　B. 唐代　　　C. 汉代

本章知识小问答答案

第 37 页 正确答案：汉代侯爵最高的一层。
第 39 页 正确答案：C. 秦末（项羽所筑）
第 41 页 正确答案：C. 王羲之家的
第 43 页 正确答案：A. 公元前 7 世纪
第 45 页 正确答案：C. 贺知章
第 47 页 正确答案：B. 周作人
第 49 页 正确答案：C. 泰山
第 51 页 正确答案：C. 美轮美奂
第 53 页 正确答案：C. 碗
第 55 页 正确答案：C.《渔家傲》
第 57 页 正确答案：C.《亥下歌》
第 59 页 正确答案：B. 壮年
第 61 页 正确答案：C. 帮上级书写文书
第 63 页 正确答案：B. 南齐
第 65 页 正确答案：C. 西汉武帝时
第 67 页 正确答案：C. 汉代

咏德篇

有德，能行千里。品德一词出自明代释今无《寿江若海》：「名誉高缙绅，品德洁清修。」自古以来，人们就一直重视高尚的品德。翻开本篇章，一起来品味中华古诗词中多方面德之传统。

陶渊明，字元亮，又名潜，世称靖节先生，浔阳柴桑（今江西省九江市）人。

和郭主簿·其二

[晋] 陶渊明

和泽①周三春，清凉素秋②节。
露凝无游氛③，天高肃景澈。
陵岑④耸逸峰，遥瞻皆奇绝。
芳菊开林耀，青松冠岩列。
怀此贞秀姿，卓为霜下杰。
衔觞念幽人，千载抚尔诀⑤。
检素⑥不获展，厌厌竟良月⑦。

解读赏析

"胸中有丘壑，触景能生情。"

  本诗是陶渊明赠送给友人郭主簿的组诗中的第二首，诗歌通过描写秋天的景色，包括清爽净洁的露水、高朗清澈的天空、奇绝高耸的山峰，还有整齐繁茂的松菊，表达了作者对秋日美景的喜爱，以及与这景色一样纯洁清幽的情操品质的赞赏。

  诗人从一开始就通过对比表达了对秋天的喜爱。诗人要描写秋色，却先写春天的雨水使得万物得到滋润，然后笔锋一转，对比之下，秋天的雨水使整个世界变得更加清凉素爽，使秋天不同于春天的独有特点表现得淋漓尽致。然后作者才具体描写秋天的各样景物。从第二联开始，作者先写秋天露水凝成霜华，天空中没有一丝雾气。然后写秋天高耸的山峰，远远望去无不奇绝秀丽。最后写林中盛开的菊花和山岩上排列的青松，灿烂挺拔，都展现了秋天风景的清幽独特。在这四联当中，作者虽然只是进行描写，但虚实结合，远近相衬，将最能表现秋天的美丽和清幽特点的事物全部含纳于其中。

  到下一联，诗人依旧写的是松菊，却不再单纯描写其外貌，而是感叹其不畏严寒风霜，始终保持贞秀之姿，卓然独立而为寒霜下的英杰。这一联从表面上看是承上一联所发，赞叹松菊的美德，但从整首诗来看，却是全诗关键的转折。从此联之下，诗人开始直抒胸臆，作者感念于那些和松菊山峰一样傲世独立、清正纯洁的隐士，一想到自己为俗世生活所牵绊，这样的志愿不得实现，不由得也没什么兴趣了。结尾处的感叹意蕴深刻，但情感并不激烈，反而给读者留下悠长的回味。

  整首诗流畅自然，从景物描写到情绪表达浑然天成，真正达到了情景交融、物我合一的境界，是陶渊明写景抒情诗的代表作之一。

---

①和泽：和顺丰沛的雨水。②素秋：秋天。③游氛：飘散的雾气。④陵：大土山。岑：小而高的山。⑤诀：原则，节操。⑥检素：回顾本心。⑦厌厌：精神萎靡不振的样子。竟：结束，完结。良月：十月。

诗人赞美菊花，也吃菊花

菊花在中国文人笔下，一直是高洁孤傲的代表，最著名的诗句应该是唐代黄巢的那首《不第后赋菊》，"待到秋来九月八，我花开后百花杀。冲天香阵透长安，满城尽带黄金甲。"落脚点就在于菊花经霜不谢、凌寒独立的坚韧品质。但你知道吗，很多诗人也都是"吃货"，不仅为它赋诗赞颂，还要亲自尝尝它的味道才肯罢休。屈原就曾说他要"朝饮木兰之坠露，夕餐秋菊之落英"，或许这还只是借之表现自身之高洁，没有真去吃它，但据《西京杂记》里的记载："汉武宫人贾佩兰，九月九日佩茱萸，食饵，饮菊花酒。云：'令人长寿。'盖相传自古，莫知其由。"和《神农本草经》里所言"菊花久服能轻身延年"就是实实在在的人们吃菊花的记载了。时至今日，一些地方到了秋天用菊花泡酒，也是继承于这一传统呢。

在出世与入世之间纠结的陶渊明

在中国古代诗人群体中，不乏心向山林、追求隐逸的隐士，而陶渊明更可谓其中最负盛名之人。然而，陶渊明又不是那种一心只爱山林野趣，没有济世救民之抱负的人，恰恰相反，他的宏图大志始终在他的生命过程中被提起、被言说。

陶渊明出身于世家大族，他的曾祖父是在晋朝立下卓越功勋的名将陶侃，祖父也当过太守，但他的父亲在陶渊明很小的时候就去世，家道逐渐没落。但他依旧渴望像先祖那样铸就不朽功勋，他从小就接受儒家教育，所谓"猛志逸四海，骞翮思远翥"，他自诩自己的胸襟抱负在四海天下，足见其志向之高远。他也曾经有实现这些抱负的可能，他担任过州祭酒，也曾进入将军的幕府工作，但都没能长久，直到担任彭泽令八十三天之后，他听说自己的妹妹去世，于是挂印辞官，写下了《归去来兮辞》，从此远离官场，归隐山林，一直到去世再未出仕。

但他依旧心怀往日的理想，在《杂诗》中感叹："日月掷人去，有志不获骋。"在《读山海经》中借咏刑天说："刑天舞干戚，猛志固常在。"又赞叹荆轲说："其人虽已没，千载有余情。"这些诗歌其实都表明了他在出世的隐居生活里对于入世济民这项事业的牵挂。但他却不能，不仅当年在官场所感受到的那种黑暗腐朽的风气没有改变，而且晋朝灭亡之后，作为世家子弟的他在新的政治环境下备受猜忌，他已经没有机会实现理想了。这是陶渊明的悲哀，却是中国诗歌发展史上的幸运，他描写自己隐居生活的山水田园诗开辟了诗歌写作的新天地，他也因此被称为"古今隐逸诗人之宗"。

 以下哪位诗人不属于山水田园派？　　　　　　　　　　　　　　（　　）
A. 孟浩然　　　B. 常建　　　C. 朱光潜

李绅（772—846），字公垂，唐朝宰相、诗人，中书令李敬玄曾孙。

悯农·其一

[唐]李绅

春种一粒粟①，
秋收万颗子。
四海无闲田，
农夫犹饿死。

解读赏析

"浪费粮食的错误不仅仅在于浪费劳动人民的血汗，而且使得我们成为那些因饥饿而死亡者的凶手。"

《悯农》共二首，是唐代诗人李绅针对当时农民遭受严苛剥削，生存艰难，而统治阶级奢侈挥霍而作的讽刺诗。其第二首"锄禾日当午，汗滴禾下土。谁知盘中餐，粒粒皆辛苦"与本诗一同广为传唱，成为唐诗宝库中最著名的瑰宝之一。

本诗语言简单，浅显易懂。前两句通过春种秋收进行对比，由"一粒粟"到"万颗子"的转化，显而易见是丰收的景象。第三句可以看作前两句的递进，每年春种秋收都得以丰收，四海之内已经没有空闲土地可以种植，在这样的条件下，读者想象到的画面必然是一片丰收、富足安详的场景。但第四句却出现了巨大的转折，即使年年丰收，土地没有荒芜，但农民依旧因为饥饿而死去。诗人在此实际上埋下了一个疑问："是谁使得农夫遭受如此厄运？"年年丰收，土地没有闲置意味着天时地利，而农民本身也投入了巨大的时间和精力，自然而然地，读者就可以想象到，是欺压在农民头上的统治者、剥削者。

本诗的精妙之处在于其意在歌颂劳动人民的辛勤而批判剥削者的贪婪，但他没有直接向剥削者开火，而是通过单纯对劳动人民的悲惨遭遇的描写使读者自己去思考、去发现、去感受诗人心中批判的怒火。

诗人通过这两首诗，既表达了对劳动人民的歌颂，也表达了对统治剥削者的憎恶，而在此背后，是诗人一颗怜悯贫苦大众的善良之心。这也是《悯农》得以代代传诵的根本原因。

①粟：北方通称"谷子"，去皮后称"小米"。古代泛称谷类。

"四海"原来不是海

在中国上古时期，文明起源于陆地之上。准确地说，华夏文明的中心出现于黄河中游的黄土高原之上，距海遥远，对于海洋的概念很模糊，于是中国人的祖先就以为自己处于大地的中心，四周都被海洋围绕，所以把中国大陆称"海内"，除此之外称为"海外"，将"四海"等同于天下。所以四海没有特定说明是哪四个海洋，一般人所以为的东、南、西、北四海是不正确的。

粟的祖先是狗尾草？

粟是我们常说的"五谷"之一，也就是我们今天常说的小米。远古时代的中国人在七千多年前就已经开始种植粟了，因为其耐旱能力强，特别适于中国北方的生长环境，所以一直到唐朝之前，北方人民的主食都是粟米。直到南方地区得到进一步开发，水稻种植大规模兴起之后，粟米在人们的饮食列表中才从主食变成了杂粮。而值得说明的是，粟是从我们日常所见的狗尾草通过人们的种植选择一步一步演化而来的，而因为有了粟的大量种植，才有了中国人在北方地区的大量繁衍以及文明的创造，以后看到路边的狗尾草，也要向它们致以崇高的敬意，它们也是我们生存至今的大功臣呢。

文学创作还要求利己利人？

关于诗歌的作用，历来存在许多争议。一种观点认为，诗歌就是作者内心思想感情的反映，具有很强的私人性和独立性，只要能够表达自己当时当地的情感就可以了，不必去理会其他东西；另一种观点则认为，诗歌被创作出来一定是要呈现给读者的，如果不能引起读者的共鸣，只是作者自己抒发感情的工具，那就不能算得上合格的作品。支持这两种不同观点的学者争论不休，互不相让。

实际上，这两个方面并不是尖锐对立、不可调和的。一方面，诗歌一定要表达作者自己真实的情感和体悟，要不然其文辞一定是生硬干瘪的，是虚假空洞的，就不能打动别人；另一方面，诗歌一定要注意其社会影响和价值，如果不能被人们阅读和理解，只是写"个人文学"，这样的作品也是不能传之久远的，那也注定了其创作的失败。文学可以不被所有人理解，但一定不是作者自己的独角戏。

李绅的《悯农》在文采方面并不是唐诗中最出色的，但其地位和价值是不容忽视的，原因就在于其能够同时兼顾以上两点。诗人在创作过程中真正心怀对贫苦百姓的怜悯和博爱，然后将这种发自私人的情感以非常通俗简明的文字抒发出来，使人人能够理解，人人都能产生共鸣，增加了诗歌的社会影响，这对我们今天的文学创作具有重要的借鉴意义。

 关于粟米，以下哪个知识点是错误的？　　　　　　　　（　　）
A. 古代北方主食　　B. 由印度传入中国　　C. 祖先是狗尾草

虞世南,字伯施,南北朝至隋唐时期书法家、文学家、诗人、政治家,"凌烟阁二十四功臣"之一。

蝉

[唐]虞世南

垂绥①饮清露,
流响出疏桐。
居高声自远,
非是藉②秋风。

解读赏析

"风雅从来不是能够写字作诗就可以了,最根本的是内心的高贵与从容。"

本诗是唐朝诗人虞世南的一首咏物诗,通过描写蝉高居饮露,声音清远的生活习性,表达了作者高洁脱俗的志趣。实际上,诗人写蝉正是写自己,其精妙之处就在于将蝉固定的习性与自己的志向追求恰当地结合在一起,达到浑然一体的程度。

前两句描写的是蝉的生活习性。"垂绥"本义是古代官帽下垂的缨带,与蝉头部伸出触须形似,所以以之作比。古人认为,蝉高居树冠,饮用露水生存,故有"饮清露"之语。"流响"表达了蝉鸣的悠远,而"出"字又为"流响"增添了力量感。作者长期担任清贵要职,身份尊贵而职事清散,所以他写蝉那如官帽垂缨的触须,写它饮用清露流声远扬,正暗示了作者的身份处境。

到了第三、四句,作者开始为前两句所做的铺垫加以升华。作者指出,蝉的声音之所以如此悠远,并不是因为秋风的传送帮助,仅仅是因为蝉自己处身之高所达到的。秋风是外在的,而自己的处身高度却是通过努力和修养达到的。作者在这里表明了对于加强自身修养的注重,通过自我修炼高尚品格,无须外在的帮助就可以声名远扬。"自"和"非"一正一反,进一步强调了作者要表达的意思。

这首五言古诗虽短却精,处处有寓意,例如"垂绥"与"清露"相对,"疏桐"与"秋风"相对,可谓一咏三叹,典雅婉转,由此也可以窥见作者那自信雍容而谨慎老成的大家气度。

①垂绥(ruí):古人结在颔下的帽缨下垂部分,蝉的头部伸出的触须,形状与其相似。②藉:凭借,依赖。

"咏蝉三绝"——最会咏蝉的三个诗人

唐代诗人以蝉为题加以吟咏的作品中，以虞世南、骆宾王、李商隐三人最为出名，后人以虞世南的"居高声自远，非是藉秋风"，骆宾王的"露重飞难进，风多响易沉"，李商隐的"本以高难饱，徒劳恨费声"并称为"咏蝉三绝"，并认为其分别传达了人在清显、患难、牢骚三种不同状态下的心境。虞世南的清显自不必说；而骆宾王《咏蝉》诗写于他上书论事触怒武则天，然后遭到诬陷被投入牢狱之后，正是在患难之中所作，所以其诗中写自己在恶劣的政治环境下遭到打击报复的郁闷愤恨也是可以理解的；李商隐则是因为当时在各地辗转漂泊，担任小官，郁郁不得志，甚至有了辞官还乡之念的牢骚话。三人写作的对象相同，所用的手法也都是借物自喻，比兴寄托，但因为所处境遇的差别，表现于诗歌也出现了虽然差异悬殊但都形象生动的蝉的形象。称他们为"三绝"，也不是过誉之词。

被皇帝誉为"五绝"的诗人——虞世南

虞世南是唐太宗时期著名文臣，身为"秦府十八学士""凌烟阁二十四功臣"之一，被唐太宗称为忠谠、友悌、博文、辞藻、书翰"五绝"。

虞家世代为南朝显宦，陈朝灭亡后，虞世南和哥哥虞世基一同前往长安，当时人们将他们比之为西晋的才子陆云和陆机。江都之变时，宇文化及起兵反叛，虞世基也因任官即将被杀，虞世南抱住哥哥请求替哥哥去死，宇文化及没有同意，虞世南因此伤心过度，变得非常瘦弱。

虞世南早年跟随著名文学家顾野王等人学习，学识丰厚。后来，虞世南担任著作郎、秘书监等职，主管国家的图书编辑整理工作，经他整理的《北堂书钞》《群书治要》博大广备，保存了许多前代的文献资料。他也曾跟随王羲之的七世孙智永和尚学习书法，他的作品《孔子庙堂碑》被宋代诗人黄庭坚称为："虞书庙堂贞观刻，千两黄金那购得。"至今受到人们推崇。

而虞世南担任官职所表现出来的品格也备受人们称赞，他经常与唐太宗讨论经史，劝导皇帝向古代的圣贤学习治国修身的办法，因此与魏征、王珪等一起被称为促成"贞观之治"的著名谏臣。唐太宗也说："朕因暇日，与虞世南商略古今，有一言之失，未尝不怅恨，其恳诚若此，朕用嘉焉。群臣皆若世南，天下何忧不理！"虞世南逝世好几年之后，唐太宗还在梦中见到他和活着的时候一样给皇帝提建议，无限感慨。

由以上种种事迹可见，虞世南确实称得上是"德才兼备"的不世之才。而其才华和德行得以养成的根源，实际上就在于《蝉》这首诗里所说的不是依靠外在的帮助扶持，而是靠自己的努力踏踏实实进步，对于今天的我们，其中所暗含的教育意义依旧深刻。

"咏蝉三绝"不包括以下哪一位诗人？　　　　　　　　　　　　　　　　　　　（　　）
A. 虞世南　　　B. 骆宾王　　　C. 李清照

李绅（772—846），字公垂，唐朝宰相、诗人，中书令李敬玄曾孙。

答章孝标①

[唐] 李绅

假金方用真金镀，
若是真金不镀金。
十载长安得一第，
何须空腹用高心。

"知人知面不知心，了解一个人不仅要看他外在的言行，更要深入他的内心。"

这首诗是李绅勉励后进章孝标所写的一首励志之作。语言浅白，表意清晰，容易理解，指事明确，应和于当时白居易、元稹所发起的新乐府运动所提倡的"歌诗合为事而作"之宗旨，是能体现李绅新乐府运动的重要参与者之身份的一首诗作。

诗的前两句直接进行说理："假冒的黄金才需要真金去镀，如果材料真实就不用镀了。"这里实际上使用了比喻手法，揭示了一个更为普遍的道理：世间只有虚假的东西才需要外在的包装和吹捧，如果东西真正美好，那就用不着外在的吹捧和包装了。后两句则承接于前两句，只是落实于现实生活中："通过十年的勤奋学习终于在长安科考中取得一第，哪里还用得着以没有知识积累的一腔空腹去考虑那些遥不可及的志向呢？"说明了本诗写作的原意就是在勉励章孝标继续勤奋学习，即使已经在科举考试中取得好成绩，依旧要积累真才实学，而不是好高骛远，去空想那些不切实际的事情。

这首诗写作于章孝标中进士之后，他写诗给朋友说："马头渐入扬州郭，为报时人洗眼看。"这是因为当年在扬州时，李绅因其诗作对其大加赞赏，故而有此句。李绅写了这首诗诫勉章孝标，让他不能心生傲气，而要继续努力积累知识。

①章孝标：唐代诗人，字道正，章八元之子，诗人章碣之父。

科举考试非得十年寒窗才能成功吗

唐代的科举考试，属于科举考试制度的初创期，各项规定还不完善，形式比较多样且灵活，较之于后世已经是比较容易的了。唐代的科举考试科目有明经、进士、明法、明字、明算等，分别侧重于考查考生对于儒家经典、时事策论、法律条文、书法字迹、数字计算的掌握程度。其中最受人们重视的是明经和进士。相比之下，明经只须熟悉儒家经典，能够背诵经文和注释就能达到标准，算是比较容易的。而进士科后来还要求考生的诗赋水平达到一定标准，需要有一定的文学才能和见识，难度很高。所以当时有诗说："三十老明经，五十少进士。"就说明进士考试难度之大，寒窗十载都不能成功是很正常的。

毁誉参半的诗人——李绅

李绅是唐代中期著名的宰相和诗人，同时和白居易、元稹等人一起参与推动了著名的新乐府运动，他的《悯农》二首饱含对贫苦劳动人民的怜悯和尊敬，同时讽刺了统治阶级鱼肉百姓、奢靡享乐的生活风气。但李绅自己身居宰相高位之后，却一转身成为他诗中所讽刺的那一类人，滥施淫威、一意孤行，遭到了人们的唾骂。

唐武宗时期，李绅已是七十多岁高龄，他出任淮南节度使，成为威震淮南一带的地方最高长官。其管辖的扬州江都县都尉吴湘被人举报贪污公款，强占民女。李绅听说后不加审判，就直接将其逮捕并处以死刑。事情上报中央，有人觉得其中可能有冤情，于是派人复查。这才发现，原来吴湘确实曾经贪污，但数额不大，罪不至死，强占民女则是别人的诬陷。

李绅之所以如此，有许多种说法，较合理的一种是说吴湘的叔叔吴武陵得罪过当时在中央为宰相的李德裕之父李吉甫，李绅又是李德裕的同党，因此要处死吴湘替李德裕报复吴家。其徇私枉法、草菅人命的勾当终于被人识破，吴湘得以平反，只是这时李绅已经死去，但罪不可恕，其获得的爵位被剥夺，子孙三代不能做官。

或许死去的李绅没有料到，天网恢恢，疏而不漏，丑恶总有被揭穿的一天。就像他自己写的："假金方用真金镀，若是真金不镀金"，真正美好的东西才是长久的，外在的虚伪浮华在真相面前不堪一击。

知识小问答
科举起于哪个朝代？　　　　　　　　　　　　　　　　　　　　　　　　（　　）
A. 宋代　　　B. 唐代　　　C. 明代

罗隐，字昭谏，唐末五代时期诗人、文学家、思想家。

蜂

[唐]罗隐

不论平地与山尖①，
无限风光尽被占。
采得百花成蜜后，
为谁辛苦为谁甜。

"罗隐咏物诗善于以旧题作新声。"

《蜂》是罗隐创作的众多咏物诗之一，罗隐咏物诗善于以旧题作新声，在咏物诗中重形神兴寄，融入自身的主观情感。罗隐的咏物诗中有一类"贬题格"的咏物诗，带有较为明显的讽刺意味，本诗当属其中之一。

诗歌语言平白晓畅，娓娓道来，平淡而寄托遥深。头两句为叙述，"不论"，不管是平坦的原野还是高耸的山峰，有花盛开的地方就有蜜蜂的身影，其看似占尽风光，为人歆羡，然而其不辞辛劳的原因非为流连光景贪赏山水，而是采集花粉，首二句看似与题旨的讽刺意味不符，但就是通过欲夺故予的方式为后面的议论造势。后两句议论，以反诘的语气发出质问，"采得百花"已暗藏辛苦之义，振翅而飞，辗转高山平地之间只为探花采蜜，先"苦"是为后"甜"，然而末句一转，到底是为谁付出的辛苦，到头来又让谁品尝了甘甜呢？言外之意蜜蜂辛苦占尽，所谓的"风光"对于它不过是辛勤劳碌的对象和背景，却连自己的劳动成果——花蜜也难以保有，有"为他人做嫁衣"之感。

关于诗歌的寓意，各家均有发挥，然而其讽喻之义昭然若揭。一说罗隐讽刺世人劳心利禄，蝇营狗苟，到头来竹篮打水一场空；一说罗隐借蜜蜂称颂殷勤劳作的人民，而讽刺鱼肉百姓、不劳而获的统治者，第二种说法较为通行。

①山尖：山头。

你知道蜜蜂采蜜会跳一种特殊的"舞蹈"吗

蜜蜂作为一种社会性的昆虫,过着群体生活,一个蜂巢内的蜜蜂各自担任着不同的职能,其中,工蜂负责收集花蜜和花粉,它们要将花蜜和花粉传送到特定的地方,这要通过跳特殊而严格的舞蹈获得,这个舞蹈叫作"蜜蜂舞",也称为"收获舞"。在工蜂中,往往需要一些"侦察兵"去寻找蜜源并将其位置报告给其他工蜂,当外出的工蜂发现蜜源时,它们会一边激烈地振动腹部,一边按照8字的步形做出盘旋动作,以"跳舞"的方式传递信息。跳舞时蜜蜂翅膀振动的频率与蜜源的距离成反比,而跳舞延续的时间与蜜源的丰富程度成正比,跳舞时间长,表示需要出动更多的工蜂采集花蜜,可见,蜜蜂的"舞蹈"不亚于人类的语言信息。

我国从何时开始养蜂

我国养蜂历史悠久,有两千多年的历史。远古时期的蜜蜂处于野生状态,原始的人类采集野蜂的蜂蜜,从树洞和岩穴中获取蜂巢,随着生产力的进步和社会的发展,人们开始思考利用蜜蜂的再生产能力。战国时写成的《山海经·中山经》中,有"平逢之山……实惟蜂蜜之庐"的记载,这是最早提到蜂蜜的文献,也是最早饲养蜜蜂的记载。东汉时期开始进入普遍的蜜蜂人工饲养阶段,蜜蜂家养后,人们对蜜蜂的生活习性与生产分工的特点进行了更为细致的研究,蜜蜂饲养技术不断提高,蜂蜜的加工技术与应用水平也不断上升,出现了介绍蜜蜂饲养的专业书籍与越来越多以养蜂为业的人。

"十上不第"的讽刺人生

罗隐生于太和七年(833年),大中十三年(859年)底至京师,应进士试,历七年不第。后又断断续续考了几年,最终铩羽而归,史称"十上不第"。罗隐寒窗呵笔而发奋苦读,然而唐末科举制度腐败,科举为权贵所把持,再加上罗隐自身性格桀骜,好讥讽,为统治者所不满,使其最终失去进身之路,"扪心而一寸寒灰,泣泪而万行清血",纵然因文才享有盛名,却始终无法以科举实现其理想,这也成为其一生的心结。

仕途命运的坎坷与对官场制度的失望激发了诗人的愤懑之情,他的诗歌与小品文嬉笑怒骂,涉笔成趣,显示了其强烈的现实批判精神与讽刺才能。在罗隐的诗中,他用精警通俗的诗句来表达思想,批判现实,他的讽刺诗短小精悍,如匕首般刺向昏沉的现实社会,他的诗《雪》中"尽道丰年瑞,丰年事若何?长安有贫者,为瑞不宜多!"反面用笔,瑞雪兆丰年时却是贫者的苦寒潦倒际,两相对比,讽刺意味浓重。《鹦鹉》"莫恨雕笼翠羽残,江南地暖陇西寒。劝君不用分明语,语得分明出转难"是诗人的自嘲之语,为求免祸而不得不谨言慎行。

"讽刺"的生命是真实,诗人立足于实情,以讽刺的方式表达心曲,疏泄痛切愤懑之心,并不是为了嘲讽而嘲讽,而在于对现实与自身思考的投射与表达。人称罗隐"恃才傲物,动必嘲讪",而未见其刀剑唇舌、孤傲姿态下所承受的理想难以实现的痛苦与对社会黑暗、人民困窘的悲愤之心。

知识小问答	我国古代开始正式养蜂兴起于何时? ( )
	A. 战国　　B. 东汉　　C. 两宋

王安石,字介甫,号半山,北宋著名思想家、政治家、文学家、改革家。

梅　花

[宋]王安石

墙角数枝梅,
凌寒独自开。
遥知不是雪,
为有暗香①来。

解读赏析

"真正的顽强不仅要承受苦难,更要在苦难中开出灿烂的花来。"

这首诗据考是王安石第二次担任宰相被罢免后退居钟山所作,诗人面对仕途的不顺,政治抱负难以施展,于是以梅花自喻,表明自己即使处于被罢退的境地,依旧不改立志报国的决心。

诗歌首句就交代了梅花生长的环境,处于墙角,是不被人注意的地方,暗示了诗人赋闲蛰居的生活状态。次句紧承上句而意思已有转折,在这样寂寞的环境之下依旧不畏严寒,独自开放,赞颂了梅花不怕寂寞,不畏严寒的品质,也表明了作者虽处逆境依旧坚守初心的志向。第三句和第四句则描写了梅花的洁白和幽香,因为有阵阵幽香飘来,所以远远地就知道那不是雪。梅花能隐于雪下,说明了其颜色之白,而又因为其香气使得人们将其与雪分辨开来。作者在这里表达了对梅花幽香的赞叹,而也暗含对雪之白的不屑。纵然其能暂时与梅混淆于一处,但最终梅花凭借其特有的幽香超越而出。"暗香"既暗喻蛰居诗人的政治才华,也是其超迈政敌的道德品质和人格魅力。

整首诗以梅喻人,含义深远,表达了作者在复杂政治斗争失败后的乐观和自信精神。而其不事雕琢、语言朴素的诗句风格也是其诗能广为传诵的重要因素。

①暗香:幽香。

盐粒还是柳絮？说说那些与雪有关的比喻

古人吟咏诗句，常常会写到自然事物，而到了冬天，漫天飞舞的雪花更是最常见的题材。关于雪，古人写过许多精妙绝伦的诗句加以比喻。

最著名的比喻莫过于盐粒和柳絮。南朝时期丞相谢安在下雪天和家里的晚辈们坐在一起聊天，他就指着天上纷纷扬扬的雪花问道："拿什么来比喻这些雪花合适呢？"侄子谢朗说："撒盐空中差可拟。"将雪花比作盐粒。而侄女谢道韫则说："未若柳絮因风起。"将雪花比作柳絮飘荡。我们不否认下雪的时候会出现颗粒状的"盐粒"，但更多的确实是飘飘洒洒的"柳絮"。柳絮的比喻，更能体现雪花在风中飞舞的神姿，谢道韫也因此被认为是古今有名的大才女。

除此之外，唐代诗人岑参写"忽如一夜春风来，千树万树梨花开"，将落在树枝上的积雪比作春天的梨花，也是非常生动形象的经典比喻。

"拗相公"与"司马牛"——王安石与司马光

王安石不仅是北宋著名的诗人、文学家、"唐宋八大家"之一，还是当时最著名的政治家和改革家。他曾经两次为相，主持开展了著名的"王安石变法"。王安石主持开展变法的本意是好的，为了解决当时国家财政不足，军队战斗力不强，老百姓负担过重等问题提出了一系列行之有效的改革措施，但他所依靠推行变法的人却缺乏远见而且贪污腐败，使变法难以彻底推行，而且名声变得越来越坏，到最后甚至加重了百姓的负担。老百姓因此对王安石非常不满，因为王安石性格执拗，所以人们给他起了一个外号——"拗相公"来讽刺他。

与王安石同时而强烈反对变法的保守派人物里，最著名的就是司马光。王安石当权变法期间，司马光也遭到罢免，回家编写了《资治通鉴》，后来王安石倒台，他重新当政，将王安石所推行的各项政策全部废除，甚至一些广受好评的措施也遭到如此待遇。因此原本支持司马光的人如范纯仁、苏轼、苏辙也都开始反对他，苏轼甚至给他起了一个外号——"司马牛"，意思是说这个人固执如牛。

在变法派和保守派的反复斗争内讧之中，北宋的国力终于一天天虚耗殆尽，最终发生了为人所不齿的"靖康之变"。这就启示我们，任何时候做任何事，找准方向坚持下去，持之以恒是正确的做法，但也要时刻注意听取他人的意见和建议，所谓"当局者迷，旁观者清"，又所谓"海纳百川，有容乃大"，只有这样，才能推进自身理想的一步步实现。

> **知识小问答** 以下哪一标签不属于王安石？　　　　　　　　　　　　　　（　　）
> A. 拗相公　　B. 文学家　　C. 保守派

龚自珍，号定庵（ān），清代思想家、诗人、文学家和改良主义的先驱者。

己亥杂诗·其五

［清］龚自珍

浩荡离愁白日斜，
吟鞭①东指即天涯。
落红②不是无情物，
化作春泥更护花。

"君子不限于朝堂，广阔天地，仍大有作为。"

龚自珍于清道光十九年（1839年）己亥因官场黑暗而被迫辞官南归故里，后北取眷属，《己亥杂诗》这包含315首七绝的大型组诗即创作于诗人的南北往返途中。此诗是诗人离开京城之际所作，也是组诗中的名篇。

起首一句抒情写"离愁"，以形容水势浩大的"浩荡"来形容离愁的不可抑制，激荡心神，平添了豪放洒脱的气概，而傍晚落日斜晖的广阔画面又凸显了日暮归途之感，岁月蹉跎而事业未竟，渲染了悲凉的氛围。诗人的马鞭遥指故里，驱驰之际，京华日远，彼时寄身的朝堂已经变成此时的天涯，且就此一别，计无还日，离愁中包含决绝之感，使愁不郁结纠缠，而是在开阔之境中愈显深沉。

后两句移情于物，以落花自喻，心迹昭然，自己远离朝堂正如落花复归泥土，然而广阔天地仍大有作为，诗人以春泥对花的滋养表明自己不甘消沉寂寞，仍旧怀抱改革的热情与理想为国效力，诗歌也因此具有了崇高的思想内涵与超越一己之愁的感情容量。诗人的愁由落日余晖勾起，被天涯放大，后一转折，被落花排遣而得到解脱，纵使跌落朝堂，一片精魂不灭，仍怀抱济世救民的理想。

诗作将抒情与议论相结合，个人的离愁别绪与政治理想相关联，语言简练而旨意遥深，展示了诗人博大宽广的胸怀。

①吟鞭：诗人的马鞭。②落红：落花，花以红色居多，故以落红称落花。

原来古代人是这样退休的

古人做官到一定年龄要自觉引退，这不仅是官吏制度要求，更是不流连富贵，为有能力的后进让出机会的德行的体现。《礼记·曲礼（上）》中说"大夫七十而致事"，即在周代就规定了70岁退隐的要求，并为后世沿用。到了明代，朱元璋对人事制度进行调整，"命文武官员六十以上者，皆听致仕"，将退休年龄提前到了60岁，后又将中下级官吏的退休年龄提前到了50岁。明成祖朱棣登基后又恢复了70岁退休的古制，此后有所反复，但基本是在60岁以上。

这当中也有一些特殊情况，如"内退"，指主动提出退休辞官的官员没有年龄限制，龚自珍即是因为长期沉沦下僚，志不得伸而被迫辞官。还有多次"乞骸骨"，要求回老家安度晚年而不得，被皇帝"延迟退休"的老臣，元代的郭守敬即是86岁卒于任上。"学成文武艺，卖与帝王家"可以说是入仕求进者的理想，而帝王不"买账"，也就只能像龚自珍一样归隐田园，或著书立说，或设馆讲学，求进于别路了。

千变万化的"愁"

情感往往是很微妙、抽象的，王国维称"境非独谓景物也，喜怒哀乐，亦人心中之一境界"。单就"愁"而言，"穷年忧黎元，叹息肠内热"是杜甫深沉痛切的"忧愁"；"过尽千帆皆不是，斜晖脉脉水悠悠"是思妇痛苦孤寂的"离愁"；"撩乱边愁听不尽，高高秋月照长城"是征戍者怨叹思归的"边愁"；"一窖闲愁驱不去，殷勤对尔酌金杯"是张碧幽眇无端的"闲愁"。诗人本就多愁善感，甚至"为赋新词强说愁"，愁思在胸中泛起波澜，且大凡物得其不平则鸣，诗人"郁于中而泄于外"，必然不吐不快，发言成诗了。

与对客观景物的描摹不同，诗歌想要吟咏性情，表达愁思必然要有所寄托，将无形变为有形，使"愁"具体可感并引起读者的共鸣。贺铸《青玉案》将愁绪比作"一蓑烟草，满城风絮，梅子黄时雨"，以生花妙笔体现出愁思缥缥缈缈，捉摸不定却又萦绕悠长，难以排遣的情状，把握住景物的特征，也就找到了探寻诗人愁闷心境的钥匙。"瀚海阑干百丈冰，愁云惨淡万里凝"，岑参以乌云的沉滞以示愁绪的萦怀压顶之感，愁云连片，天光难透，正是诗人压抑痛苦内心的反映。"剪不断，理还乱"以丝喻愁，是愁的郁结缠绕，越思虑越深陷其中难以自拔。古人也常以水喻愁，李煜笔下向东流去的一江春水，李白腕底抽刀欲断的不尽清流，都是绵延不尽、斩截不得的愁绪。

 我国古代人一般在什么年龄退休？　　　　　　　　　　（　）
A.50岁以下　　　B.60岁左右　　　C.70岁以上

卢梅坡，宋朝末年人，具体生卒年、生平事迹不详。

雪梅·其一

[宋] 卢梅坡

梅雪争春未肯降，
骚人①阁②笔费评章③。
梅须逊雪三分白，
雪却输梅一段香。

解读赏析

"取长以补短。"

诗人神思巧运，首先不同于桃李争妍于春色的旧谈，梅雪争春之语让人眼前一亮。此外，虽然前人梅雪并举已为常例，但不同于以雪衬梅写梅花高格或以梅雪描绘冬日景致，诗人将二者对立起来进行比较，翻出新意，使诗歌既有情趣，又有理趣。

梅花在冬末春初开放，而"雪余春未暖"，于冰雪之态渐闻春的脚步，谁来传递天涯芳信呢？在这里诗人运用了拟人手法，客观景物人格化，梅雪相争谁也不肯伏低，傲然之态跃然纸上，也为诗歌增添了活泼与亲近之感。二者难分伯仲，也就为作为"旁观者"的墨客骚人平添了心中愁虑与笔下谈资。然而评议的文章其实际目的并非在于较之高下，"不能"也"不必"如此，不过是文人自身精神追求的一种投射罢了。

诗人也正是看出了这一点，所以后两句以一梅一雪、一白一香来解决了这场争论：梅不如雪洁白，这里不仅指颜色上升为纯洁无瑕之义，而雪没有梅花芬芳的香气，沁人心脾的力量。量词"三分""一段"化虚为实，使难以度量的颜色与缥缈难踪的香气具体可感，且"段"正指梅枝，以"一段香"来形容梅花，复又化实为虚，由此产生一种奇特的效果，生动地凸显梅花之香气。

诗歌写"雪梅"，又由景语生发理趣，意在言外，梅雪各执一端，正如人各有所善，以平等的眼光看待世界，取长以补短，才是正理。

①骚人：忧愁失意的文人墨客，也可直接指称诗人。②阁：同"搁"，放下。③评章：评议的文章。

"独天下而春"的梅花

梅是中国特有的传统花木,已有3000多年的栽植历史,原产于中国南方,不论观赏还是果树都有许多品种。

梅的花期为冬春季,正是我花发"时"百花杀的时候,常常冰雪还未完全消融,所以常有"古梅一树雪精神",凌霜傲雪而开放的梅花与松、竹并称岁寒三友,与兰、竹、菊一起列为四君子,以其坚毅高洁的品格为历代文人赞美称颂。古人认为花"将开未开时好",探梅赏梅一般以惊蛰前后10天为最佳时机。"送寒余雪尽,迎岁早梅新",古人种梅,画梅,咏梅,在于其"傲霜枝",也在于其报春传喜的美好寓意。梅花频繁出现在文人墨客的"诗""书""画""印"中,"梅花妆"的寿阳公主、爱梅成痴的王冕、"梅妻鹤子"的林逋,都是古人对梅花状貌品格的偏爱与对梅花精神独特感悟的表现。

赏梅胜地有哪些

随着深冬季节的临近,梅花竞相开放,伴着雪景赏玩梅花成了许多人冬日出行游玩的活动之一,我国几处有代表性的赏梅胜地往往在此时游人如织。其中,有"鄢陵蜡梅冠天下"美誉的鄢陵,气候宜人,蜡梅种植历史悠久,在北宋时这里的蜡梅还作为贡品进献朝廷;梅林如海的浙江超山,其中有两株名贵梅花其历史可追溯到唐宋时期;山水环绕的江苏邓尉山,梅花盛开时有如积雪,半山腰的梅花亭是赏看梅花的最佳地点;武汉磨山的梅园,风景优美,有梅花三万余株,不仅是赏梅花的好去处,还是我国的梅花研究中心。此外,还有南京的梅花山、西湖边的孤山等。

有梅无雪不精神

《雪梅》是卢梅坡的七言绝句组诗作品,本诗写的是雪与梅的对比关系,其二则着力体现雪梅相映衬而组成盎然诗意,二者缺一不可。古诗中描绘梅花往往有雪,梅香浸雪,雪色映梅,皑皑白雪中"万木冻欲折",唯有梅花为天地添了一抹亮色,这极美极雅的景致本身就包藏了无限诗情画意。梅与雪在诗中频繁"联袂"出现,从多个角度增强了诗歌的艺术效果与情感表达。

首先,雪所代表的冬日本就是梅生长的时令,描绘天地皆白的冬景可以用枯枝败叶、风雪柴门、冷月寒泉、暮日乱云这些冷色调的物象,而于雪中写梅,则往往为冬景增添了一份春的信息与生命的灵动感。"前村深雪里,昨夜一枝开",雪的厚重滞闷之感由一枝早梅轻巧拨开,雪本身是无生命的、寂静无声的,然而诗人妙笔一加,梅花像由雪而孕育滋养绽放,冬日的暗暗天光与无边寂色也由此变得清朗起来。其外,古人作诗描绘物象往往讲求对比衬托,以使事物的特色更加突出。没有梅的一抹淡色的点缀,又何以显示雪的纯白?而没有漫天飞雪的衬托,又何以突出梅花的傲骨与清丽之姿?此外,由于梅花与雪颜色相近,均素淡,遥遥望去,常难以分辨,雪可作飞花,花可扮凝雪,唯有一缕清清爽爽的暗香似有还无,所以王安石言"遥知不是雪,为有暗香来"。古人爱冬日的漫天飞雪,更爱雪中傲然绽放的身影——梅花,有梅有雪才是有诗意的冬天。

知识小问答 赏梅的最佳时节是? ( )
A. 惊蛰前后10天　　B. 仲冬　　C. 早春

陆游，字务观，号放翁，越州山阴（今绍兴）人，南宋文学家、史学家、爱国诗人。

卜算子·咏梅

[宋] 陆游

驿外断桥边，寂寞开无主。
已是黄昏独自愁，更著①风和雨。
无意苦②争春，一任③群芳妒。
零落成泥碾作尘，只有香如故。

"纵然粉身碎骨，要留香气如故。"

  这首《卜算子·咏梅》是南宋词人陆游的作品。在历史上，女词人朱淑真，宋代词人朱敦儒、刘克庄，毛泽东及郭沫若等人都以同样的题目吟咏过梅花，而陆词仍能传唱经久的缘故就在于诗人十分形象而准确地表现出梅花清香淡泊的品质，使读者仿佛能身临其境而感同身受，最终对诗人的情感产生共鸣。

  上阕描写了梅花生长环境的恶劣。诗人笔下的这株梅花寂寞开放在驿站外、断桥边，无人照料欣赏。当黄昏来临，独自愁苦之际，冰冷凄凉的风雨又袭来打在身上。在诗人笔下，梅花面临和承受的磨难打击是逐渐加重的。驿站外表明梅花生长的地方是荒野之地，更何况在少人经过的断桥之畔，当然是无人照料欣赏的，又加之黑夜来临，风雨凄冷，不由得使读者心生怜悯。尤其是"愁"字，使用拟人手法，使梅花孤独柔弱的形象展露无遗。作者在此使用了层层递进的手法，为下阕的进一步展开奠定了基础。

  到了下阕，作者进一步将上阕最末一句的情绪伸展开来，同时继续使用拟人手法来传达梅花的生命精神。梅花本来无意与百花争奇斗艳，但依旧遭到他人嫉妒，在风雨和流言的摧折之下，梅花终于凋零而被碾作尘土，只有清香依旧。在这里，上阕梅花所承受的那些打击磨难已经不算什么，因为它根本不在意，它只愿意在种种磨难打击之后，依旧保持自身的香气。最末一句是全词的点睛之笔，纵然全面叙说了那么多的磨难，到了这里，全然被梅花那坚韧不移、清高不屈的精神冲散。

  作者写作本词的背景，是自己屡被奸佞打击，壮志难以实现，他以梅花自况，以梅自喻，借赞咏梅花表达自己虽然面临坎坷磨难却毫不屈服，一心为了报国理想，纵然身死零落也要使一腔浩气长存的思想情感。

①著：遭受，承受。②苦：尽力，拼尽全力。③一任：任凭，听凭。

你知道吗,"梅"还有这样的用处呢

"梅"不仅指娇艳清香的梅花,还指梅树和梅果,尤其是梅果,在古人的日常生活中发挥过不可替代的作用。在中国古代,人们能用来调味的东西比较少,例如今天人们吃饭必不可少的辣椒,在明朝末年才传入中国。在辣椒和其他香料传入中国之前,人们就只能用中国本土产的盐、梅、花椒、生姜、茱萸、蜂蜜和糖调味。特别是产生咸味的盐和产生酸味的梅,早在距今两千多年的商代就被普遍使用了,所以《尚书》里面有这样一句话:"若作和羹,尔惟盐梅。"意思是要想做好美味的羹汤,必须要加盐和梅,也比喻治理好国家必须要凭借各种贤良的人才。

陆游的梅花对比毛泽东的梅花

在陆游之后,中华人民共和国的开国领袖毛泽东也写过一首《卜算子·咏梅》:"风雨送春归,飞雪迎春到。已是悬崖百丈冰,犹有花枝俏。俏也不争春,只把春来报。待到山花烂漫时,她在丛中笑。"这首词与陆词同一个题目,却表达了截然相反的意思。

在上阕一开始,毛泽东就以积极热情的笔调说明了风雪实际上正迎接春天的到来。同样是经受风雪的梅花,在陆游笔下是凄凉孤苦的,在毛泽东笔下则是一派勃勃生机,纵然饱受严寒,悬崖百丈寒冰,依然花枝俏丽。到了下阕,同样写梅花不与百花争春,陆游笔下的梅花是因为其孤傲清高的气质,而毛泽东笔下的梅花则是为了革命事业甘愿奉献自己的力量、不愿居功的革命志士的形象。到了最后一句,毛泽东点明了词意,等到革命事业成功的时候,这些伟大的革命志士在辉煌背后微微一笑,表达了伟人毛泽东的革命乐观主义精神。

诗词或者说文学写作就是这样,针对同一事物人们有不同的观点和看法是很正常的,只是写作者通过不同的写作技巧和手法将自己的意思表达出来的时候,有的生动准确,有的朦胧模糊,对于读者在情感和思想上也产生了不同的影响,这才为文学鉴赏提供了突破口。陆游的梅花"愁",毛泽东的梅花"笑",但这并不妨碍它们成为人们传唱不衰的名作,就是因为他们能够抓住梅花的精神气质并准确地传达给读者。

 "梅"的用处不包括以下哪一项? （　　）
A. 观赏　　B. 调味　　C. 隐喻政治

李白（701—762），字太白，号青莲居士，又号"谪仙人"，唐代伟大的浪漫主义诗人。

赠韦侍御黄裳·其一

[唐] 李白

太华生长松，亭亭凌霜雪。
天与百尺高，岂为微飙①折。
桃李卖阳艳②，路人行且迷。
春光扫地尽，碧叶成黄泥。
愿君学长松，慎勿作桃李。
受屈不改心，然后知君子。

"不因为一时的限制而趋炎附势，这才是君子应有的品德。"

这首诗是李白赠送给韦黄裳的组诗中的第一首。韦黄裳担任侍御之职，本应清正廉洁、刚正不阿，但他没有做到这一点，反而谄媚权贵、趋炎附势，李白于是写了两首诗赠给他，劝诫他学做青松为君子，莫学桃李成小人。

全诗分六联，每两联为一节，共三节。第一节写西岳华山上生长着高大松树，亭亭直立，不畏霜雪，上天赋予其百尺之躯，那里就会被一点微风折断，形象地描摹出高山之上挺拔直立的青松形象。第二节则与之相对，写艳阳下的桃李，卖弄风骚，经过的路人都被其迷惑，但春天过去之后，花瓣随风落地，终于连碧叶也飘落而化作黄泥。前两节实际上属于客观的事物描写，但到了第三节，前两节所蕴含的深层意思就展露了出来。诗人劝告韦黄裳学做挺拔直立的青松，不要做浮华灿烂的桃李。由此我们可以理解，前两节诗人实际上运用了比喻的手法，太华山上挺拔的青松实际上就象征刚正不阿的君子，而艳阳下卖弄的桃李象征的则是谄媚投机的小人。同时通过比较，使伟岸的青松和猥琐的桃李相互衬托，诗人那赞颂耿介清正而憎恶投机钻营的思想被直观而强烈地表达出来。

这首诗言语直白朴实，感情传递准确强烈，结构完整，层次清晰，是一首很好的政治讽刺劝喻之作，对于我们全面了解李白的人格和诗风有重要作用。

①微飙：微风，小风。②阳艳：亮丽，鲜艳。

华山、太华山、少华山，这些你分得清吗

华山位于陕西省渭南市，自古以来备受重视，与"东岳"泰山相对而称为"西岳"。其"西岳"之名的来历源于周代，东周时期，周平王因西周都城残破凋敝不堪使用，于是率领百官从宝鸡西安一带迁往洛阳。华山位于西安之东，洛阳之西，因此东周时期人们就称其为"西岳"了，就是指西面的高山。少华山位于华山之西，因为其较华山为低，所以称为"少华山"，也叫"小华山"。而"太华山"实际上就是西岳华山，"太"字义为"高、大"，太华山指的就是大华山，这个名称或许正是因为要与少华山相对而起的。华山和少华山并称"二华"，都是中国道教文化名山，而且风景秀美，均具有很高的旅游文化价值。

多样"桃李"

"桃李"是诗词中常见的意象，但在不同的诗人笔下，在不同的语境中，"桃李"一词传递出来的含义却有很大差距。

一般最常见的"桃李"指的就是桃树和李树，或者桃花和李花，这种诗句是最多的，陶渊明《归园田居》里"榆柳荫后檐，桃李罗堂前"正是此意。但因为桃花和李花都在春天开放，所以诗人们有时候会借用"桃李"来代指春天，例如最著名的莫过于白居易《长恨歌》里那句"春风桃李花开日，秋雨梧桐叶落时"，分别以桃李花开和梧桐叶落代指春秋两季。

除此之外，桃李还在诗词中代指人物。其中一种指那些如桃李一般青春貌美的女子或者指人们的青春年华，南朝梁武帝的《咏笔》中"酉闻兰蕙月，独是桃李年"中所写和唐代陈子昂《感遇诗》中"日耽瑶池乐，岂伤桃李时"之句皆是此意。除此之外，"桃李"也被指代为优秀的学生和弟子，一种说法是桃李需要精心栽培，象征老师对学生的悉心教导；另一种说法是唐代名臣狄仁杰善于推荐贤才，别人称赞他"天下桃李，悉在公门矣"。那句"桃李满天下"就是从此而来。

而本诗中以灿烂繁花惹人怜爱却容易凋零比作谄媚而不能长久的小人，在古诗词中很常见，刘禹锡就写过"城东桃李须臾尽，争似垂杨无限时"，所表达的也是这个意思。

"桃李满天下"出自哪部典籍？　　　　　　　　　　　　　　　　（　　）
A.《史记》　　　　B.《资治通鉴》　　　　C.《礼记》

李白,字太白,号青莲居士,又号"谪仙人",唐代伟大的浪漫主义诗人。

赠韦侍御黄裳·其二

[唐] 李白

见君乘骢马①,知上太行道。
此地果摧轮,全身以为宝。
我如丰年玉②,弃置秋田草。
但勖冰壶心③,无为叹衰老。

解读赏析 JIEDU SHANGXI

"朋友之间的深情,是他失意时的温暖鼓励,更是浮华时的严肃劝诫。"

这首诗是李白赠送给侍御韦黄裳的组诗中的第二首。与第一首大篇幅运用比喻、象征的手法不同,这首诗更加侧重于直接说理,如此一来,使其表意更加明晰,作为一首政治讽喻诗,其作用也就达成了。

本诗共分为两部分。第一部分即前两联,直接针对当前即将发生的事件说起:"我看见你乘着青白色的骏马,知道你要走上太行山的坡道了。那里道路艰险,车轮都会被摧毁,你一定要将自己的身体当成宝物加以看重,注意安全。"每一句都从现实生活出发,细腻真挚,其目的就在于打动诗歌最初的读者,让他能够听从自己的建议。

到了第二部分,诗人通过写自己的处境向韦黄裳提出建议:"你看我虽然如美玉一般有德有才,却被抛弃在秋天荒野上的草丛里不被人赏识。你更要时时自勉,保持一颗清净纯洁之心,不要感叹衰老而疏于自制。"作者在此自喻为被抛弃于荒野的美玉不得赏识,实际上是通过自己与韦黄裳二人不同的身份处境的对比说出自己的建议和劝诫。作者希望韦黄裳成为一个清正廉洁、耿介忠贞之人,而不是身在高位却趋炎附势、一味谄媚。

相比于第一首诗,这首诗用词更加直接,表情更加强烈,语气也更加严肃。李白在此作为韦黄裳的朋友,给他的劝诫可以说丝毫没有客气的意思,反而可以看出李白为人的坦诚和对朋友的真诚。

①骢马:青白毛色的骏马。②丰年玉:赞誉一个人具有才德,出自《世说新语·赞誉》当时人对庾亮的评价。③勖:勉励。冰壶心:纯真正直之心。

"太行"="大山"?

这首诗中的首联有"知上太行道"之句,"太行"有的版本也写成"大山","知上大山道"与诗句原意也是融洽的。但在北宋时期李昉等人编纂的诗文总集《文苑英华》中,这首诗就被写为"太行"。之所以最终确定为"太行"而不是"大山",又来自曹操所写的《苦寒行》。《苦寒行》前两句说:"北上太行山,艰哉何巍巍。羊肠坂诘屈,车轮为之摧。"而李白此诗也有"此地果摧轮"之句,说明正是化用曹操诗句,自然应该用"太行"一词。

谄媚油滑的韦侍御

本诗的主角韦黄裳当时担任大唐王朝的监察御史,按照唐代官场的习惯,被称为"侍御"。按理来说,监察御史负责监察百官,看其言行有没有违法乱纪、徇私舞弊之处,最应该清正廉洁,刚正不阿。但韦黄裳这个人却擅长溜须拍马那一套,据史料记载,他曾经担任地方官吏,经常准备美女歌姬和好酒珍肴并邀请朝廷中掌权者的子弟来游乐嬉戏,以此来达到他攀附权贵的目的。但就是这样一个德行有亏的人,却一路青云直上,当上了监察百官的侍御,真是莫大的讽刺。李白写《赠韦侍御黄裳》二首,既是作为朋友劝诫韦黄裳做一个清正忠贞之人,也是对当时黑暗腐朽的政治环境压抑有才能者而宠幸提拔只做表面文章的那些人的讽刺和揭发。

李白是个"交际花"

李白的朋友圈可以说从一般的平民百姓到大唐的皇帝贵妃,包含了大唐盛世中的所有代表性人物。

据说李白曾经和唐玄宗、杨贵妃一同吃饭,还曾有"贵妃捧墨、力士脱靴"的无上尊荣,他送给杨贵妃的那三首《清平调》更是广为流传,尤其是通过邓丽君和王菲的演绎,将杨贵妃那种雍容华美、独承君恩的形象和气质展现得淋漓尽致。

而与他同时代那些大名鼎鼎的诗人,例如杜甫、孟浩然、王维、岑参等人,他们之间的诗歌唱和更是后世评说友谊的典范之作。例如李白送给孟浩然的"吾爱孟夫子,风流天下闻"和杜甫送给李白的"白也诗无敌,飘然思不群"所提到对两人的看法,成为后世评价孟浩然和李白时绕不开的话题。

李白不仅和高官显贵为友,还和平民百姓交往。他的《赠汪伦》中感叹汪伦对他的友情比桃花潭千尺潭水还要深,另外,他接受当时身为平民的汪伦邀请前往做客,作诗离别的时候,那种依依不舍的深情又何曾比汪伦少半分呢?

李白是那个时代的"交际花",这句话不是贬低,而是赞扬。他之所以能够朋友遍天下,一方面当然是因为他才华出众,文学造诣极高,成为那个时代明星式的人物;另一方面却是因为他交朋友从来不因对方的身份地位不同而有所偏爱,只是以一腔真诚对待所有人,正因如此,他才能从别人那里收获真挚的友谊。在这方面,李白也是值得我们学习的。

 以下关于"太行山"错误的描述是? ( )
A. 又名"五行山"　　B. 位于我国东部　　C. 华北平原的东部界限

林逋（967—1028），字君复，后人称为和靖先生，北宋著名隐逸诗人。

山园小梅·其一

[宋] 林逋

众芳摇落独暄妍①，占尽风情向小园。
疏影横斜水清浅，暗香浮动月黄昏。
霜禽②欲下先偷眼，粉蝶如知合③断魂。
幸有微吟可相狎④，不须檀板⑤共金樽。

解读赏析

"每读暗香疏影之句，眼前就是孤洁梅花。"

这首诗是宋代隐士诗人林逋《山园小梅》组诗二首中的第一首，作者通过描写梅花，不仅表达了自己对梅花的喜爱，而且是作者超脱绝俗、淡远独绝的孤高人格的写照。

本诗前两联皆为实写。首联一开始就表达了对梅花的喜爱："百花凋谢，只有梅花面向寒冬热烈盛开，把整个小园中的风光都占尽了。"一个"独"字，写的是梅花的生存状态；一个"尽"字，写的是梅花的卓绝风采。颔联则直接描写梅花的独绝风姿，这是作者在新月方升时分见到的一株斜生于水岸的梅花，她的倩影倒映在水面之上，"清浅"不仅描写水的清澈，更是梅的灵动，"疏影横斜"更直接说出梅的妩媚迷人。而在朦胧月光下，幽香淡远，"浮动"一词又在妩媚之上添了许多淡泊脱俗。作者通过浅水黄昏的情景衬托，把梅花那妩媚脱俗的形态气质写得传神动人，可谓写梅花诗中的绝等好句。

而到后两联，作者转入虚写，通过衬托来写梅花的美丽和高洁。颈联写："白鹤想要飞下来欣赏先偷眼一看，蝴蝶要是知道梅花之美也要被迷醉断肠。"这是通过白鹤蝴蝶的表现写梅，形象生动。尾联则说："在梅下吟诗作乐已经足够，哪里还需要管弦宴饮呢？"管弦宴饮这样的乐事也比不上在梅花下吟诗，通过对比，不仅写出梅花孤高脱俗的精神气质，也是作者清高淡泊、不同俗流的形象写照。

①暄妍：形容梅花艳丽繁盛。②霜禽：羽毛为白色的鸟儿，这里指白鹤。③合：应当，应该。④狎：亲近，赏玩。
⑤檀板：演奏音乐或歌唱时用来打节拍的檀木拍板。

梅妻鹤子林和靖

林逋是北宋时期著名的隐士。他早年勤奋学习，却淡泊名利，自甘于贫困，不愿意求取功名。等到40岁之后，隐居于杭州西湖的孤山，种植梅花，养育仙鹤。他终身没有娶妻生子，自称"以梅为妻，以鹤为子"，可见他对这两者的喜爱程度。他的隐居生活非常潇洒，经常驾着小舟往来于西湖旁边的寺庙，与僧人们交谈。每当有客人来的时候，家里的小童就放飞仙鹤，林逋看到仙鹤飞出再驾船回家。他生前名气已经很大，死后皇帝赐号"和靖先生"，故称"林和靖"。现在西湖附近还保留着他的墓地和放鹤亭。

写梅之绝——"疏影""暗香"

自林逋在诗中写出"疏影横斜水清浅，暗香浮动月黄昏"这样的句子之后，"疏影"和"暗香"成为后世诗人描写梅花绕不过去的一个视角。在林逋之前，据说已经有人写出"竹影横斜水清浅，桂香浮动月黄昏"的句子，但既写竹子又写桂花，终究不如林逋专写梅花形象生动。尤其换"竹"为"疏"，换"桂"为"暗"，创造出新的朦胧之美，可以说有点石成金之奇效。后来人包括欧阳修、苏轼、陈与义、辛弃疾都对林逋写梅表达过钦佩，辛弃疾就说："未须草草赋梅花，多少骚人词客，总被西湖林处士，不肯多留风月"，意思是赞颂林逋已将梅花写到极致，后人难以超越了。

古今隐士隐居动机知多少

中国古代的文人群体中，隐士是非常重要且著名的一类，他们对于政治、文化所产生的巨大影响力，也是今天的人们想象不出的。

隐士隐居，最常见的原因当然是对世俗生活感到厌倦，渴望山林野趣。例如尧帝时代的许由，隐逸山林，尧听说了他的美德，准备把天下禅让给他，他却赶紧洗耳朵说这样的俗世言语会污染耳朵，真可谓奇哉！但还有一些隐士为了避祸，因为王朝更迭，自己或自己的亲朋曾为前一王朝服务，害怕自己受到新上位的统治者的报复，例如明朝末年的王夫之；还有的人要表达自己对新统治者的不满，也会选择隐居，最著名的就是不食周粟饿死的伯夷、叔齐；或者身为功臣，为防止出现"狡兔死，走狗烹"的悲剧，就自己主动归隐山林避祸，历史上范蠡、张良都是因为这个原因远离朝廷的。

除了以上这些情况，还有的隐士即使归隐山林，依旧对国家政治有着深远的影响。比如南朝时期的陶弘景，他早年为官不顺，于是请辞隐居于茅山炼丹修道。后来梁武帝当上皇帝之后，对陶弘景恩礼有加，每当国家有大事发生的时候，就派人去咨询陶弘景的意见，陶弘景也因此被称为"山中宰相"。而如成语"终南捷径"的主角卢藏，通过隐居宣扬名声以此求官，这样的隐士更多。所以今天我们考察古代隐士的生命历程，必须要做的一件事就是了解其动机，这样才能对他的言行举止有进一步的了解，才能判断其是真君子还是伪贤良。

| 知识小问答 | "梅妻鹤子"的林逋是哪个朝代的著名隐逸诗人？　　　　　　　　（　　） A. 宋代　　　B. 唐代　　　C. 明代 |

鱼玄机，女，晚唐诗人，长安（今陕西西安）人。初名鱼幼微，字蕙兰。

卖残①牡丹

[唐] 鱼玄机

临风兴叹落花频，芳意潜消②又一春。
应为价高人不问，却缘香甚蝶难亲。
红英③只称生宫里，翠叶那堪染路尘。
及至移根上林苑，王孙方恨买无因。

"纵然无人欣赏，也要开得漂亮。"

《卖残牡丹》是唐朝著名女诗人鱼玄机创作的一首咏物诗，全诗以花自喻，寓意深远，通过对牡丹花悲惨遭遇的描述，隐含了诗人坎坷凄凉的处境，表达了诗人不甘受命运摆布的坚韧意志和清高孤傲的品格追求。

首联开篇就写了残剩的牡丹所面临的悲惨处境，风吹花落，花瓣连续飘落不断，惹人叹息，原有的美艳都从此消潜沉默，又一个春天就此过去。作者感叹牡丹无人赏识，只能暗自凋零的命运，又指出牡丹悲惨命运来自外在狂风摧折。一个"叹"字，既是对这一无可奈何之事在情绪上的总结回应，也是全诗情绪的奠基。

但到了颔颈二联，诗人所表达的情绪却出现了转折。诗人指出这株牡丹之所以残剩，是因为标价太高，而牡丹花本身的香气太过浓郁也使蜂蝶难以亲近。接着诗人夸赞这样的牡丹就应该生长在皇宫里，哪里是路边的尘土能沾染的？诗人在此盛赞牡丹的高贵、浓艳，实际上写的就是自己才华出众而不能屈事凡俗，也因此回应首联，写出了诗人自视甚高，卓尔不群的精神品质。

到了尾联，诗人的情绪又一次抬升，对那些当下不懂得欣赏她的人说："等我移栽皇家上林之苑，你们就要追悔莫及了。"作者在此完全不在意自己的才华无人欣赏、命运悲惨凄凉的现状，而是面向未来发出自己不屈服于命运的宣言，而坚信自己有获得赏识的那一天。

①残：剩下的。②潜消：逐渐消失，暗自消失。③红英：红花。

为牡丹而痴狂的唐代人

唐代人喜爱牡丹是出了名的,甚至达到了痴狂的程度。牡丹那雍容华贵的风姿使得上自天子,下到平民的所有人为花所迷恋。当年李白献给杨玉环的三首《清平调》中均以人花互衬,一句"名花倾国两相欢,常得君王带笑看"写尽了皇家赏花之热烈景象。而当时牡丹繁育行业发展极为迅速,洛阳和长安成为牡丹培育和交易的重要市场,直到今天,两地花季还有观赏牡丹的隆重花会。而白居易的乐府诗《牡丹芳》中写"花开花落二十日,一城之人皆若狂",可谓非常客观而真实的描写。

皇家园林——上林苑

上林苑是秦汉两朝的皇家园林,在历史上声名显赫。它始建于秦始皇时期,大名鼎鼎的阿房宫就位于其中。到了汉代,经过汉武帝的扩充重建,上林苑达到了鼎盛时期。其中既有建章宫这样的大型宫殿,更含纳了昆明池、太液池这样的大型湖泊,可见其规模之大。上林苑因此成为专供皇帝游玩、狩猎的重要场所,也成为皇家禁军——羽林军的驻地,而司马相如的《上林赋》和扬雄的《羽猎赋》就是描写上林苑的奇异景色和皇家打猎的宏伟场景的。但上林苑的作用不止于此,它还是西汉时期丝绸之路东西方文化的重要见证,历史上如葡萄、苜蓿、汗血宝马等从西域传入中国的动植物都首先在上林苑中种植养育。到了西汉末年,上林苑才因为西汉王朝国力不足逐渐衰败。

男权社会下的悲剧人生

鱼玄机是晚唐时期的女诗人,与李冶、薛涛、刘采春并称唐代四大女诗人。而其一生命运之悲惨程度又远超其他三人。

鱼玄机早年名"幼微",她曾跟随晚唐诗人温庭筠学诗,两人之间诗词唱和,有许多这样的作品流传下来。鱼幼微那首《赋得江边柳》中"影铺秋水面,花落钓人头。根老藏鱼窟,枝低系客舟"最可看出鱼氏之才,而这据说也是温庭筠指导的成果。

温庭筠是风流才子,一生与歌女、道士相交,对鱼幼微也是有感情的。但他因为二人年龄差距太大,怕惹人非议,终究不敢越雷池半步。最后,他将幼微介绍给李忆。李忆倾慕幼微的才华,一见钟情,最终将幼微娶回家中,但他已有正妻在室,幼微只能为妾。

李忆的正妻裴氏心胸狭窄,不能容人,李忆无法,只好将幼微送往道观,改名玄机。临别之际,李忆承诺将来一定接她回去。但过了几年,李忆出任扬州,音信全无。鱼玄机知道李忆背叛了当年的承诺,从此性情大变,纵情声色场所,游戏人生。她招来许多文人才子与之谈诗、调情,将礼法规矩弃之不顾。后来因为她的婢女绿翘与自己的情人相通而将绿翘打死被判刑处死,死时不到30岁。

鱼玄机的死因蹊跷,有一种说法是绿翘案只是那些正派人士的编造,真相是鱼玄机的行为违背了当时社会的礼法规矩,所以这些人必欲除之而后快。不论如何,鱼玄机一生都没有逃脱男权的压迫,也没能实现她在《卖残牡丹》里对自己未来的那种希冀,这是那个时代的悲哀。

知识小问答 唐代四大女诗人不包括以下哪一位? （   ）
A. 李冶　　　B. 鱼玄机　　　C. 李清照

姚合（约779—约855），中国唐代著名诗人。世称姚武功，其诗派称"武功体"。

老 马

[唐] 姚合

卧来扶不起，
唯向主人嘶。
惆怅东郊道①，
秋来雨作泥。

解读赏析
JIEDU SHANGXI

"纵然是伏枥老骥，依旧能志在千里。"

本诗语言浅白流畅，表意清晰淡远，是姚合"武功体"诗歌的代表作。诗人通过描写老马力弱体衰，实际上以马自喻，写出了自己不愿老去，依旧志在千里的壮志豪情。然而身体状况和外在环境终究逐渐恶劣，诗人那种英雄末路、无可奈何的悲凉也毫无掩饰地流露出来。

前两句是对老马本身情况的直接描写："老马卧倒之后，就不再能够扶着身边的围栏站立起来，只能向主人发出一声声嘶鸣。"形象生动地写出了一匹老马身体衰弱甚至不能站立的凄凉处境。至于主人有没有理会老马，诗人没有交代，但根据第三、四句的描写："东郊的道路因为秋天雨水太盛全是泥泞，老马只感到无限惆怅。"说明不管是不是在主人的帮助下，老马还是站起来了。但站起来又有什么用呢？已经是秋天，雨水太多使道路泥泞，自己已经不能安稳地走在上面了。后两句，作者表面上只写了秋雨道路泥泞的现状，但这就意味着外在环境的恶劣使老马再次奔驰于道路之上的理想成为泡影，它在之前那样努力地站起来终究无用。读到这里，老马身上那种不服老而又不得不服老的凄凉情绪油然而生。

全诗情绪在前两句是积极的，到后两句则转向消极，但这不是老马自己不够努力的结果，而是出自外在恶劣环境的影响。作者不仅歌颂了老马志在千里的坚韧豪情，也暗讽了当时统治者不能利用人才的糟糕现状。

①东郊道：东郊的道路。

历史上都有谁写过老马的故事

老马是古代文学创作中常见的意象。除本诗之外,最著名的应该是曹操所写五言古诗《龟虽寿》里面的那句"老骥伏枥,志在千里"了,表达了曹操老当益壮、积极进取的豪情壮志和人生态度。但老马的故事不止于此,成语"老马识途"背后也是青史留名的名人趣事。原来是讲,春秋时期的齐桓公攻打山戎获胜,班师回朝的时候,因为暴风雪使大军迷路,情急之下,齐桓公听从管仲的建议,去掉老马的鞍辔,老马自己就会回到原来出发的地方,大军因此得以平安归来。杜甫《观安西兵过赴关中待命二首》里面就有:"老马夜知道,苍鹰饥著人。"就是化用了这个典故。后来人们也将老马比喻为经验丰富、能为先导的领导人。

秋风秋雨为啥"愁煞人"

秋风秋雨是古代文人诗词中常见的意象,而这两者最常见的表意则为"愁"。在《诗经》中,已经有"风雨如晦,鸡鸣不已"的名句,虽然没有直接说明是秋日的风雨,但可以看作遇风雨则愁闷的源头了。而近代鉴湖女侠秋瑾的名句"秋风秋雨愁煞人",更具有点题之效。风雨尤其是秋天之风雨之所以含义如此,是有多方面原因的。古代日常生活技术落后,遇到风雨,一切户外活动都要停止,甚至如杜甫《茅屋为秋风所破歌》里面房屋都要面临漏雨倒塌之危险。另外,秋天是肃杀的季节,树叶飘零,黄草遍地,一切转于枯寂,这样的季节遇到风雨,其悲愁之效更加深重了。

"武功派"创始诗人——姚合

姚合是中晚唐时期的著名诗人,因为曾担任武功主簿,所以人们称他为"姚武功",由他开创的诗歌流派被称为"武功派"。他与贾岛关系亲近,诗歌风格也相似,世称"姚贾"。但相比于贾岛纠结文字,苦吟怪僻的风格,他又显得更加清新平淡,宣扬自己的山林志趣。同时他又避免以白居易、元稹为代表的元和体那铺排而通俗的风格,更加清新独特。

作为白居易、刘禹锡、贾岛、李绅、张籍的同时代诗人,姚合与其他人的诗风具有重合之处,又有明显不同。这一批诗人的风格之近似是因为在中晚唐时期,中央王朝的经济、军事实力极大地衰落,对于各地方的政治掌控力逐渐下降,社会秩序混乱,政治环境黑暗,人民生活也越来越艰难。这一批诗人都在一定程度上针对这一时代的社会环境做出了自己的批判,所以这些人的政治讽喻诗往往都能为百姓发声,这是值得肯定的。但因为每个人的生活经历和理念不同,在诗歌的题材和主旨选择写作过程中,就形成了差别。例如姚合的生活态度就发生过转变,从前期的渴望建功立业、积极进取到后期的半官半隐向往山林,其诗歌风格也逐渐朝着自然清新的方向发展。而贾岛早年家境贫寒,还出家为僧,还俗后参加科举屡试不第,仕途也很坎坷,但他自恃有才,气性高傲,所以诗风沉痛苦涩,同时又追求字句的刻意工整,奇崛险怪。时代环境与个人旨趣,不论我们评价哪一位诗人,都应从这两方面入手。

以下哪位诗人没有写过"老马"的故事? （　　）
A. 李白　　B. 曹操　　C. 杜甫

杜荀鹤，字彦之，自号九华山人。汉族，池州石埭（今安徽省石台县）人。

小　松

[唐] 杜荀鹤

自小刺头深草里，
而今渐觉出蓬蒿①。
时人不识凌云木，
直待凌云始道高。

"小松亦有凌云之志。"

　　本诗是唐代诗人杜荀鹤创作的一首七言绝句，全诗以小松自拟，写的全是作者自己的切身感受，语言简练而意义深刻，表达了作者对于世俗不能赏识自身才华，只会趋炎附势的愤懑不满。

　　诗人笔下小松的成长经历了两个阶段。首先是很小的时候，默默无闻，被埋没在深草里，但"刺头"一词就表明了这棵小松是不会屈服的，它一定要冲破深草的阻碍，不断向上长去。这也是出身贫寒的作者不甘于贫寒，力求出人头地的真实写照。在这样的意志支撑下，小松渐渐突破了蓬蒿的限制。"渐觉"，说明这个过程不是一蹴而就的，而是慢慢积累、逐步达成的，这也是符合事物成长发展规律的。前两句写的就是小松被埋没于深草丛中而又逐渐突破于深草丛的成长过程；而到了后两句，诗人开始转向对那些不关心、不重视小松成长的俗人的讽刺，这些人不能认识小松可以成长为参天大树的资质，等到它长成大树之后才称赞树高。两个"凌云"，都是写小松，只不过一个在长大前，一个在长大后，值得玩味的是前后那些"时人"的态度，由漠不关心到谄媚吹捧，其目光之短浅、品德之卑劣由此可见一斑。

　　作者出身贫寒，又生于晚唐乱世之中，空有才华而壮志难酬，直到最后才在仕途取得一些成绩，这首《小松》正可以看作作者自身人生遭遇的写照。

①蓬蒿：蓬草和蒿草，泛指草丛。

小时了了，大未必佳

相传"孔融让梨"的主角孔融小时候就很聪明。他10岁的时候跟随父亲到洛阳，拜访当时声名显赫的李膺。去李家的人很多，只有声名同样显赫者和李家的亲戚才能得到看门人的通报。孔融就对仆人说："我是李家的亲戚。"等进门之后，李膺问孔融说："您是我的什么亲戚？"孔融答道："我的先祖孔子曾经拜您的先祖老子为师，我们两家世代交好啊。"在座的人听了都感到惊异。陈韪后来才到，别人把刚才发生的事情告诉他，陈韪非常不屑，就说："小时了了，大未必佳。"意思是说小时候聪明，长大了不一定就是优秀的人。孔融反过来问他："那我猜您小时候一定很聪明吧？"意思是说陈韪现在也不优秀啊。陈韪听了羞愧不已。

那些神童后来都怎么样了

中国古人非常注重对儿童的教育，而那些天资聪颖，在受教育过程中表现非常突出的孩子被称为"神童"。翻看史书，我们会发现古人对于神童的记载是非常多的。

最著名的神童非孔子的老师项橐莫属了。据说他7岁的时候就将孔子驳倒，使大圣人孔丘尊称他为老师，所以后世也将项橐称作"圣人"。至于项橐究竟如何将孔子驳倒，史书没有明确记载，但关于他的许多故事流传至今。在他很小的时候，他就发现春夏秋三季会出现电闪雷鸣的现象，而到冬天就不会这样，他就问自己的父亲这是为什么。父亲告诉他："因为老天爷通过打雷闪电惩罚那些坏人啊。"项橐反问道："难道坏人只在春夏秋三季才有，冬天就没有了吗？"问得父亲哑口无言。像这样聪明伶俐、机智过人的孩子还有很多，如蔡文姬、李白、司马光等，小时候都被别人当作神童。

但"小时了了，大未必佳"。宋代有一个神童方仲永，5岁的时候还没有接受正式的教育，连纸笔都没见过。但有一天他哭闹着要这些东西，家人找来之后，他竟然写了四句诗，还题写了自己的名字。所有人都非常惊讶，夸赞他为神童。从此他父亲只让他在客人面前写诗表演，不让他接受教育。后来他一事无成，写诗的天分也退化了。

一个人的成才，天资是一方面，后天的努力也非常关键。就像《小松》诗中的那棵小松，只有善于利用自己的天分，不断为了自己的目标努力奋进，不甘落后，这样才能有所成就。神童如此，普通人也一样。

知识小问答 孔子最小的老师叫什么？ （   ）
A. 项橐　　　B. 毕昇　　　C. 溧阳

成彦雄,字文干,生卒年不详,南唐进士,著有《梅领集》五卷。

松

[南唐] 成彦雄

大夫①名价古今闻,
盘屈孤贞更出群。
将谓岭头闲得了,
夕阳犹挂数枝云。

"不为浮名所累,永远追寻自己内心的声音。"

这首诗是生活于五代至宋初时期的诗人成彦雄所作的一首咏物诗。作者从大名鼎鼎的"五大夫松"入手,写出了松树独立山巅而淡泊宁静的神态气质。语言简练,但对松树形象的刻画十分生动,是古今咏松诗歌中的名作。

诗歌前两句即包含一个转折,作者先说的是秦始皇登临泰山之际所封赏的松树,其名声身价流传久远,古今皆闻,但是松树并不以此夸耀于人,依旧独自矗立于山巅之上,保持着那孤傲的身姿不曾改变。享有盛名却依旧遗世而独立,这也说明这棵松树没有把那些外来的浮名放在心上,那么让它放在心上或者说在意的是什么呢?由此就自然而然引出后两句的描写。等到夕阳西下,山岭归于沉寂悠闲,树梢那一轮夕阳和几片云彩才是这棵松树所关心在意的。在这里,这棵松树已经化身为一位隐居的世外高人,但它的归隐,不是为了沽名钓誉,恰恰是盛名之后,将一切看得云淡风轻,只愿于山林之间求取精神之乐的形象。

作者描写松树,一方面写它身负盛名而不在乎盛名的孤高;另一方面写它归心自然与夕阳、云彩为伴的散淡。这也未尝不是作者的自拟,写出的正是作者自己的人生志向和精神追求。

①大夫:即五大夫松。

"五大夫松"真有五棵吗

本诗中所提到的"大夫"实际上指的是泰山的"五大夫松"。相传秦始皇东巡至泰山,要到山上进行封禅,即祭祀天地的活动。大臣们建议他按照古代的礼仪行事,遵守封禅的规矩,不要破坏山上的草木,以免惹怒山神引发祸端。但秦始皇哪里会理会这些,他乘坐大车上山,浩浩荡荡,沿途的山石草木都被他破坏。在一切祭天的仪式结束之后,突然,天边乌云密布,电闪雷鸣,旁边就有人说这是山神发怒了。秦始皇一行人就赶紧往山下跑,奈何雨势太大,只能在路边的松树下暂时躲避。秦始皇一边躲雨一边担心,于是就在心中祷告,祈求树神保佑。幸而大雨很快就停了,秦始皇认为松树护驾有功,加封为"五大夫",称为"五大夫松"。

对于"五大夫松"这个名号,历来有许多观点认为这是指五棵大松树。实际上,"五大夫"是秦始皇时期的官职名,"五"是指等级而不是指个数,除此之外还有六大夫、七大夫,其中的道理是一样的。所以说,"五大夫松"实际上指的是那一棵被加封为"五大夫"的松树。

松树还是服务员?

在中国的诸名山上,生长着为数众多、风采卓绝的松树,人们也会根据它们的身姿为它们取恰当的名字。而几乎每座山上都会有一棵"迎客松",但说起来,最著名的迎客松还是黄山上的那一棵,因为被绘制为画像悬挂于人民大会堂,使它声名远扬。黄山风景秀美,气候独特,所以山上的植物也千姿百态,除了迎客松,还有"送客""陪客""盼客""望客"等奇松矗立于峰岭之间,宛如一队松树服务员,给游览黄山的游客留下深刻印象。

松树在古代都有哪些象征

中国古代的文人,习惯于将自身的情感、理想寄托于外在的各种事物,包括动植物、生活器具等加以抒发歌咏,写出了无数借物抒情、以物言志的名篇。而在诗人笔下出现的植物里,松树也是非常多见的。

一方面,诗人最常赞颂的是松树的高大雄伟,例如李白《南轩松》:"何当凌云霄,直上数千尺。"另一方面,人们又感佩于其经冬不凋,四季常青的特质,并认为这是坚韧顽强的品质体现。此外,因为松树能挺立于风雪之中,于是人们又赋予了它敢与邪恶势力做斗争的无畏英雄品质。前者有孔子的那句感叹"岁寒,然后知松柏之后凋也"为注脚,而陈毅元帅的"大雪压青松,青松挺且直"写出的正是他自己的英雄气概。除此之外,松树也是隐者的象征。陶渊明辞官归隐后就写了"三径就荒,松菊犹存"的句子,而贾岛的《寻隐者不遇》中起句就写"松下问童子",松树也就是隐士了。而另一方面,松树也是长寿的象征,在国画中,我们常常看到松树、丹顶鹤、梅花鹿这样的搭配,其中所传达的就是这个意义。

正是因为古人一而再地描写歌咏,当我们今天看到松树的时候,脑海里会不自觉地浮现出这些诗句,会自然而然地想起松树所有的品质。松树也因此成为我们祖国文化的一种象征,体现了传统文化对我们的文化、思想的深刻影响。

知识小问答	"五大夫松"具体有几棵?　　　　　　　　　　　　　　　　( )
	A. 一棵　　　B. 五棵

本章知识小问答答案

第 71 页　正确答案：C. 朱光潜

第 73 页　正确答案：B. 由印度传入中国

第 75 页　正确答案：C. 李清照

第 77 页　正确答案：B. 唐代

第 79 页　正确答案：A. 战国

第 81 页　正确答案：C. 保守派

第 83 页　正确答案：B. 60 岁左右

第 85 页　正确答案：A. 惊蛰前后 10 天

第 87 页　正确答案：C. 隐喻政治

第 89 页　正确答案：B.《资治通鉴》

第 91 页　正确答案：C. 华北平原的东部界限

第 93 页　正确答案：A. 宋代

第 95 页　正确答案：C. 李清照

第 97 页　正确答案：A. 李白

第 99 页　正确答案：A. 项橐

第 101 页　正确答案：A. 一棵

劝学篇

"少年易老学难成，一寸光阴不可轻。"劝学诗的主旨是劝青年人珍惜光阴，努力向学，而除了用以劝人，诗人写劝学诗亦是用于自警。"三更灯火五更鸡，正是男儿读书时。"本篇章的诗词，大多暗含予人向上的力量。

汉乐府，汉时乐府机关所采制的诗歌，原本在民间流传，经由乐府保存下来。

长歌行

汉乐府

青青园中葵①，朝露待日晞②。
阳春布德泽，万物生光辉。
常恐秋节至，焜黄③华叶衰。
百川东到海，何时复西归？
少壮不努力，老大徒伤悲。

解读赏析 JIEDU SHANGXI

"时光难倒流，努力奋斗的人生才不会留下太多遗憾。"

"长歌行"为汉乐府曲题，指曲调为"长声歌咏"的自由歌行体。诗歌主旨明确，在于咏叹人生短暂，于叹惋中勉励世人奋发努力，切勿虚度韶光，徒留遗憾。

诗歌的妙处在于并非直接说理，而是托物起兴，先描绘了一幅草木争春，蓊蓊郁郁的盛景。叠词"青青"凸显了园中葵苍翠青葱的特征，也使诗歌节奏轻快，画面明朗。"朝露待日晞"句为露水会慢慢被阳光炙烤而消失，有暗喻时光流逝之义。"朝露"在汉魏诗歌中也往往是一种生命短暂的联想，诗人并未继续于此展开，而在三四句写雨露阳光滋养万物，使其焕发勃勃的生机，一切欣欣向荣。

前四句虽有波澜，但总体是诗人用类似水彩的叠加法，一步步为我们呈现出春日融融，生机盎然的景致。诗歌至此，笔锋陡转，盛衰的循环是自然的法则，所以诗人由眼前美景联想到秋风萧索，草木摇落，一个"恐"字生动地表达了对时光流逝，春光不再的怵惕之心。这里的春秋不仅是自然的转变，也暗示人生的青春与衰老。而时光的流转又使诗人联想到奔流不息不可阻遏的东流水，"何时复西归"表面来看是一个问句，但其中包含的是无可复归的慨叹，又是用具体形象来表达时光飞逝，无可转圜。

经过前面委婉曲折的层层蓄势，结尾"少壮不努力，老大徒伤悲"的卒章显志可以水到渠成。"徒"字有点睛之用，既是少壮虚度时光到老无所成就之义，也是无可奈何空余悲叹之情。末两句平白如话，却浑朴有力，含蓄深沉。诗歌并不直接说教，而是借助自然物象，将所言之理娓娓道来，具有警策人心的力量。

①葵：蔬菜名，古人种为常食，有紫茎、白茎两种。②晞：天亮，引申为阳光照耀。③焜黄：形容草木凋落枯黄的样子。

"阳春"到底为何物

诗中的"阳春"是露水与阳光都充足的春日,阳春三月,气候刚刚转暖,还残留着冬日的寒冷,"十指不沾阳春水"就是指天气寒冷时不用亲手洗衣服的养尊处优之态。此外,"阳春"还有许多其他有趣的身份。

"阳春"是一个城市的名字——广东省阳春市,梁武帝普通四年(523年),撤销了莫阳县,改设了阳春郡和阳春县,意取"漠水之阳,四季如春",1994年设立了县级阳春市,"阳春"展示了这个城市的地理位置与宜人气候。

"阳春"还是古琴曲,它是由古代歌曲《阳春白雪》演变而来的,《扬抡太古遗音》言《阳春》表现的是"万物回春,和风淡荡之意",由于该曲艺术性高,后人即将成语"阳春白雪"泛指高雅的曲子。慢弹此曲,仿佛春光在指尖流转,古人的雅兴可以想见。

而我们熟知的"阳春面"又为何唤名"阳春"呢?阳春面又称"光面"或"清汤面",清淡爽口,因民间称阴历十月为小阳春,上海市市井的隐语将"十"称为"阳春",又因为此前这种面每碗售价十文钱,所以称为"阳春面"。由此可见民间的智慧与趣味,雅俗之间也因此并无明确的界限。

古人的时间观

时间是公平的,也是残忍的,对每个人来说,时光的流逝都是分分秒秒,昼夜不舍。古人虽然没用精密的电子设备来记录时间,但处于农业社会,与自然休戚与共的他们,则是用整个生命的投入来感知沧海桑田、光阴荏苒。从这种意义上来说,古人对时间的流逝更敏感,也更深刻。

从古人的诗句中我们可以读出古人感知时间流逝的独特方式和由此生发的感情,他们从一些表象中发现其蕴含的深刻道理,又从自然的景物变迁中推知人类生命的发展轨迹。《诗经》中有"昔我往矣,杨柳依依。今我来思,雨雪霏霏",这是卸甲退役征夫的今昔之感,景物的变迁体现的是一种深层次的生命流逝感,包含着深重的痛切与哀伤。《滕王阁序》中"闲云潭影日悠悠,物换星移几度秋",这是王勃在滕王阁上对风物变迁的慨叹,槛外长江空流,建阁之人已经不知所终,季节的变换轮转是一个循环,个体的生命则不然。李白"高堂明镜悲白发,朝如青丝暮成雪",恍然间,由总角垂髫的孩童变成风烛残年的老人,慢慢走向生命的终点。

然而对于这多"恨"的人世,古人并不是消极面对,"莫等闲,白了少年头,空悲切","及时宜自勉,岁月不待人"。坦然面对生命的有限,解脱出人生无常的怅惘,理性积极地对待生活,把握当下,才是古人诗歌留给我们的人生智慧。

 以下哪首不属于乐府诗集? ( )
A.《长歌行》　　　B.《短歌行》　　　C.《艳歌行》

唐代无名氏创作的七言乐府诗。

金缕衣

〔唐〕佚名

劝君莫惜金缕衣[①],
劝君惜取少年时。
有花堪折直须折,
莫待无花空折枝。

"莫要辜负青春年华,珍惜时间方不留遗憾。"

《金缕衣》是唐代无名氏创作的七言乐府诗,在当时即以演唱的方式流行于酒宴与寿席之上,侑酒诗到如今仍旧为人耳熟能详,体现了诗歌含蓄隽永的艺术魅力。

诗歌所要表达的主要思想十分明确,即珍惜年少韶光,莫空留遗憾。四句诗反复咏叹和强调对美好时光的珍视,在反复中产生一种单纯却强烈的感情,又因为反复中微妙的变化使诗歌不流于单调,而是于轻重缓急中产生旋律的美感,引发人内心的触动和共鸣。前两句为铺陈直叙的赋的写法,以"劝君"领起,含规勉嘱托之义。"金缕衣"以金线穿缀,富贵非常,人皆歆羡,然而诗人却让世人"莫惜",言外之意还有比富贵荣华、白玉为堂金作马的生活更值得追求的东西,下句直接点出少年的光阴才是更需要珍惜的。后两句虽然也表达了莫失光阴的思想,但手法上则采用了比喻比兴的方式,以枝头花的开败喻时间的流逝和年华的不再,以"攀花"和"空折枝"两相对照,生动地凸显青春的收获与悔恨。此外"堪折"与"直须"将诗歌的节奏由和缓舂容转变为急切热烈,感情的抒发坦率而直接,又借助艺术形象稍加缓和,使诗歌摇曳多姿,耐人寻味。

全诗并无一字明言悔恨,却以"空折枝"三字作结,殷殷嘱托之情与警诫教导之义溢于言表,使诗歌真正做到言有尽而意无穷。

①金缕衣:缀有金线的衣服,比喻荣华富贵。

"金缕衣"缘何珍贵

金缕玉衣在汉代作"金缕玉柙",是汉代规格最高的丧葬殓服,为皇帝和高级贵族独享,魏文帝后废止。金缕玉衣以金线穿连玉片,状如铠甲,外观与人体形状相仿。金缕玉衣是皇权等级的标志,只有皇帝和亲近大臣方可用金缕玉衣,而其他贵族只能用银线或铜线穿结,所以称为"银缕玉衣"或"铜缕玉衣"。

在唐以前的诗歌中也出现过"空汲银床井,谁缝金缕裙"之语,指以金丝线缝制、装饰的酬衣,唐以后诗歌中的此类意象与此一脉相承。此外,歌舞伎女的金缕舞衣作为声色活动的标志也常常出现在诗歌当中,可见,金缕衣从产生到发展都带有富贵荣华、声色犬马的代表性特点。

平生至乐在何处

人生短暂,时光如白驹过隙,转瞬之间过往种种已为陈迹,所以古人言"昼短苦夜长,何不秉烛游",苏轼说"浮生若梦,为欢几何?"永恒的天地之间,人生恍如大梦一场,在这短暂的人生中追求生活的快乐聊以自慰仿佛也无可厚非,然而个体的个性、思想、境界的差异导致不同的人对人生至乐的理解产生分歧,由此出发,其人生追求与最终的命运也千差万别。

在《论语》中有"贤哉,回也!一箪食,一瓢饮,在陋巷,人不堪其忧,回也不改其乐"。对于追求泼天富贵而不知餍足的人来说,粗粝的饭菜、鄙陋的街巷是难以忍受的痛苦,因为他们的"至乐"在于金钱名利。而颜回则将学习修身作为毕生的追求,虽贫贱而不能移,心中的基石岿然不动,不觉苦反以为乐。杜甫的喜乐与国家百姓牵系在一起,"穷年忧黎元,叹息肠内热"是他对潦倒世态与破碎家国的忧虑,而"却看妻子愁何在,漫卷诗书喜欲狂"是他的至乐,"大庇天下寒士俱欢颜"是他的至乐,为此他可以忘其身,忘其家,辗转颠簸直至风烛残年仍不改其心。虽然古代作品中也不乏如《西门行》"今日不作乐,当待何时?逮为乐!逮为乐!当及时"等强调及时行乐之语,但这种欢乐的反面往往是痛苦的洗礼,其实际体现的是自我价值的失落与理想的破灭,所以纵情诗酒,欢饮达旦,这种快乐是空虚的,真正的"至乐"是内心的充足和完满,而非一时的享受。

知识小问答	关于"金缕衣"的描述以下错误的一项是? ( )
	A. 丧葬服饰　　B. 非皇族不能穿戴　　C. 十分珍贵

陆游，字务观，号放翁，山阴（今浙江省杭州市）人，南宋诗人。

冬夜读书示子聿①

[宋]陆游

古人学问无遗力，
少壮工夫老始成。
纸上得来终觉浅，
绝知此事要躬行。

解读赏析
JIEDU SHANGXI

"不仅要努力吸纳书本知识，更要注重从实践中获取经验。"

　　此诗是大诗人陆游的一首教子诗，这首七言绝句的哲理诗包含了诗人对于做学问的深刻理解和对下一代殷勤的劝勉之情，语浅而情理俱深，可谓情理两融，言意兼得的佳作，其结尾两句成为后人反复吟诵与引用的警策之语。

　　首先，诗题是把握本诗背景与情感的关键。"示"指启示、教导，本诗即是陆游在寒冷萧瑟的冬夜，于孤灯下孜孜不倦地啃读诗书时，怀着对儿子子聿殷切的期盼与嘱托写下的，其目的在于指导与勉励。首句讲古人如何获取知识，修习学问，这里的"古人"指圣哲先贤，"无遗力"生动地体现了好学不倦，对于学问孜孜以求的刻苦程度。第二句反承上句，"始"有得来不易之感，说明只有少壮时努力积累，博学于文，才能最终学有所成，暗含学习之持之以恒的重要性。

　　结尾两句是叙说道理的关键所在，诗人并非贬低或否定书本上习得的知识，而是强调将知识付诸亲身实践是使学问由浅而深的关键所在。"绝知"是深入、透彻的理解，古人学无遗力，但真正有大学问的人无不博学而笃行，以体证的方式实践自己的理念。不局限于书本的知识与道理，而是通过认识指导的实际行动，将知识进行检验、深化与升华，任何从书本上得来的间接经验，究其根本，也是从实践中得来，所以诗人强调重视实践的重要性，在生活中勉励行之，方能获得真谛。

①子聿（yù）：陆游的小儿子。

陆游教子诗知多少

陆游共有七子,他非常重视对子女的教育,在其现存的九千多首诗中,有上百首涉及教子。作为一个父亲,他不仅用实际行动树立了一个磊落刚正,满怀爱国之情与报国之志的光辉形象,更用一首首教子诗将做人行事的道理与求学求真的方法娓娓道来,内中包含的深切期盼与教诲千年后读来也使人如在耳畔。

《诵书示子聿》云:"父子共读忘朝饥,此生有尽志不移。"读书而忘饥,因胸中有远大的志向,所以忍耐此时的困窘,陆游并不只是说理,他以自己的"身教"做出了最好的示范,不断勉励后代。《示元敏》中写道:"学贵身行道,儒当世守经。心心慕绳检,字字讲声形。"其所表达的意思与此诗有异曲同工之妙,也是告诫儿孙学贵于行,而非死守书本,不知书外世界。《送子龙赴吉州掾》是陆游次子陆子龙赴吉州任职时陆游所写送别诗,诗中"汝为吉州吏,但饮吉州水。一钱亦分明,谁能肆逸毁"是陆游教导儿子清廉正直的为官做人之道。临终一首《示儿》是陆游的绝响,在生命的尽头,其忧国忧民的情怀与理想难以实现的悲慨不仅诉说给围绕在身边的儿孙,更传诸遥远的后世,不断给人以感动和力量。

读书成"痴"的诗人

商务印书馆的创始人张元济先生晚年有一副名联:"数百年旧家无非积德,第一等好事还是读书。"书籍作为人类精神智慧的结晶与思想文化的承载,其自古以来,就是人类的精神食粮与力量源泉。陆游一生立志驰骋疆场,建功立业,然而朝廷的割地求和政策和他抗金的主张背道而驰,谗言风语又让他仕途几经坎坷,当壮志难酬之时,他的栖息之地便是书斋,他的力量之源便是读书。《书巢记》中诗人描绘周遭围绕的书就像枯枝,而自己身处枯枝所搭建的巢中,伏身书本,不知寒暑。

诗人在冬夜里读书,"天涯怀友月千里,灯下读书鸡一鸣",竟已达到读书而彻夜不眠不休的境地,不觉疲惫,反而"读书偏爱夜长时",即使灯昏眼疲也不在意,想必即使舍卷投枕,诗人的黑甜一梦中也是书中未了的文字吧。诗人在佳节读书,《上元夜作》中,"今年上元灯满城,十里东风度丝竹。蓬窗湿薪不御寒,独取残书伴儿读"。上元佳节,喧阗的丝竹与热闹的街头该是如何勾人心神,然而与这花灯满市,游人如织相对比的,是蓬屋陋室,是孤灯残卷,是读书的父与子,陆游将读书视为生活的一部分,即使在生活最为艰难的时刻也不放弃,可以说,书对诗人而言就是声调优美的丝竹,就是繁华锦绣的街头。

陆游读书之时不仅读,还对自己有更为严格的要求,他把校补书籍、读书、抄书、探求知识作为人生的至高乐趣,正是这种"书生习气重,见书喜欲狂"的发自内心的热爱,勤奋的苦读精神,使其成为伟大的诗人和学者,写下流传千古的名篇佳作。

 以下哪首诗不是陆游的作品? ( )
A.《示儿》 B.《上元夜作》 C.《月下行》

颜真卿,字清臣,小名羡门子,别号应方,京兆万年(今陕西西安)人,唐代名臣、书法家。

劝 学

[唐] 颜真卿

三更灯火五更鸡①,
正是男儿读书时。
黑发不知勤学早,
白首方悔读书迟。

解读赏析

"少年不知读书好,老年徒有空叹息。"

中国古代十分重视对青少年儿童的教育与鞭策,劝学诗与劝学文都是常见的题材类型,"劝"有勉励之义。颜真卿的《劝学》诗是其中十分优秀的作品,虽然与同类劝学诗的构思相似,都是以时间的流逝与少年和老年的对比来提醒世人珍惜时间,坚持学习,但其在语言上有自己的特点,使全诗自然流畅,朗朗上口,具有很强的启发性。

起首句"三更灯火"言学习到深夜而不休息,三更半夜仍点着油灯在读书,"五更鸡"言刚刚歇息不久就听见公鸡报晨的啼鸣,起床继续温习书本,学习知识。后一句直接承接前句而来,"正是"体现了诗人对深夜刻苦读书行为的肯定,在这里,一二句的合意并非指白日不是"读书时",而是因为白日理应读书修习,求师问友,夜晚孤身一人的勤奋刻苦才是诗人要突出强调的,以此表现对学习时间的珍视和把握以及对独自学习中寂寞的悦纳。前两句为正面落笔,三四句为反面强调,其中"黑发"与"白首"相对,是"青年"与"老年"的借代用法,一个"悔"字突出了学习要趁早,莫空留遗憾的感受,"悔"于浪费的时间、怠惰的自己与无法重新来过的青葱年华。

本诗语言平白质朴,深入浅出,字里行间表现了诗人对于逝去时光的万分珍惜与对青少年发奋勤学、早日有所作为寄予的厚望,不雕琢词句,使事用典,却具有催人奋进的力量。

①鸡:鸡鸣。

"三更"具体指何时

中国古代没有精确的时间记录器械，不以分、秒计时，而是通过十二时辰来粗略地记录时间的流逝。古代一昼夜即为十二时辰或一百刻，其中属于夜晚范畴的有四十刻，古人以十刻为一段，连同首尾共有五个节点，称为五更，其中"三更"为半夜，子时整，"三更天"为三更附近，即当天的23:00到第二天的1:00。"晨钟暮鼓"，晚间戌时（现在的17:00）开始起更鼓报，所以夜晚的时间有时也以"几鼓天"来称呼。在古代，较大的村庄会有专门的打更人——更夫，在夜晚巡行，定时敲打梆子来报时。大家熟知的"天干物燥，小心火烛；防贼防盗，闭门关窗"就是更夫在打更时以示提醒的喊话。

方正不屈——颜真卿的书法及品格

颜真卿为人所熟知的身份是唐代著名的书法家，与此同时，他还是一代名臣，在"安史之乱"时率领义军对抗叛军，激励将士，后来在被朝廷派遣劝谕叛将李希烈时凛然拒贼，忠义赴死。他的书法包含了其高尚的人格与气骨，精神饱满，苏轼曾言："诗至于杜子美，文至于韩退之，画至于吴道子，书至于颜鲁公，而古今之变，天下之能事尽矣。"颜真卿的行草书道劲有力，具有盛唐气象，在书史上以"颜体"独树一帜，为后人模范。然而书法作品炉火纯青臻于化境的颜真卿并非一蹴而就，他也曾经历多年学习与历练。颜真卿在书法上博采众长，最初师从褚遂良，后来又拜师于"草圣"张旭门下虚心求教，勤学苦练，用心钻研，最终成为流芳千古的书法大家。

诗词中"白首"都有哪些含义

"白首"二字很好理解，即白发，表示年老。在古人的字句中，"白首"往往具有超越容貌衰老的更深层的含义与象征，暮年姿态、斜阳光景，悲喜交加，窥望镜中苍颜白发的自己，往往令人回顾曾经的岁月，生发出无限感慨。

在古诗中，"白首"有时带来岁月流逝、事业未竟的悲叹，陆游《书愤》中"塞上长城空自许，镜中衰鬓已先斑"，辛弃疾《破阵子》中"可怜白发生"。于诗人看来，"白首"可怜、可悲、可恨，少年的心气仍在，一腔热血未冷，却要接受理想与现实的距离不断被拉大，悲愤、无奈之情溢于言表。而有时"白首"带着男女相爱白首不离的美好誓愿，汉代卓文君《白头吟》以"愿得一人心，白首不相离"表达对司马相如的深情，贺铸《鹧鸪天》"头白鸳鸯失伴飞"是对无法偕老的亡妻的无限哀思。有时候，"白首"也是一种物是人非的孤独感，陆游有一首诗，诗名即为《白首》，"白首归来老故园，索居情味更堪论！"亲旧零落，独自生活的情味必然苦涩难言，于是"昏昏只欲投床睡"，只有在无拘检的魂梦之中探寻故人的音容笑貌了。

"皓首"也有白首之义，皓首穷经指年老仍旧深入钻研书籍，是本诗勤学精神在老年的延续，不论是与经书做伴，有亲旧爱人相陪，或茕茕孑立，人的一生总会留下诸多遗憾，而最重要的，是把握当下的时光，珍视青春的岁月。

知识小问答	古时"三更"在现在是指什么时间？　　　　　　　　　　　　(　　)
	A.23:00到1:00　　　B.半夜三点

朱熹,字元晦,又字仲晦,号晦庵,晚称晦翁,谥文,世称朱文公。

观书有感·其一

[宋]朱熹

半亩方塘①一鉴开,
天光云影共徘徊。
问渠②那得清如许,
为有源头活水来。

"开阔的心胸与好的学习习惯,能让思绪如活水般涌流。"

《观书有感》是南宋理学大师朱熹所作的脍炙人口的小诗,这首诗以景喻理,将读书时一种微妙难言的心理感受借助景物生动而贴切地表达了出来,并借此叙说正确的为学方法。诗歌的目的在于说理,而不刻板直露,通过对物象特征的准确把握和深入探究,诗人以景语书理趣,使人于回味中感受诗歌深层次的内涵。

首先,从表面来看,起首二句写方塘之清,"鉴"为古人所用铜镜,其特征是光滑明净,以镜喻塘,形象地突出潭水之清澈,光可鉴人。"天光云影"即蓝天白云均倒映在方塘中,唯其水清朗方可见到如此景致,又是写水"清"之笔。而"徘徊"指天光和云朵的倒影随着水流在慢慢移动,暗示水非静止不动,虽然没有大浪翻腾,但波光闪烁,云影摇晃,都指向方塘内部深层的涌流。诗歌至此还仿佛是意境悠然的山水笔画,然而诗人的思绪早已超然出水波微泛的方塘,而追寻其清澈的原因,下句"如许"是对方塘清明的赞叹语,方塘之水为何如此洁净呢?答案和主旨均在尾句:源头活水,正是因为源源不断活水的注入,方塘才能如此清澈。

诗歌明显地包含了超越景物的理趣,"半亩方塘"指的是人的敬静澄明之心,人心通达豁然,始终开放包容,才能思想活跃,正确观照万物,而何以保持心灵的澄澈和胸襟的开阔呢?"源头活水"即指对新知的学习,只有让思绪处于接纳状态,通过学习不断补充精神的养料,才能达到灵气流动、自得自在的境界。

①方塘:又称半亩塘,在福建尤溪城南郑义斋馆舍(后为南溪书院)内。②渠:指方塘。

"鉴"为何物

在《说文解字》中有"鉴,大盆也,一曰鉴诸,可以取明水于月"。"鉴"本指一种大型盛水器,起初为陶质,所以早期的鉴并不带"金"字,而是"监",三代之初都是以鉴装水当作镜子来使用。商代开始铸造铜鉴,由于"镜"远远优于以水照面的"鉴",所以在秦以后不再以水为鉴,而"鉴"的含义也由盛水的容器扩展到镜子。春秋至秦代,铜镜一般由王公贵族享用,带有明显的等级色彩,直到西汉末年,铜镜才慢慢走向民间,成为百姓重要的生活用品,铜镜的生命也愈加焕发光彩。

"鉴"的质料多种多样,金、银、铜、铁,而其中又以铜镜最多,铜镜背面往往雕饰铭文和花纹,还有"陪钮"来穿系线绳,手持或放于镜台上,正面用铅锡反复磨砺光滑,照面清晰,古人不用时还用软布将镜面包住,用时再打开。随着经济的发展和社会的进步,铜镜工艺更加精良,图案更加丰富,既是日常生活用品,也是形态美观的工艺品。

宋人擅说理

"诗言志",《诗经》确立的诗歌传统是以吟咏诗句来表达诗人的志向与情感的,说理并非其所长,宋代严羽在《沧浪诗话》中就以"夫诗有别材,非关书也;诗有别趣,非关理也"来表明诗歌抒情言志的独立审美价值。两晋时期玄言诗盛行,以老庄玄学和山水景致相结合来阐发道理,很多空谈玄理,淡乎寡味,失去了诗歌所应具备的美学特征。然而中国古代还是有许多精致优美的理趣诗,它们将说理的曲折委婉与诗歌生动的形象性结合在一起,"理"因借诸"景"而微妙,"景"因附着"理"而增趣,二者相辅相成,共同构成诗歌不可缺少的外形与内核。

宋人擅长说理,许多知识分子既是饱学之士,又长于理性思辨,宋人发挥己之所长,能借助具体生动的形象在诗歌中以思辨来表达理想、品格与学识,产生了许多富于机趣的说理诗。如苏轼的《题西林壁》:"不识庐山真面目,只缘身在此山中。"借助庐山形象深入浅出地表达了人所处地位不同,看问题的角度也不同的道理,耐人寻味。叶绍翁《游园不值》:"春色满园关不住,一枝红杏出墙来。"既是一种蓬勃生长,关锁不住的生命力度的美学表达,也是新事物必然会冲破阻碍而发展的哲学启示。可见,在诗歌中说理的正确方法是把握住自然事物的形象性,深刻思索,细致挖掘,将理性的思考巧妙地入进生动的景物特征之中,使人在琢磨中心思想时有所体会,产生启示性作用。

> **知识小问答** 以下哪首诗歌题材不属于哲理诗范畴?　　　　　　　　　　　　(　　)
> A.《题西林壁》　　B.《游园不值》　　C.《长歌行》

王贞白（875—958），字有道，号灵溪，唐末五代十国著名诗人。

白鹿洞二首·其一

［唐］王贞白

读书不觉已春深，
一寸光阴一寸金。
不是道人来引笑①，
周情孔思②正追寻。

"读书需专心，书中自有比春色撩人的东西。"

本诗是一首惜时诗，劝导人们要珍惜时间，奋发勉励，语言平白警策而富有深意，其中"一寸光阴一寸金"之句已经成为千百年来人们熟知的不朽格言。

首句言读书中不知不觉春天已经过去了，春日万物萌生，桃红柳绿，暖风拂面，这大好春景和物候最容易勾起人的心弦，使人躁动不安，心思活跃。然而，诗人却连春日已尽都后知后觉，可见诗人用功之深。而这里所包含的感情，也并非对春光的留恋或遗憾，而是对时光易逝的感慨，对于诗人来说，读书的时间总像不够用似的。所以后句紧接着以黄金喻光阴，极短的时间都如黄金般珍贵，甚至比黄金还要珍贵，因为光阴难再得，分分秒秒都不可赚取。三四句则类似于以追叙的写法来叙述自己读书的状态，白鹿洞的道人需要修禅养性，本已极静心安神，然而道人逗笑玩乐之时，诗人仍旧俯首于"周情孔思"的儒家经典之中，潜心求知，春日的盛景、人世的玩乐于他都无所动心。

诗歌内涵丰富，意存高远，本是规劝世人惜时用功之意，以一种自叙的方式表达出来，生动而具有说服力，使人意识到时光的宝贵与学习之时专心致志的重要性。

①引笑：逗笑，开玩笑。②周情孔思：周公礼法，孔子教导，诗中泛指经史之学。

白鹿洞的故事

白鹿洞在今江西省境内庐山五老峰南麓的后屏山之南,环境清幽,树木成荫,白鹿洞书院即建在此处,是北宋六大书院之一。虽然名为白鹿洞,但其并不是一个山洞,而是位于山谷间的一块平地,位置优越,因而辟为书院。之所以得名白鹿洞,缘于唐人李渤青年时期在此隐居求学,养白鹿自娱,白鹿颇有灵性,李渤被称为白鹿先生,且李渤为官正直,得到世人的认可,此地即名为白鹿洞。

白鹿洞在中国古代具有十分重要的地位,在唐末乱世之时,它是隐居避难文人的栖居之所。南唐正式在白鹿洞建学置田,它成为专门负责教育与学习的学校,称为"庐山国学"。北宋各地开设书院,白鹿洞书院由此定名,此后规模不断扩大,元代毁于战火,在明清两代被不断维修,于光绪二十九年(公历1904年)停办。

"一字师"

本诗的作者王贞白曾将自己所写的《御沟》诗寄给著名的诗僧贯休,表明希望其予以指点。贯休读到"此波涵帝泽,无处濯尘缨"时觉得有需要推敲之处,并在一场聚会上向王贞白指出诗句中似有一字未妥,王贞白虽当时气恼,却在事后琢磨中顿悟,将诗句改为"此中涵帝泽",并尊称贯休为自己的"一字师"。

古人作诗讲求锤炼字句,"一字师"的传统由来已久,成为众所周知的成语,指订正一字之误读或更换诗文中一二字者,即可为师。如今用此称呼善改诗文的人。

文成武功的诗人们

许多古代诗人不仅仅是妙笔生花的文士,更是战功卓著的大将。唐代许多诗人都曾远赴边塞,原因各异,有因为边事频仍而参加幕府,希图杀敌报国,建功立业者,也有因为内心对边塞生活与异域风光的向往而漫游至此。不论最初的目的如何,亲身的塞外军旅体验感悟和诗人独特的感受能力与想象结合,产生了一批大放光彩的边塞诗,在追求事功的唐代尤甚。本诗的作者王贞白在登进士后曾随军出塞抵御外敌,写下了许多反映边塞生活、激励士气的佳作。

边塞本为苦寒之地,气候恶劣,黄沙漫卷,草木枯损,而战争又为这里增添了肃杀的氛围与死亡的气息。"风头如刀面如割"是这里的常态,凌厉的月牙,无际荒漠,万里胡天,鼙鼓的惊天动地与芦管的凄清悲凉,诗人敏感的神经无时无刻不感受到恶劣环境与战争给人的压迫与摧残,"战罢沙场月色寒",这种寒冷是透过肌肤直达人心的。对于英勇坚毅的将士,诗人们也毫不吝惜赞美之词,"四边伐鼓雪海涌,三军大呼阴山动"是岑参下将士出征时的气吞山河之态,王昌龄"黄沙百战穿金甲,不破楼兰终不还"的豪壮之语也激励着无数铁血男儿策马扬鞭,立功塞上。

> **知识小问答** 以下哪位诗人不曾写过边塞诗? ( )
> A. 王贞白　　B. 曹操　　C. 杜甫

汪洙，字德温，鄞县（今宁波市鄞州区）人。其幼颖异，九岁能诗，号称"汪神童"。

勤学

［宋］汪洙

学向勤中得，
萤窗①万卷书。
三冬今足用，
谁笑腹空虚。

解读赏析

"读书求学唯有勤奋刻苦，方能有所成就。"

《勤学》是宋代汪洙所作的一首五言诗，字句简单，诗意清楚明白，围绕诗题"勤学"二字展开，平白如话而内涵丰富，包藏了诗人深切的体会与良苦用心。在短短几句诗中，诗人借用典故，用凝练的语句表达出勤学的必要性与收获，读来朗朗上口。

起首句是讲学问从何而来，古人做学问有多种途径，讲求多种方法，而汪洙直接点明学问其根本是要从勤奋中得来的，这里的学问不是普通的知识，而是深厚的学养，一曝十寒的学习也可以得来基本的知识，不过因为缺少积淀和深化，这种知识是贫瘠的、有限的、松散的。而"勤"也含有多重意蕴，读万卷书是读书之勤，善思勤问是思考之勤，转益多师是求师之勤，凡此种种，都是对学问的获得大有裨益的勤奋之道。"萤窗"是借用典故，讲读书之勤奋刻苦。前两句正面写学习需勤奋，三四句则反面落笔，讲勤学之必要。"三冬今足用"借用东方朔典故，指在短时间内学足所需要的知识，而何以达到这种境地，还要转回"勤学"二字。"勤"为经常义，就是把握时间频繁地做一件事，虽然"三冬今足用"使用了夸张手法，但对于时间流逝的公平性，"勤"必然通过增加学习的密度获得更为丰厚的回馈。

"腹有诗书气自华"，浅薄无知的人很容易被人看穿而加以嘲笑，暗含着诗书立身、博学多才的人会受到尊重。汪洙《勤学》辞浅而言深，发人深思。

①萤窗：晋人车胤以囊盛萤，用萤火照书夜读。后因以"萤窗"形容勤学苦读。亦借指读书之所。

囊萤映雪

中国古代有许多刻苦读书、勤奋修习的典故,不仅在当时被人记录下来传为佳话,且千百年来不断激励着无数矢志求学的学子,"囊萤映雪"即是其中之一。

"囊萤映雪"实则为两个典故的结合,其结合的交点就是勤学苦读。"囊萤"讲述的是晋代的车胤小时侯家里贫穷,买不起灯油蜡烛,但是他并未因此而放弃读书,而是在夏天,用练囊(一种白色的绢做成的口袋)装几十只萤火虫在里面,借着萤火虫的光继续夜以继日地读书。"映雪"则是晋代的孙康家贫,所以在冬日借用雪的反光来读书。一个是酷暑,一个是寒冬,一个是黄绿色闪烁的萤火,一个是微弱晦暗的雪光,两个性敏而好学的人就这样孜孜不倦地读书,最终以成其"博学多通"的美誉。

"三冬文史足用"

诗中"三冬今足用"借用的是东方朔的典故,当时汉武帝在位,在全国范围内选拔人才予以破格录取,许多希图谋取官职的人纷纷上书自荐,表现自己的才学。东方朔第一次来到长安,据《汉书·东方朔传》记载:"朔初来,上书曰:'臣朔少失父母,长养兄嫂。年十三学书,三冬文史足用。十五学击剑,十六学《诗》《书》,诵二十二万言。'"其中"三冬文史足用"即表明自己三个冬季学习的文史知识足够其受用一生,极言其聪颖才高与知识广博,含有很高的自我夸耀成分,武帝看后却觉得此人气度不凡,于是留下他在公车官署待诏顾问。

九岁能诗——汪洙

汪洙幼时聪颖伶俐,异于常人,九岁即能提笔赋诗,号称"汪神童"。据《通俗篇》记载,当时有本地的官员听闻他是神童而召见他,少年的汪洙面见这位上级官员时穿了一件很短的衫子,当官吏问他衫子为何如此短的时候,汪洙以一首诗来作答:"神童衫子短,袖大惹春风。为去朝天子,先来谒相公。"这随口拈来的四句短诗既表明了汪洙有"神童"美誉而谦虚低调的品格,也表达了其高远的志向,回答得不卑不亢,可见"汪神童"的聪明和才华。

汪洙不仅熟悉经史,才华横溢,其泽被后世的贡献更在于擅长将艰涩的道理用通俗易懂且朗朗上口的诗歌语言表达出来,他创作的许多五言绝句不仅含有深刻鲜明的道理,且便于孩童记诵,我们如今所熟知的很多警策的诗句如"万般皆下品,惟有读书高",或"将相本无种,男儿当自强"都出自汪洙手笔。汪洙的诗歌由时人编成《汪神童诗》,成为训蒙儿童的重要教材,对后世影响深远。虽然汪洙本人博学多才,却历经挫折才考中进士,在担任明州府学教授时以才学与德行受到世人的敬重和景仰,人们尊称其为"汪先生"。从"汪神童"到"汪先生",是汪洙己立而立人的无私奉献精神与淳正人格的表现,也是其不囿于一时声名而努力奋进的求学精神的发展。

 以下哪个典故不是寓意勤学苦读? （　　）
A. 囊萤映雪　　B. 凿壁借光　　C. 卧冰求鲤

黄檗，别名黄蘖、黄檗希运，号称黄檗禅师，是唐代靖州鹫峰大乘佛教高僧。

上堂开示颂

[唐]黄檗禅师

尘劳迥脱①事非常，
紧把②绳头做一场。
不经一番寒彻骨，
怎得梅花扑鼻香。

"挺过外界的风霜雨雪，终会迎来内心的安宁和美好。"

本诗是唐代僧人黄檗禅师所作的一首七言绝句，出自《黄檗断际禅师宛陵录》，本是黄檗禅师上堂说法时为了讲明道理作的偈颂，借梅花道出生活的哲理，十分耐人寻味。

起首句"尘劳"指世俗事务的烦恼，本为佛教语，佛教中言人有八万四千尘劳，所以想要超脱尘世的烦恼，臻于至高的境界这件事是非比寻常的，"非常"即非同一般，需要予以重视，不是轻而易举就可以实现的。所以下句以比喻的手法来具体说明如何以"非常法"对待"非常事"，放牛的人为了防止牛吃庄稼，一定要紧紧拉住牵牛的绳子，而人对于自己心念的看管也应如此，人的心神往往受到外界诸多诱惑的纷扰，只有懂得管束自己的心，任运自在，息念养神，才能不为外物所移，坚守本性本心。诗人前两句交代了"迥脱"于尘劳的重要性与做法，"非常"处不在于施行，而在于坚志修行的决心与毅力。所以三四句诗人以梅花作喻，以其凌霜傲雪，经受彻骨严寒而终于散发沁人馨香的因果关系，提示有志于参透佛法，实现超脱的弟子要保持顽强的精神，经过艰苦的摸索与长久的忍耐，才能最终达到禅机顿悟，诸缘顿息，超脱出纷繁扰乱的烦恼的境界。

本诗末两句是诗人以生动的艺术形象来言事说理，词句简明而内涵丰富，在后世为人屡屡引用，成为勉励人面对一切困难时所应持有的态度。

①迥脱：远离，指超脱。②紧把：紧紧握住。

黄檗禅师二三事

黄檗禅师幼年时在福州的黄檗山出家，后来在洪州高安的鹫峰山建寺弘法，因为酷爱家乡，以黄檗名其禅苑，所以世人称其黄檗禅师。据称黄檗禅师身长七尺，相貌庄严，额间隆起如珠，且聪慧利达，精通佛法，所以许多人来向他请教学习，学众云集，弟子也都十分有名气。曾任吏部尚书与太子尚书的裴休多次迎请黄檗禅师讲解佛法，旦夕问道，并命人将二人对话随时记录，辑录成集，是为《宛陵录》。黄檗禅师认为万法不离一念，想要修行仍要从内心寻求方法和路径。黄檗禅师的禅学思想与修为之法经久不衰，并传播到日本，影响深远。

写禅诗的只有和尚吗

禅诗，顾名思义，与参禅修行有关，应该表现佛家的智慧与禅意，自佛教传入中国，禅诗也应运而生。中国古代写禅诗的人很多，不仅僧人写，崇佛或是于佛教教义中悟出道理，抑或只是在寺庙僧舍心有所会的诗人也写禅诗。粗略统计，中国古代禅诗的数量达三万首，其作为中国古代诗歌的重要组成部分，不仅仅是内涵深刻的说理诗，更是一种文化交融碰撞所产生的独特诗歌现象。

中国诗歌史上有"诗佛"之称的王维以禅趣入诗，许多意境浑融的山水诗都包含了幽微深邃的禅意，诗人明心见性，以澄澈空明的眼光谛观世间万物，山水也愈显其灵动。其他如李白、杜甫、白居易、苏轼这样的大诗人也有禅诗作品留存于世，其创作的往往并非具有深刻辩证思维的哲理诗，而是在短暂的佛寺山居或游历中所流露出的淡泊宁静的心境与禅境。

有趣的佛经语言

佛经是记录佛教思想进行佛法传播的经籍，佛法精深，充满玄机哲理，而受众往往是普通的平民百姓，所以佛经中往往有许多灵动的词句、形象的比喻和有趣的佛经故事，讲艰涩深奥的佛理寓于外在物象，深入浅出，使人心有所会，领悟其中真谛。

我们所熟知的唐代惠能大师的《菩提偈》："菩提本无树，明镜亦非台。本来无一物，何处惹尘埃。""明镜"即为清净心，"菩提"指智慧，这著名的四句偈语即告诉人们不要动念妄想，心本澄净自然明心见性，参悟真理。在《地藏十轮经》中，赞美地藏菩萨的"安忍不动，犹如大地；静虑深密，犹如秘藏"，比喻贴切而寓意深刻，大地容纳承载着万物，一如地藏菩萨的安忍之态。《药师经》中的"身如琉璃，内外明澈"，晶莹剔透的形象呼之欲出。佛经中还有许多夸张的修辞，如"恒河沙数"来表示数量之多，时间形容上的"瞬间生灭""刹那""永恒"都是极富感受性的语言。佛教传入中国，与中国古汉语的修辞特别是中国的古诗结合在一起，也产生了独特的意趣，禅师写禅诗、诗人学禅已经成为极其普遍的事情，许多内涵丰富的禅诗精美绝伦且朗朗上口，如"千尺丝纶才下垂，一波才动万波随"。空明澄澈的禅境与无所滞碍之感油然而生。

知识小问答	中国诗歌史上有"诗佛"之称的诗人是谁？　　　　　　　　　　（　　）
	A. 辩机和尚　　B. 元稹　　C. 王维

朱熹,字元晦,又字仲晦,号晦庵,晚称晦翁,谥文,世称朱文公。

偶 成

[宋]朱熹

少年易老学难成,
一寸光阴①不可轻。
未觉池塘春草梦,
阶前梧叶已秋声。

"珍惜时间,努力学习,岁月会回馈你以厚礼。"

　　这首朱熹所作的劝学诗主旨明确,即劝诫青年人珍惜时光、努力进取,是劝人也是自警,语言明白易懂,形象生动鲜明,是劝学诗的成功之作。本诗本为逸诗,流传于日本,后传播于中国大陆。

　　首句使用了对比,以年华匆匆逝去、少年光景不再的轻易来对比深厚学养与能力形成的艰难。一难一易,时光的消逝无可转圜,枯坐,玩乐,睡眠……分分秒秒就这样轻而易举地被消耗,毫不费力,不痛不痒,因为这是人无法掌握的自然法则。然而做学问不一样,知识不会在你怠惰或玩乐时自己跑到你的脑子里,不会因年岁日长而愈加丰厚,知识与学问需要一种主动性的获取、提炼、思考和琢磨,是一遍遍推翻和重构的过程。这种积累是能动性的,之所以"难",在于需要多种因素的共同作用:智力、努力、毅力等。所以诗人说不可轻视浪费时间,要把握住最好的年华来增长见识、努力学习。三四句活用了谢灵运的典故,池塘春草美梦未醒,而台阶前梧桐叶已经在秋风中沙沙作响了,意味着美好的青春年华也像一场春梦般短暂,会很快消逝。春草一如沐浴着初生的晨光、充满生机和活力的少年,沉浸在未来无限可能的美梦之中,却不知岁月的无情,恍然间,已成暮年。形象生动的比喻描绘出了青春之短暂易逝,更有力地警醒和劝勉了那些空虚度日、不知进取的少年。

①一寸光阴:日影移动一寸的时间,形容时间短暂。

"池塘春草梦"的典故出自谁

其出自谢灵运的典故，也是对谢灵运诗句的巧妙化用，故事源自《南史·谢方明传》："谢方明之子惠连，年十岁能属文，族兄灵运嘉赏之，云：'每有篇章，对惠连辄得佳话。'尝于永嘉西堂四诗，竟日不就，忽梦见惠连，即得'池塘生春草'，大以为工。常云：'此语神功，非吾语也。'"谢灵运梦见兄弟谢惠连，借其力而得此佳句的故事真实性不得而知，然而"池塘生春早"确是写春意的千古名句，该诗句出自谢灵运的《登池上楼》："池塘生春草，园柳变鸣禽。"

此句看似简单平常，毫无锤炼的痕迹，然而就是这种不经意间望见的景致恰到好处地传达出初春的特征与诗人的心情。久病初愈而登楼，仿佛是池塘突然生出的青草触动了诗人对春的知觉，敏锐地捕捉到春的信息，诗句自然而富有韵味。

典故的"活"用

古诗中的典故往往可以增强诗歌的形象性和含蓄性，增大诗歌的容量，达到曲尽其妙的艺术效果。很多典故的使用是遵照其原意与情感指向的，不过也有一些典故在诗中的用意与其原意相去甚远甚至相反，这种典故的活用可以予以诗歌新的内涵，给人以眼前一亮的感觉，"作者未必然，读者何必不然"，诗人按照自己的理解与艺术思维重新使用典故，表达情感，传递诗思，也常常产生优秀的作品。

本诗的池塘春草梦即是一例，这里的池塘春草不着力于初春的青葱之态，而是以一个"梦"将"草"与"春"剥离，表达的是一种岁月流逝的感叹。李商隐《嫦娥》："嫦娥应悔偷灵药，碧海青天夜夜心。"寂寥长夜中望见一轮明月，自然使人联想到嫦娥后羿的故事，然而诗人并未从我们熟知的角度切入，而是想到年年夜夜幽居月宫的嫦娥必然后悔窃取了灵药而长生不老吧，其实表达的是诗人内心不甘于流俗又煎熬于孑然一身的孤独寂寞的微妙心情。杜牧的《赤壁》："东风不与周郎便，铜雀春深锁二乔。"赤壁之战吴胜曹败是众所周知的史实，然而诗人据此进行大胆的设想，假若东风不助周瑜又当如何呢？诗人由古物所生发的历史兴亡之叹也愈加耐人寻味，将战场硝烟化为铜雀美人，蕴藉且富有情致。

知识小问答 以下哪个不是著名诗人谢灵运的作品？　　　　　　　　　　　　　　（　　）
A.《山居赋》　　B.《杏园赋》　　C.《江妃赋》

李清照,号易安居士,汉族齐州济南(今山东省济南市章丘区)人,宋代女词人。

渔家傲·天接云涛连晓雾

[宋]李清照

天接云涛连晓雾,星河欲转千帆舞。
仿佛梦魂归帝所①。闻天语,殷勤问我归何处。
我报路长嗟日暮,学诗谩有②惊人句。
九万里风鹏正举。风休住,蓬舟吹取三山③去。

"即使现实黑暗,她仍旧怀抱着冲破桎梏的豪情壮志。"

　　本词作于李清照南渡之后,诗歌将真实的生活感受与梦境的奇幻缥缈结合在一起,人神对话与词人的自白使作品带有故事情节性特征,全词构思巧妙,气度恢宏,具有浪漫的情调与豪放的风格。

　　词一开头便描绘了水天相接,云雾翻滚,波涛蒸腾中船摇帆舞的壮阔景致,词人于颠簸不定的风浪中仰首,银河也仿佛在转动,一个"舞"字生动传神地表现了风浪之中舟楫的漂荡之态,增添了词作的传奇色彩。这虚虚实实的梦中景色勾动着诗人的心神,下句即写她于魂梦中仿佛来到天帝的居所,天帝温和亲切地探问词人要到哪里去。下阕以对答直承上阕,路途的遥远与日头西垂使诗人遭遇困窘,发出嗟叹,这里隐括了屈原《离骚》中日暮穷途而上下求索与杜甫"语不惊人死不休"之义,流露出空有一番才华而遭逢不幸的愤懑之情与对现实的不满。而"九万里风鹏正举"将情境从苦闷的情绪中宕开,大风鼓动,大鹏高举之时,词人内心的澎湃和豪气仿佛也到达顶峰,所以她发出了喝令风浪休要停止,以借风力而乘船直到仙山的"狂言",情感也在结尾达到高潮。

　　全词气势磅礴,奇幻的想象与充沛的情感使作品洋溢着浪漫主义的情调,隐喻着词人对于现实境况与人生的慨叹、愤懑和对理想境界的追求。

①帝所:天帝居住的地方。②谩有:空有。③三山:传说中蓬莱、方丈、瀛洲三座仙山,乘船前往,临近就会被风吹开,终无人能到。

充满故事的银河

银河是夏秋两季出现在天空中由数千亿颗恒星组成的银色光带,很早就被中国古人注意,并以之为素材创造了无数奇妙的故事。其中最为人所熟知的应当是牛郎织女的故事,王母娘娘为了阻断两人之间的联系,用头顶的金钗在天空划成波涛滚滚的银河,从此两人分隔两地,只有每年农历七月初七在喜鹊集群搭筑的鹊桥上见一面。白居易在《七夕》诗:"烟宵微月澹长空,银汉秋期万古同。几许欢情与离恨,年年并在此宵中。"即是据此传说而创作的诗篇。千百年来,银河寄予了情人之间的离恨,遥相思念的情意,是古人情感的重要寄托。

神仙居住的三座仙山

中国人的祖先想象力非常丰富,同时由于对自然事物缺乏科学了解,于是通过对许多自然存在的表面印象而创造出了许多神话故事。例如,在东海海边居住的人们有时见到遥远海面上的小岛,认为海上有五座神山。并为它们取名:岱屿、员峤、方壶、瀛洲、蓬莱。人们还想象说,仙山上的楼台都由金玉铸造,有神仙居住,而且树木丛生,吃了这些树木的果实就可以长生不老。后来之所以只言"三山",是因为传说中的这五座仙山都是随水流潮波上下漂荡,其中二山就漂去不知踪迹,只留下方壶(方丈)、瀛洲和蓬莱三座山了。

不朽的话题——梦

人的肉体形骸往往受到俗世的诸多限制,而在梦境中人可以超脱时空、礼俗、物质种种外在的羁绊,在现实中难以实现的理想追求、无法重温的情感体验都可以在梦中得到某种补偿,因此,对梦境的描写叙述,成为古代文学创作中不朽的话题。

汤显祖的《牡丹亭》中杜丽娘因梦生情、因情而死,她在梦中遇到情人柳梦梅,由此郁郁寡欢,竟然因此而死去,实际上写出的是对传统礼法束缚人性的批评反抗。在古人言志抒情的诗词之中,梦境大大开拓了诗歌的意境,传递和折射出更为深挚的情感。

辛弃疾"醉里挑灯看剑,梦回吹角连营",壮志难酬的英雄在梦中回到战场,号角声中杀敌立功,然而现实的他豪情未竟而白发已生,两相对比,怎能不叫人感叹?苏轼"夜来幽梦忽还乡,小轩窗,正梳妆",痛失爱侣的苏轼在梦中仿佛回到故里,亡故十年的妻子仿佛还在窗边梳妆打扮,一如往昔,思念如洪水决堤般不可遏止,悲痛深切的感情喷薄欲出。李煜"梦里不知身是客,一晌贪欢",在这位亡国之君的梦中,他回到温香暖玉的旧日宫闱,饮酒作乐,不再是那个日日以泪洗面的阶下囚。然而梦终有醒时,"惟觉时之枕席,失向来之烟霞"的失落与痛苦也只有自己承受了。

> **知识小问答** 以下哪个不是我国古代传说中著名的仙山? ( )
> A. 方壶山　　B. 蓬莱山　　C. 五台山

杜荀鹤,字彦之,自号九华山人。汉族,池州石埭(今安徽省石台县)人。

题弟侄书堂

〔唐〕杜荀鹤

何事①居穷道不穷,乱时还与静时同。
家山虽在干戈②地,弟侄常修礼乐风。
窗竹影摇书案上,野泉声入砚池中。
少年辛苦终身事,莫向光阴惰寸功。

"学习与修身是终身大事,需保持平定心态,不懈努力。"

本诗是晚唐诗人杜荀鹤为其弟侄书堂所题的七言律诗,诗句平易清雅、自然晓畅,然而旨意深切,包含了诗人对读书修身的体悟与对弟侄的劝勉之情。

首联列举了"居"与"道","乱"与"静"两对概念,"居穷"是物质生活的困窘与仕途的坎坷,而"道穷"是内在修为与思想品质的低劣。诗人注重的,是虽然处于世道纷乱之时,仍旧坚守礼道,勤于修身,不受世俗风气影响的优秀品质,一个"同"字道出了读书人平和自持的境界。颔联承接上句,赞美弟侄虽处于干戈四起、世风浇漓的外在环境中,仍修习礼乐,保持着卓然自立的高洁品质,弟侄即是首联所言"居穷道不穷"的典范。颈联以景语抒情,是对书堂环境的点染描摹,窗外绿竹摇曳,影落书案之上,辉映成趣,而远处泉水潺潺,仿佛流入了砚池之中,不仅描绘了书堂清幽雅致的自然环境,更使人想见弟侄伏案其中勤学苦读的情形,读书虽苦,却也可以苦中作乐,发掘生活的趣味。尾联诗人劝勉弟侄学习虽苦,却是于终身有用的大事,要珍惜时光,发奋勤学,"寸功"虽小,却是为终身的事业打基础,日积月累,必然有所成就。

全诗语言不事雕琢,质朴清新,情景交融,在诗情画意般的景色中包含了诗人的谆谆教诲,讲求学为人而无说教的刻板艰涩,体现了诗人高超的艺术水平。

①何事:为什么。②干戈:打仗时常用的武器,代指战争。

古人的"题字"和今人的"到此一游"

本诗是杜荀鹤题于弟侄书堂,苏轼的《题西林壁》题于西林寺的墙壁之上。《水浒传》里宋江浔阳楼吟反诗,趁着酒兴在白粉壁上挥毫泼墨,被人告发差点丢了脑袋。古人喜好题字,也爱作诗,所以我们而今还可以于亭台廊柱上看到许多古代保存至今的前人手笔。这不能不说是十分风雅的一种文化活动。

但今人也喜欢在景点"题字","到此一游"的字迹在新闻报道中屡屡出现,这或许是古人题字的"遗风",却十分不雅。古人题字,一定落笔谨慎,千般思虑,写下自己的情感体悟。而今人的"到此一游",则成为一种粗俗的表达卖弄,缺乏公德也缺乏自我情感,应该被强烈批评。

诗词中的那些"好声音"

中国古代是农业社会,与自然的结合极其紧密,古人进而科举入仕,行走于庙堂之上,退而渔樵耕读,安处江湖之远,二者高下难评。然而许多文人向往隐逸的诗句中都流露出对山水田园的流连和向往,可见山水风光确乎有一种天然的吸引力,不管是对人的身体还是心灵都有巨大的安适作用。

本诗中窗外的竹影、远处的泉声仿佛为书堂营造了一个隔绝纷扰的天然屏障,在安详静谧的自然环境中手捧一卷,于疲倦时眺望青黛山色,聆听啁啾鸟鸣,读书也成为一种享受。王维《鸟鸣涧》:"人闲桂花落,夜静春山空。"没有人事俗务的纷扰,山中的时光仿佛被拉长,万籁俱寂,仿佛真空的环境中,只有春涧中偶尔的鸟鸣提醒着诗人当下所在,"天地有大美而不言",只有身心俱静的人才能真正体味到山水之美。而久远尘嚣,地僻无人,诗人又是否会觉得寂寞呢?古诗中有"山水含清晖,清晖能娱人"句,即是描写山水之乐,王维爱山居,孟浩然喜水行,古人在亲近山水的时候不自觉地受到山水灵动秀美景致的影响,颐养性情,开阔了胸襟,也提高了自己的审美能力,可见古人爱山水自有其缘由。

 以下哪首不属于劝学诗? （　　）
A.《示儿》　　　B.《题弟侄书堂》　　　C.《送弟》

袁枚，字子才，号简斋，晚号仓山居士、随园老人。清朝中期代表诗人、散文家、美食家。

苔·二首

[清] 袁枚

其一
白日^①不到处，青春恰自来。
苔花如米小，也学牡丹开。

其二
各有心情在，随渠爱暖凉。
青苔问红叶，何物是斜阳？

"即使弱小，不自恋自弃，依旧可以开出美丽的花。"

《苔》二首是清代诗人袁枚创作的两首五绝，由诗题可知为咏物诗。诗歌辞约旨达，选取了随园中的"苔"来生发诗意，咏物抒怀，角度独到，语言清新活泼，寓意深刻。

第一首诗前两句写出了苔背阴而偏处一隅的独特的生长环境，不同于其他植物承接阳光普照而生长的自然习性，在背离太阳，潮湿阴冷的角落里，苔的生命反而散发光彩。这个低矮的小小生命自顾自地萌生、悦动，将绿色的春日信息传递出来，显示出自己旺盛的生命活力。三四句承上，"苔"也是会开花的，即使没有馥郁的芬芳和绚烂的颜色，只是如米粒般大小，难以被人察觉，但它仍旧坚定地履行着自己的使命，不逊于冠压群芳的牡丹，绽放着属于自己的芳华。

第二首诗以"各有心情在"一笔写活了自然景物，物象万千，各有其生活习性与外在特征，本无贵贱优劣之分，所以随它喜阴凉还是爱光照，是锦绣斑斓，姹紫嫣红，还是素淡雅致。"随渠"为"随它"意，天地万物自由生长，以其自己的方式展现独特的生命力量，而又何足为外人评头论足呢？三四句诗人以问句作结，青苔由于处于阴暗潮湿的角落，所以询问红叶"斜阳"为何物，将青苔拟人化，充满童真的稚气，使诗歌充满趣味，读来轻松愉快。语言依旧简单质朴，自然流畅，诗歌内涵丰富，意味深长。

①白日：阳光。

"栖息于性灵"的袁枚

袁枚是一个极富生活情趣的人，他具有洒脱飘逸的个性，因为蔑视官场的黑暗，辞官后在江宁购买隋氏废园，改名为随园。其后的岁月里，他不是在随园中放情声色，就是游历名山大川，生活自由自在。他不仅广收女弟子，不惧世俗礼法指责，更敢写前人不敢写的文章，他的《随园食单》是他吃货本性的流露，而《子不语》里幽默诙谐的寓言故事，更是他大胆开放的性格展现。袁枚的诗歌即是其"性灵说"的实践，抓住细小的景物特征，赋予其人格化的趣味，展露诗人本身的性情，对当时文坛具有重大影响。

国色天香的牡丹

我们熟知的周敦颐《爱莲说》中言"牡丹，花之富贵者也"，虽然是为了赞美莲花的高洁，但不可否认的是，极富贵之态，被尊为百花之首的牡丹在文人心中的地位之高。古往今来无数文人墨客钟情于牡丹，留下了许多牡丹诗，唐代李正封《赏牡丹》中"天香夜染衣，国色朝酣酒"，"国色天香"一词即从这首诗中化来。也有一些诗吟咏牡丹品格高贵，卓尔不群，如李山甫《牡丹》"邀勒春风不早开，众香飘后上楼台"，赞美牡丹花开较晚，不与群花争奇斗艳的气度。更为经典的是李白的三首《清平调》，"云想衣裳花想容"之"花"即为牡丹，这里以花写人，以人映花，在李白眼中，也只有牡丹的美丽富贵配得上杨贵妃雍容典雅的气质了。

可叹可敬的诗中青苔

物象万千，各有姿色，在诗人的生花妙笔下，美好的花卉草木一一入诗，留下了惊鸿一瞥的自然特征与艺术形象。青苔虽小，善于感知和描摹物态的诗人还是发现了它并感动于它独特的美，使诗歌的漫漫长河中留下了一个娇小幽独的可爱身影。

"苔痕上阶绿，草色入帘青"，青苔喜湿，虽然不甚醒目，但初春之时其他草木尚未苏醒，石级上，一点春的信息就这样被刘禹锡捕捉到了。"苔生无意早，燕入有言迟"，青苔就这样默默地独处一隅，它是岁月的见证者，在万物勃发的时节没有人注意到它，唯有春寒料峭之时连绵一片，早早传递出天涯芳信。苍苔细小，所以需要诗人的静观和谛视来发现。在王维的诗中就常常出现"苔"的意象，因为其幽处深山，心思澄明，"坐看苍苔色，欲上人衣来"，"返景入深林，复照青苔上"，青苔联结成片，远看如雾如烟，林野之中虽不如树木苍翠欲滴，也没有沁人心脾的花香，却也执着地生长，彰显着自己生命的价值。"应怜屐齿印苍苔"，诗人对于苔的爱怜，正是源于对自然万物的尊重，天地有大美而不言，无须品评优劣，自可以从小小的青苔上收获感动。

花中四君子不包括以下哪一种花？　　　　　　　　　　　　　　　（　　）
A. 梅花　　　　B. 菊花　　　　C. 莲花

杜荀鹤,字彦之,自号九华山人。汉族,池州石埭(今安徽省石台县)人。

闲居书事

[唐] 杜荀鹤

竹门茅屋带村居,数亩生涯自有馀①。
鬓白只应秋炼句,眼昏多为夜抄书。
雁惊风浦渔灯动,猿叫霜林橡实疏。
待得功成即西去,时清不问命何如。

"心有理想,修身苦读。"

本诗是晚唐诗人杜荀鹤所作的一首自叙性的七律,在叙述自己闲居村野的读书生活的同时,表明了其渴望通过"入仕"而兼济天下的政治理想与高尚人格。

首联叙述"竹门茅屋"的乡野生活,虽与堆金积玉的富贵人家不可同日而语,但诗人守得几亩田地自耕自种,也觉得足矣,虚词"自"表达了一种自足自得的达观豁然之感。颔联叙述诗人的读书用力之深,中国古代有悲秋传统,荒凉萧索的秋景打磨着诗人的心灵,作诗时篇章字句的敲打琢磨本就劳心费神,再加上秋日哀痛的生命感受,诗人早早地就鬓发斑白了。夜晚诗人借着昏黄的油灯灯光抄书,时间一久,自然眼昏力乏,此二句选取了"秋"与"夜"两个特殊的时间,突出了诗人学习的勤奋刻苦。颈联为写景句,描写村居的外部环境,大雁惊飞,秋风萧索中河边渔船灯火摇曳,高猿长啸,寒霜覆盖下橡树果实所剩无几,诗人选用典型意象,寥寥几笔勾勒出一幅凄清荒凉的深秋景致,烘托了悲凉的氛围。然而尾联却一扫哀苦清冷的笔调,以对国家海晏河清,自己功成名就时拂袖而去的高远志向作结,豪迈潇洒。

诗作善于铺垫,层层递进渲染。诗人之所以竹门茅屋而自得,苦读勤学而不倦,其根本在于内心立志入仕以救民的终极理想始终支持着他。

①馀:剩余。

心情不好，因为听到猿声？

"猿声"是古人诗词中常见的意象，在文人的反复书写中，其情感指向往往是"悲"的，用于渲染悲凉凄冷的气氛，描绘寂寥萧瑟的景色，表达苦楚痛切的心境。许多对于猿声的感受与体验是写于巴蜀之地的三峡，作者也多为途经此地的迁客骚人，三峡水流湍急，凶险莫测，再加上两岸猿声交叠回响，凄厉至极，行路之难和身世之苦激发了诗人内心的伤痛与诗思，写下了许多有感于猿声凄凉的诗篇。此后"猿声"超越了地域的限制，成为一种文学意象不断被使用，"寒夜猿声彻，游子泪沾裳""风急天高猿啸哀，渚清沙白鸟飞回"，"猿声"寄寓了诗人悲剧性的人生体验，并在历代诗人作品的积淀中不断丰富其内涵。

古人怎么总喜欢在晚上读书

"秉烛夜读"以至通宵达旦是古人勤奋刻苦的例证，除却珍惜时间读书的目的，"夜读"为古人喜好也源于夜晚的宁静氛围与独处的状态。

"寒夜读书忘却眠，锦衾香烬炉无烟""洗盏共尝春瓮酒，挑灯对读夜窗书"，没有白日的交际往来，俗务缠身，可以闲坐窗前，饮酒读书，于书中访密探幽，或是卧于榻上，在袅袅熏香中坐地巡游，必然有尘劳尽洗，其乐陶陶之感，困倦了就枕书而眠，于梦中继续神游古今。在静夜读书之时，一种阅读的孤独状态往往更能使人沉浸其中，更能深入地思考和体味书中道理，体会到求知的愉悦感。

当官，古代文人绕不过去的坎儿

受儒家思想与知识分子出路单一化的社会影响，中国古代文人往往具有积极入仕的人生追求与兼济天下的政治理想。杜荀鹤曾于乱世中隐居庐山和九华山读书数载，却始终怀抱着入仕求进的理想，勤学苦读积累仕宦的资本，锤炼诗艺，四处游历增长见识。然而"日日惊身世，悽悽欲断魂。时清不自立，白发傍谁门"，在时局叵测的乱世之中，他饱读诗书礼乐，"修身齐家治国平天下"的宏伟理想难以实现。

在中国古代，"写诗"常常是一个"副业"，"诗穷而后工"即是诗人在政治上失意困窘，遭遇挫折，幽愤郁积时反而会创作出名句佳篇。抒情言志的诗歌中有相当一部分是与社会现实和政治生活紧密相关的，诗人的自我认同也往往在于科举入仕，一展才华，即使如孟浩然这样以隐士终身的人，也有"坐观垂钓者，徒有羡鱼情"这样表达仕途困顿的失望痛苦之句。许多诗人早年用志于学，积极入仕，多方干谒，然而最终仕途蹭蹬，一生不得重用，他们往往隐居乡野，寄情山水以抒怀，又常常在山水隐逸的诗句中不经意间流露出政治失意的痛苦光景，可见诗人内心的矛盾与拉扯。

知识小问答　积极"入仕"的诗人不包括以下哪一位？　　　　（　　）
A. 杜荀鹤　　B. 李白　　C. 杜甫

韩愈,字退之,因家在昌黎,世称"韩昌黎"。中唐时期著名的政治家、儒学家、文学家。

符读书城南·节选

[唐]韩愈

木之就规矩,在梓匠轮舆①。
人之能为人,由腹有诗书。
诗书勤乃有,不勤腹空虚。

"不论做什么事,勤劳都应是必有的品德。"

这首五言诗是韩愈写给正在自家城南别墅读书的儿子韩昶(其小名为符)的劝学诗的起首六句。作者运用比喻手法,将读书成人与修造车轮联系起来,形象生动,发人深省。

首句作者并没有像一般的劝学诗那样,直接谈学习的重要性之类,而是写了一个貌似与学习没什么直接关联的事物——修造车轮:"木材能按照规矩直曲随意,关键在于木匠和制造车轮木箱之人。"而下一句才谈到人的成长活动:"人之所以称为人,就是因为肚子里有诗书的积累。"将人才比作木材,而人才的养成与木材功用的达成则分别靠的是知识的积累和匠人的修整约束。另一方面,读书本身或者说知识不断积累的过程就是人对自身行为不断约束和管制的过程。由此也可以看出诗人对学习这件事之意义的理解,学习不仅仅是知识的积累,更要树立一种规则意识。到了第五、六句,诗人进一步指出:"学习诗书这件事必须要勤快,如果懒惰就会感到腹中空虚。"一方面将读书学习看作与吃饭一样重要的人生大事;另一方面则指出勤快在学习过程中的重要作用,这一句也可以看作全诗的中心句,点明全诗主旨。

作为整首长诗的起首,诗人运用恰当的比喻指出学习的意义并说明学习的方法。在这三句后面则相当于只是对这三句的进一步阐发和说明,其中蕴含的学习和为人道理是非常深刻的。

①梓匠:木匠;轮舆:轮人和舆人,即造车的工匠。

古人如何造车轮

人类的祖先在进行生产生活的各项活动时，不可避免地要搬运东西。轻的东西还可以肩扛手提，重的东西就必须使用工具。圆圆的车轮是在搬运过程中非常省力便捷的工具，而其制造发明过程则非常漫长。上古时期人类已经知道在搬运巨石时在下面垫上滚木可以省力，修筑埃及金字塔所使用的巨石就是这样运输的。人们知道圆形物体的这一妙用之后，就在生活中加以普及。后来人们发现再直再硬的木材，通过火烤都可以变软。人们就通过加热使木材弯曲，然后使用藤蔓绑住，一个圆圆的车轮就这样造了出来。这项工艺被称为"煣"，在家具制造、建筑修造等木工活动中都可以见到。

"规矩"指的是什么

我们在日常生活中常常会听到别人的教训劝导："你一定要守规矩啊。"这里的"规矩"指的是我们生活的这个社会的那些规则和原则。但"规矩"二字的本来意思却不是这个。"规"和"矩"本来是木工做活儿时用来校正圆形和方形的工具，看器具是不是正圆正方。我们今天用来画圆的圆规中的"规"字还保留了这个意思。而我们把长方形称为"矩形"，道理就在于此。因为用规和矩描画出来的图形都非常正，所以人们认为这是守法度的体现，于是人们把我们要遵守的那些准则也都称为"规矩"了。

尊师重教的韩愈

在一般人的印象中，韩愈是"唐宋八大家"之首，是唐宋时期古文运动的有力倡导者和推动者，是文学家。但如果让韩愈自己评价，他应该会说自己首先是一个儒学家。宋代的理学家们是这样看待韩愈的："儒学的道统由尧舜至商汤王、周文王、周武王、周公传至孔子，孔子又传给自己的学生颜回、曾子到孔子的孙子子思，子思又传给孟子，孟子死后，就没有人传承了，中间有上千年的断绝，直到韩愈出世，道统重新得以传承。"可见韩愈对于儒学发展的关键作用。而韩愈的文章里，更是体现出了这种儒学倾向。而在儒学中，一个非常重要的方面就是关于教育的探讨，韩愈仅就这一方面问题写了许多诗文。

韩愈的《师说》是关于教师所写的重要文章。其首句："师者，传道授业解惑也。"成为后人讨论教师职责必然引用的名句。其中所论述的关于学习应该学习为人处世的道理和求师应该不分贵贱高低，不分年龄长幼，一律以其对于道理的理解把握为标准的观点所展现的则是非常具体而生动的学习观。他还有一篇《进学解》，其中的"业精于勤荒于嬉，行成于思毁于随"一句更是古今勉励学子不断努力、积极进取的名言警句。

韩愈在教育方面不仅写文章，而且亲身实践。他先后四次担任国子监祭酒，相当于国家最高学府的校长，亲自指导学生如何读书学习。就像我们之前所说的，韩愈做这些的最终目的在于推广儒学，传承儒学，他的教育事业与其儒学思想是密不可分的。

古代"规矩"一词的原意指什么？　　　　　　　　　　　　　（　　）
A. 规则和原则　　B. 正方和正圆

孟郊,字东野,湖州人,唐代著名诗人,世人称其为"诗囚"。

劝学·其二

[唐]孟郊

击石乃有火,不击元①无烟。
人学始知道,不学非自然。
万事须己运,他得非我贤②。
青春须早为,岂能长少年。

解读赏析

"勤于学而敏于行,把握青春,努力获取知识的养料。"

本诗是唐代诗人孟郊创作的一首五言律诗,《劝学》最早是先秦时期的荀子采用博喻手法写作的一篇说理散文,孟郊同题作诗,运用比喻的手法生动形象地讲述了为学的道理,勉励世人勤学苦练,方能学有所成。

首联以比喻领起全诗,燧石只有通过敲击才能产生火花,如果不敲击,那其本身就是普普通通的顽石,连烟气都不会出现。诗人借用这一日常现象来说明道理,引出颔联。颔联与首联相对应,是首联比喻的本体,一个人只有通过学习才能习得知识,明白道理,这里的"道"本为事物的法则和规律,这里应泛指各种知识与为人的道理,而人不主动学习就无法获取知识,就如燧石不会平白起火。颈联由学习的自主性引向学习的自我性和实践性,一方面强调真正知识的创获需要依靠实践,另一方面将"他得"与"己运"进行对比,指出学习需要身体力行,主动在实践中总结经验,丰富认识。尾联慨叹时光易逝,一个人最宝贵、生命力最为旺盛、学习的热情最为高涨的时期就是青少年,人的生命本身是短暂的,而其中少年时光更是稍纵即逝,诗人以此劝勉世人珍惜时光,勤奋学习,早日有所成就。"岂能"用反问句加强语气,体现了诗人谆谆教诲背后的一片苦心。

全诗语言简单平易,明白晓畅,借用日常事物讲明道理,发人深省。

①元:原本,本来。②贤:才能。

不断受到"敲打"的燧石

"燧石"也称为"火石",是一种硅质岩石。早在几十万年前的旧石器时代就有我们的火祖燧人氏钻燧取火的传说,这里的"燧"有燧石和燧木两种说法,燧石取火的方法逐渐由两块燧石摩擦变为用铁器敲击燧石。此外,燧石本身非常坚硬,断口锋利,所以成为原始时代打击制造石器的重要工具,燧石也在人类历史的发展过程中被赋予了许多精神特质与文化内涵。

马克思曾说:"最好是把真理比作燧石——它受到的敲打越厉害,发射出的光辉就越灿烂。"真理需要经受实践的反复检验,并于这个过程中显示它的价值和地位,一如铁器敲打燧石,用力越大,火光越亮。"石火风灯"这个成语,则是用敲击燧石时火光一闪而逝的特性来比喻时间的短暂而不可把握。

何以惜少年

从古至今,人们歌颂青春的光景,赞叹少年的明媚,劝勉那些身在其中的懵懂孩童珍惜当下的时光,人的一生如果是一篇乐章,那少年时期必然是其中最灵动欢快的音符,尽情流泻着生命的美好。何以惜少年?以真,以美,以青春的活力,以无限的希望。

"少年听雨歌楼上,红烛昏罗帐",少年远离着人世浮沉的忧愁悲苦,沉浸在轻歌曼舞的欢乐情怀中,少年风流,凄风苦雨也难勾愁绪。龚自珍的《己亥杂诗》中言"少年哀乐过于人,歌泣无端字字真",少年的情感单纯而炽烈,虽然会写下一些无缘由的心绪,但没有矫饰和隐藏,都是内心真诚的表达,童言之所以无所忌,即是少年真实直接而无所顾忌。毛泽东《沁园春·长沙》笔下"恰同学少年,风华正茂;书生意气,挥斥方遒",少年青春正盛,未来有无限可能,拥有高昂的生命姿态与激情,一时的困顿或失败击不垮少年的精神,人生路上所经历的一切都是他们面向未来的财富。此外,少年是产生独立意识与思想的关键时期,对世界的好奇与对知识的渴求让他们具有极强的探索与学习能力,所以许多劝学诗中都勉励少年精进学识,勤奋努力,以在未来有所成就。

"韶华不为少年留",时间是公平的,把握年少时的大好时光,挥发出生命的热力,人生才不会留下遗憾和每恨。

知识小问答	以下哪首诗不是唐代诗人孟郊的作品? ( )
	A.《游子吟》　　B.《感怀》　　C.《秋赋》

卢肇，字子发，中唐时期诗人，江西宜春人。

送弟

[唐]卢肇

去日家无担石储，
汝须勤苦事樵渔①。
古人尽向尘中远，
白日耕田夜读书。

"既要读书以修身，又要勤劳以齐家。"

　　本诗是唐代诗人卢肇在送弟弟去读书时写下的一首七绝，虽是一首赠弟诗，但更多的是诗人自明心志，表达发愤图强的进取之心。

　　首句叙述家境困窘，无担石之粮，生计都成问题。卢肇自曾祖父起就耕读传家，其父坐馆乡野以补家用，生活贫困，卢肇此语也是告诫其弟不同于钟鸣鼎食的富贵之家可以坐享其成，兄弟二人要担负起家庭的责任。后句直接承接上句而来，家境贫寒，衣食单薄，读书求学还要缴纳学费，更增添了生活的负担。在此境况之下，卢肇劝勉其弟要勤苦地从事劳作，种田垄间，伐木山中，捕鱼河上，不能因为害怕辛苦而有所懈怠，而是要意识到自己对于家的责任。三句"古人尽向尘中远"，即是以古圣先贤为例激励弟弟。古人远离尘嚣繁华，地僻路遥，未入仕之前处山河之远的状态就是卢肇心中的典范，白日里劳作于田间地头，耕种收获庄稼以谋生计，如一个普普通通的农人那样知稼穑，辨五谷。而在结束一天劳作之后的晚上用心于书本，正如卢肇自言"夜无脂烛，则热薪苏，晓报冥顽，亦尝悬刺"，即使贫困的环境下也发奋自强，无所抱怨。

　　儒家讲求"修身，齐家，治国，平天下"，卢肇的《送弟》中就意旨鲜明地表达了少年求学时于己于家的责任，既要勤于家事，又要勤于学业，表达了诗人不惮辛苦的坚定意志与勤劳持家的优秀品质。

①樵渔：打柴捕鱼。

此"石"非彼"石"

诗中的"石"并非今日我们常用的石头,而是古代重量和容量单位的一种。我国的度量衡制度是不断发展变化的,"石"所代表的重量也不确定,在汉代,一石约等于59.9斤。古代有许多名目复杂的重量单位,如"斗""斛""钧""铢""担"等,"千克"这一国际基本的质量单位是后来才逐渐被使用的。

由于时间过于久远和生活便利的需要,古代的许多重量单位早已为现代生活所淘汰,今人也很少在生活中以重量单位这一概念来使用这些词语,然而在流传至今的许多成语中我们仍可以找寻到它们的痕迹。如用"才高八斗"来形容人很有才华,"千钧一发"用一根头发悬挂着极重的东西来比喻境况危急,还有"斤斤计较""车载斗量"等,不一而足。

蟾宫折桂的卢肇

"十年寒窗无人问,一举成名天下知。"古代文人将科举视为跻身仕途的唯一门径,于是囊萤映雪、悬梁刺股、焚膏继晷地苦读,只为一朝跃得龙门,蟾宫折桂,考取功名,光耀门楣。在中国的科举史上举人进士无数,而在这个庞大的知识分子群体之中,居于顶峰的状元可以说屈指可数。金榜题名的状元常被视为文曲星下凡,得到无限荣耀,而卢肇就是其中的一员。

卢肇自幼就抱有远大志向,砥砺读书,幼时便以才学得到当地县令"即以异日有闻许之"的赞赏,武宗会昌二年(842年)去参加进士考试,一举中第,此后在多地担任刺史,为官正直清廉,得到当地百姓的赞誉。

"家风"的由来

"家风"是一个家族世代相传的风尚,"家"作为人步入社会前的栖居之地,是个人价值观念和道德品质形成的摇篮,所以古代后辈子侄往往要受到兄长的教导规训,"家风"即在这种传递中保持其生命力。司马光的《家范》系统地阐述和记录了家庭伦理关系、做人准则、治家为学等方方面面的内容;西晋潘岳的《家风诗》中,"义方既训,家道颖颖。岂敢荒宁,一日三省",是讲述家训家风对于家族的重要作用,所以勉励行之而不敢懈怠;《颜氏家训》是南北朝时期颜之推创作的第一部内容丰富的家训,全书分为二十章,在书中他以自己的身世经历与经验告诫子孙后代。而中国古代以诗书劝勉后进,教育子孙的作品更是数不胜数。

中国大家族往往保持着重视耕读、重视教育的优良传统,这些优良的传统融入家风家训之中,潜移默化地影响着后辈子孙,并内化为其自觉的价值追求。中央电视台推出的"家风"系列活动得到社会的广泛好评和认可,使更多的人开始思考自己的"家风"是什么。其实"家风"一词离我们并不遥远,在现代社会,它抛却了约束和刻板的部分,更多地成为一种对长者之风的追寻怀念和对当代家庭教育的思索。

 以下哪个不属于我国古代质量单位? ( )
A. 斛　　B. 斗　　C. 克

本章知识小问答答案

第 105 页　正确答案：B.《短歌行》

第 107 页　正确答案：B. 非皇族不能穿戴

第 109 页　正确答案：C.《月下行》

第 111 页　正确答案：A.23:00 到 1:00

第 113 页　正确答案：C.《长歌行》

第 115 页　正确答案：B. 曹操

第 117 页　正确答案：C. 卧冰求鲤

第 119 页　正确答案：C. 王维

第 121 页　正确答案：B.《杏园赋》

第 123 页　正确答案：C. 五台山

第 125 页　正确答案：A.《示儿》

第 127 页　正确答案：C. 莲花

第 129 页　正确答案：B. 李白

第 131 页　正确答案：B. 正方和正圆

第 133 页　正确答案：C.《秋赋》

第 135 页　正确答案：C. 克

抒怀篇
SHUHUAIPIAN

本篇章,诗人大多在描摹与咏叹事物中寄托一定的感情,或寄情于景,或寄景于情,或咏物抒怀,或流露出自己的人生态度,寄寓美好的愿望,包含生活的哲理,或表现诗人自己的生活情趣,读来很有韵味。

王之涣，字季凌，绛州（今山西新绛）人，以善于描写边塞风光著称。

登鹳雀楼①

[唐] 王之涣

白日依山尽，黄河入海流。
欲穷千里目，更上一层楼。

"登楼望远之盛景，不唯在景，势也。人生之楼、之巅，亦在于此：要有一点'好高骛远'的境界与追求。"

这首诗写登楼望远之景，景象壮阔，气势雄浑，表现出盛唐诗人不凡的胸襟抱负。

首句写远景之山，遥望一轮落日向着楼前一望无际、连绵起伏的群山西沉，在视野的尽头冉冉而没；次句写近景之水，目送流经楼前下方的黄河奔腾咆哮、滚滚而来，又在远处折而东向，流归大海。这两句诗合起来，就把上下、远近、东西的景物，全都容纳于诗笔之下，使画面显得宽广、辽远。

其实诗人身在鹳雀楼上，不可能望见黄河入海，句中写的是诗人目送黄河远去天边而产生的意中景，是把当前景与意中景融合为一的写法。杜甫在《戏题王宰画山水图歌》中以"尤工远势古莫比，咫尺应须论万里"论画，王之涣的一二句写出了缩万里于咫尺，使咫尺有万里之势的深度和广度。

诗笔到此，看似已经写尽了望中之景，不料诗人笔锋一转，以"欲穷千里目，更上一层楼"即景生意的两句诗，把诗篇推引至更高的境界，向读者展示了更广阔的视野。"欲穷千里目"，写诗人一种无止境探求的愿望。还想看得更远，看到目力所及的地方，唯一的办法就是要站得更高些，"更上一层楼"。"千里""一层"是虚数，是诗人想象中纵横两方面的空间，"欲穷""更上"包含了多少希望、憧憬。在收尾处用一"楼"字，起点题作用。

本诗看似平铺直叙地写出登楼过程，实则含意深远，耐人寻味。正如日僧空海在《文镜秘府论》中所说的"景入理势"，诗歌不要生硬地、枯燥地、抽象地说理，应把道理与景物、情事融合得天衣无缝，如这首诗，从登楼所见之景写出向上进取的精神、高瞻远瞩的胸襟，也道出了要站得高才看得远的哲理。

①鹳雀楼：又名鹳鹊楼，因时有鹳雀栖其上而得名，始建于北周。

古人的登楼抒怀情结从何而来

登楼远眺赋诗一首，似乎已成为中国文人的一种文化情结。古诗词中，不乏有吟咏登楼所见所感而脍炙人口的佳作。所谓"少年不识愁滋味，爱上层楼"，登楼所见，无论是壮阔的黄河日落，还是物候变化、由盛而衰的"无边落木""天凉好个秋"，甚至是"小楼昨夜又东风""无言独上西楼，月如钩"的寂寞凄凉，总能引发诗人无限的遐思与感慨。

古人登楼题诗词实属稀松平常。因诗词题记而闻名的楼台，大家较为熟知的如黄鹤楼、鹳雀楼、岳阳楼、滕王阁、幽州台、醉翁亭、京口北固亭等，皆因骚人墨客之文笔而成为文化名胜。鹳雀楼又名鹳鹊楼，据《清一统志》记载，楼的旧址在山西蒲州（今永济县）西南，黄河的中高阜处，时有鹳雀栖于其上，由此得名。

宋人沈括在《梦溪笔谈》中记述："河中府鹳雀楼三层，前瞻中条，下瞰大河，唐人留诗者甚众。"可见鹳雀楼因其结构奇巧、高峻壮观，又毗邻黄河，视野开阔，是观赏黄河盛景的绝佳胜地。沈括认为，在众多唐人诗中，"惟李益、王之涣、畅当三能壮其观"。三首诗都以开阔的境界著称，李益由"百尺"楼墙思接千古，写出"汉家箫鼓空流水，魏国山河半夕阳。事去千年犹恨速，愁来一日即为长"的时空流转，畅当则突出"迥临飞鸟上，高出世尘间"超凡脱俗的气质。相比之下，王诗在由景及理上更偏于理性思考，偏于宋人的气质。

王之涣"旗亭画壁"

关于王之涣，最有意思的故事莫过于"旗亭画壁"，记载于唐人薛用弱撰写的《集异记》里，讲述的是开元年间，王昌龄、高适、王之涣偷听歌女唱诗的故事。

有天小雪，三位诗人为避喧闹而进了旗亭饮酒，旗亭即酒楼，常有梨园歌伎登楼会宴。王昌龄对高适和王之涣说："我们三人都以诗知名，每每分不出高下。现在我们在此偷听诸歌女歌唱，谁的诗入乐配词最多，谁就优胜。"三人都说好。不一会儿，一位歌女唱道："寒雨连江夜入吴，平明送客楚山孤。洛阳亲友如相问，一片冰心在玉壶。"这是王昌龄的《芙蓉楼送辛渐》，王昌龄用手在壁上一画，道："一绝句！"不一会儿，一位歌女唱道："开箧泪沾臆，见君前日书。夜台何寂寞，犹是子云居。"这是高适的《哭单父梁九少府》，高适也用手在壁上一画，道："一绝句！"第三位又唱了一首王昌龄的《长信秋词》。于是，王昌龄得意地在壁上又一画："二绝句！"始终没有歌女唱王之涣作的诗歌。王之涣徐徐对高适、王昌龄说："这些唱你们诗作的皆是潦倒乐官，只会唱一些'下里巴人'的词。我的诗是'阳春白雪'之曲，俗物敢近哉？"然后指着其中一位最漂亮的歌女说："等这个女子所唱如非我诗，我就终身不敢与你们争衡。如果是我的诗，你们当列拜床下，奉吾为师。"三人大笑，在里间等候着。等到这位歌女歌唱时，开口便是"黄河远上白云间……"（《凉州词》）。王之涣笑着对王昌龄和高适说："乡巴佬，我没有说错吧？"三人皆大笑。

故事虽然可能是杜撰的，但足可见王之涣《凉州词》在当时的知名度，也可窥见王之涣、王昌龄、高适等盛唐诗人的诗作通俗晓畅，深受乐坊欢迎了。

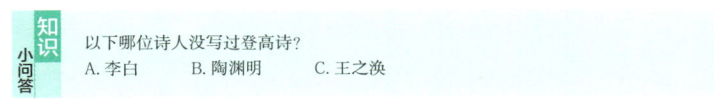

以下哪位诗人没写过登高诗？　　　　　　　　　　　　　　　　　（　　）
A. 李白　　　B. 陶渊明　　　C. 王之涣

陈子昂，字伯玉，梓州射洪（今四川省遂宁市射洪县）人，初唐诗文革新人物之一。

登幽州台歌

［唐］陈子昂

前不见古人，后不见来者。
念天地之悠悠，独怆然①而涕下。

解读赏析

"他唱出了千古士大夫内心深处的孤独，顶天立地的孤独。"

《登幽州台歌》是初唐诗人陈子昂的名篇，是其随军讨伐契丹时登幽州台揽古所作。全篇遣词造句格局宏大，为后代诗家所推崇。清人黄周星在《唐诗快》中评此诗云："胸中自有万古，眼底更无一人，古今诗人多矣，从未有道及此者。此二十二字，真可以泣鬼。"

这样一首泣鬼神的诗作写出了最令人动容的苍茫与孤独。时间上：诗人站立在历史的真空中，前无古人后无来者。空间上：诗人站在宇宙的中央，天地苍茫，只有人与天与地并立。诗篇像一张巨大的简笔画，忽略了天地之间的所有具体物象，突出的是人在天地之间的强烈感受。这样贯通古今、纵横天地的大手笔，使诗篇超越了个人情感的种种悲情愁思，抵达个人存乎于天地之间的壮阔表达，以及由此生发的天地情绪。

幽州台位于燕赵故地，"古来燕赵多死士"，燕赵自春秋战国以来便以民风剽悍、气性慷慨、良才辈出著称。陈子昂登高俯瞰燕赵故地，他是不是想到了这些留名青史的燕赵死士？数百年前他们能够以身荐国，以命抵家，而我辈今日却是求为国捐躯都不得，不遇之悲更添一层。他或许还想到斯人已逝，化为荒冢，今日再无能抵御家国外患的名将，除了我谁还能想起他们？这种和历史紧密相连的无尽悲凉，在一层又一层贯及古今的孤独感中逐渐成形。这首诗不仅限于自我、前人、历史乃至家国责任的叹息，它是人在天地之间的深刻感受，突出了天地伟大、时间久远，以及人在这伟大久远之前的生命局限，表达的是人生有限这一无尽的苍凉。然而，人又没有因为这样的苍凉而渺小；相反，他与天地并立，在无尽的悲凉中，凸显生命的高大。

①怆然：感伤的样子。

登高赋诗还是古代士大夫评判的重要标准

古代士大夫有"君子登高必赋"的传统,东汉班固所作的《汉书·艺文志》更将"登高作赋"作为士大夫身份的一种资格单独提出,表达为"登高能赋,可以为大夫"。能在登高活动中作赋言志,成了考验一个人是否真正为士大夫的重要标准之一。

其实在用诗歌表达登高之悲的独特感受古已有之。《诗经》中的《周南·卷耳》有"陟彼高冈,我马玄黄。我姑酌彼兕觥,维以不永伤",用男女对唱表达男子行役在外,家国不能两全之悲。到了东汉魏晋时期,战事不断、去国离乡,悲歌慷慨的登高之作迭出。"三曹"诗中更是站在国家的角度,用登高所见生灵涂炭、山河破碎表达对战争的深思与对人生短暂、渺小的哀歌。

登高而悲的"农山心境"

钱钟书在《管锥编》中将这种中国古代士大夫"登高望下,使人心悲"的共同心境称为"农山心境"。此语出自汉代刘向《说苑·指武》的相关记载:"孔子北游,东上农山。子路、子贡、颜渊从焉。孔子喟然叹曰:'登高望下,使人心悲。'"

为何有此"农山心境"呢?宋玉在《高唐赋》中给出了答案:"长吏堕官,贤士失志,愁思无已,叹息垂泪,登高远望,使人心瘁。"士大夫登高望远,目见苍茫,体会个体在绵亘时空中的渺小,联想到自身多舛的境遇和充满变数的未来,悲从中来。

面对现实的不遇,诗人感受到个体生命的渺小与伟大理想的距离,进而在宇宙浩瀚中体会到"俯仰之间已为陈迹"生命短暂而天地永恒的感伤,化为一曲曲悲歌。

屡谏屡降的诗人——陈子昂

陈子昂是在怎样的处境下写下这首大气苍茫的古今绝唱的呢?

万岁通天元年(696年),契丹攻陷营州,武则天派建安王武攸宜前往征讨,38岁的陈子昂刚刚摆脱冤狱,以随军参谋的身份前行。武攸宜一再显示出其无能与轻率,次年兵败,举军震恐。陈子昂慨然进言,提出战略,请求分兵万人以为前驱,武攸宜不允。第二日,他又去进谏,且"言甚切至"(卢藏用《陈氏别传》),希望能继续进军,反败为胜,武攸宜将陈子昂降职为军曹。满腔悲愤的陈子昂登上幽州台,写下了传诵千古的《登幽州台歌》。

从入朝为官始,刚直敢谏的他就从未得到重用,忧愤积郁于身,而这次建言献策,为国表忠却反被降职,实在令其心灰意冷,看不到任何能够实现个人价值的可能。在这样的境遇下,陈子昂登上了幽州台。据卢藏用《陈氏年谱》,陈子昂此次登上幽州台,还另赋一组怀古诗《蓟丘览古赠卢居士藏用》。这组诗中,有一个不变的中心命题:贤主和贤臣的遇合。通过吟咏历史明主先贤的故事,或感叹贤主不再,或悲愤贤才不遇,可谓是自身遭遇的寄托感怀。

以下哪位诗人没被降过官职? ( )
A. 陈子昂　　B. 王维　　C. 李贺

李白（701—762），字太白，号青莲居士，又号"谪仙人"，唐代伟大的浪漫主义诗人。

行路难·其一

[唐] 李白

金樽清酒斗十千，玉盘珍羞①直万钱。
停杯投箸不能食，拔剑四顾心茫然。
欲渡黄河冰塞川，将登太行雪满山。
闲来垂钓碧溪上②，忽复乘舟梦日边③。
行路难！行路难！多歧路，今安在？
长风破浪会有时，直挂云帆济沧海。

"就算前路艰险，也要高歌猛进，直击苦难，方能乘风破浪！"

"行路难"多写世道艰难，表达离情别意。李白《行路难》共三首，本诗选其一。

开篇"金樽清酒""玉盘珍羞"，给人一个欢乐的宴会场面。接着"停杯投箸""拔剑四顾"一转，又向读者展现了作者激愤、茫然的感情波涛的冲击。中间四句，既感叹"冰塞川""雪满山"，又恍然神游千载之上，看到了吕尚、伊尹忽然得到重用，复以"行路难"四个短句，表现进退两难和继续追求的复杂心理。

全诗在彷徨与感叹之后，以"长风破浪会有时"忽开异境，坚信美好的前景终会到来，因而"直挂云帆济沧海"，可谓激流勇进。蕴意波澜起伏，跌宕多姿。

诗歌以"行路难"比喻世道险阻，抒写了诗人在仕途遭遇艰难时，产生不可抑制的激愤情绪。但他并未因此放弃远大的政治理想，仍盼着有一天施展自己的抱负，表现了诗人对人生前途乐观豪迈的气概，充满了积极的浪漫主义情调。

①珍羞：名贵的菜肴。②垂钓碧溪上：传说吕尚未遇周文王时，曾在溪（今陕西宝鸡市东南）垂钓。③乘舟梦日边：传说伊尹见汤以前，梦乘舟过日月之边。合用这两个典故，是比喻人生遇合无常，多出于偶然。

"嗜酒见天真"

杜甫在《寄李十二白二十韵》中称赞李白"嗜酒见天真"并非虚言。李白好酒,差不多可以获得"酒仙"与"诗仙"的双名。无论是"人生得意须尽欢,莫使金樽空对月"的豪放,还是"举杯邀明月,对影成三人"的飘逸,宾客相饮可以畅叙幽怀,月下独酌可以凌虚御风,而这篇《行路难》更写出了酒入愁肠的激愤。

当然,李白酒入愁肠不是"肠中车轮转",任凭愁绪百转千回折磨自己,而是以其近乎浪漫的乐天派气质,面对岁月的蹉跎与命运的打击,仍向着冰川迈进,对着风浪冲击。当他"出则以平交王侯,遁则以俯视巢许",不畏权贵的高傲遭受现实打击时,亦能以纵酒狂歌、寻仙问道的方式获得精神的超越。所以《将进酒》《江上吟》《襄阳歌》《行路难》《月下独酌》《梦游天姥吟留别》……李白的诗酒年华是一曲曲激昂高亢的自由颂,唱出"一樽齐死生"的超凡脱俗,喊出"且乐生前一杯酒,何须身后千载名"的旷达豪迈,饮出"永随长风去,天外恣飘扬"的浪漫情怀。

杜甫眼中的"谪仙人"李白

除了诗歌创作和求仕生涯,总结李白一生的经历,或许可用六个字概括:喜交友、好交游。出蜀之后,李白"仗剑去国,辞亲远游",过着仗剑云游的蹉跎生活。到了长安后,一度求仕未果,又潦倒地与一帮市井之徒瞎混。这当然与他自小既受到书香世家的儒学熏陶,又是蜀人天真豪放、浪荡不羁的游侠气质有关。李白交友甚广,大半个盛唐诗坛的明星都与他有过诗酒唱和。其中最为感人的当然是李白赢得了中国诗歌史双雄中的另一位大腕杜甫的友谊。

杜甫对这位大自己11岁的大诗人仰慕推崇备至,他夸赞李白的诗才"笔落惊风雨,诗成泣鬼神",落笔能惊动狂风骤雨,诗歌能让鬼神哭泣,我们这位写实派"诗圣"对于偶像的才华的赞誉真是不吝笔墨。他太了解李白纵恣天才的不羁了,赞他为"一斗诗百篇"的"酒中仙"。想想也是,又有几个人能醉后让传诏作诗的天子等候,醒来让天子宠臣脱鞋?好酒不一定光明磊落,醉酒依然保持独立人格才是真正超然尘世的大丈夫。所以对李白流放夜郎的遭逸放逐,杜甫只能愤愤道:"文章憎命达,魑魅喜人过",这也成为哀叹千古文人共同命运的名句。

杜甫对于李白的思念可谓是一年四季不间断,《春日忆李白》"白也诗无敌,飘然思不群",《冬日有怀李白》"寂寞书斋里,终朝独尔思",《天末怀李白》"凉风起天末,君子意如何",季节、天气变化想念还不够,还要《梦李白》"三夜频梦君,情亲见君意",真是情深意切得让人汗颜!

 以下哪位诗人不是李白的朋友? ( )
A. 杜甫　　B. 王昌龄　　C. 王之涣

王维，字摩诘，河东蒲州（今山西运城）人，祖籍山西祁县。唐朝著名诗人、画家。

终南别业

［唐］王维

中岁颇好道①，晚家南山陲②。
兴来每独往，胜事③空自知。
行到水穷处，坐看云起时。
偶然值林叟④，谈笑无还期。

解读赏析

"王维之诗悠然自得，有两字诀，曰'无心'。"

这首诗是王维晚年的作品。王维晚年官至尚书右丞，职务不小，但由于政局变化反复，他早已看破仕途的艰险，四十岁后，在长安东南的蓝田县辋川造了别墅，过着吃斋奉佛、亦官亦隐的悠闲生活。

全诗的着眼点在于抒发对自得其乐的闲适情趣的向往。开篇二句，由"中岁好道""晚家南山"点明诗人隐居奉佛的人生归宿和思想皈依。"晚"字，意蕴丰富，既可以指"晚近"，也可以指"晚年"。如果是前者，"晚家南山陲"是对现实隐居生活的描绘；如果是后者，则是对自己晚景的构想。"每"表明"兴来独往"非常频繁，"独"则体现诗人独自消遣兴致，和下句的"空"呼应，字面上看有一丝落寞孤独，但五六句赏景佳句可知，诗人对于独自享用山林之趣是十分陶然的。

"行到水穷处，坐看云起时"最能体现王摩诘之"诗中有画，画中有诗"。在山间闲庭信步，不觉到了溪水尽头，似乎无路可走，但诗人却感到眼前一片开阔，于是索性坐下，看天上风起云涌。一切是那样自然，山间流水、白云，无不引发作者无尽的兴致，足见其悠闲自在。难怪清人沈德潜赞曰："行所无事，一片化机。""行到水穷处"让读者体味到了"应尽便须尽"的坦荡；"坐看云起时"在体味悠闲自在境界的同时，又能领略到妙境无穷的活泼灵动与变化。结构上对仗工整、一贯而下，艺术效果俨然一幅行云流水的山水画。

结句妙在"偶然"二字。偶然碰到林间老人，于是谈笑风生，不经意间打破了前面的孤独沉寂，可前面"兴来独往""行到水穷处"又何尝不是"无心的偶然"？并非有意寻幽探胜而美景自至、妙人自来，看似"偶然"，实为诗人内心的悠闲自得和随遇而安。

①中岁：中年。道：这里指佛教。②南山陲：指辋川别墅所在地，意思是终南山脚下。③胜事：美好的事。④值：遇到。叟（sǒu）：老翁。

王维为什么被称为"王右丞"

天宝十五年，即公元756年6月，安禄山的叛军攻入长安，仓皇之下，玄宗逃到了四川，王维由于没来得及逃走而被俘。被俘后，他曾吃药假称患病，以逃避麻烦，但他的名声太大了，安禄山还专门派人迎他到洛阳，拘之于菩提寺。不管他是否答应，硬委以伪职。王维在无奈之下，便当了安禄山身边的一个小官，但他的心依旧追随着唐王朝。到了公元757年9月、10月，唐军相继收复长安、洛阳，王维与其他陷贼之官均被收系狱中，随后押到长安。这些人因为给叛军做事，按律都当斩，但是，王维在软禁期间作的一首《凝碧宫》的诗救了他一命，这首诗是这样写的：

万户伤心生野烟，百官何日再朝天。

秋槐叶落空宫里，凝碧池头奏管弦。

唐肃宗看后，觉得他是个人才，不但没有杀他，还让他当了太子中允，此乃不幸中之大幸。那时，王维已经接近暮年了，但在他任太子中允不久，就又迁太子中庶子。上元元年，即公元760年夏天，年近六旬的王维转为尚书右丞。这是他一生所任的最高官职了，但同时也是他最后所任之职，担任此职一年多之后，王维于次年7月便去世了，而"王右丞"这一称呼就源于此。

诗中之佛——王维

世有"李白是天才，杜甫是地才，王维是人才"之说，后人称王维为"诗佛"，此称谓不仅是言王维诗歌中的佛教意味和王维的宗教倾向，更表达了后人对王维在唐朝诗坛崇高地位的肯定。王维不仅是公认的诗佛，也是文人画的南山之宗，钱钟书称他为"盛唐画坛第一把交椅"。此外，他还精通音律，善书法，篆得一手好刻印，让人感慨，唐朝怎么出了这么多全才型诗人？

在众多盛唐诗人中，王维是命运较通达者，可这样一位生于钟鼎之家，官至右丞相之位的京城王公贵族，却过着僧侣平民般简朴的生活。这恐怕与他生于虔诚的佛教徒家庭，精通禅理有关。当然，这与王维晚年遭遇"安史之乱"，被贼军捕获被迫当了伪官，等到战乱平息后又被有司问询的波折有关联。幸其在乱中曾写过思慕天子的诗，加上当时任刑部侍郎的弟弟（曾跟随皇帝出逃）求情，王维才幸免于难，仅受贬官处分。虽然日后升至右丞相，但面对世事沉浮，王维早已在吃斋念佛中静心除欲。也正因如此，王维清新自然、禅味无痕、淡逸入画的诗风将陶渊明、谢灵运开启的山水田园诗向前推进了一步。

 王维没有出任过下面哪个官职？　　　　　　　　　　　　　　　　（　　）

A. 左尚书　　　B. 右拾遗　　　C. 右丞相

白居易（772—846），字乐天，号香山居士，唐代伟大的现实主义诗人。

赋得古原草送别

[唐] 白居易

离离原上草，一岁一枯荣。
野火烧不尽，春风吹又生。
远芳侵古道，晴翠接荒城。
又送王孙去，萋萋①满别情。

"理想当为原上草，野火烧不尽，春风吹又生。"

首句即破题面"古原草"三字。"离离"写草木茂盛状，抓住春草生命力旺盛的特征，从《楚辞·招隐士》"春草生兮萋萋"脱化而不着迹，也与结句照应。野草春荣秋枯，岁岁循环不已，"一岁一枯荣"的意思不过如此。然而写作"枯荣"与"荣枯"就大不一样。如作后者，便不能生发出三四的好句来。两个"一"字复叠，形成咏叹，又先状出一种生生不已的情味，三四句就水到渠成了。

"野火烧不尽，春风吹又生"将"枯荣"的概念一变而为形象的画面。古原草的特性就是生命力顽强，作者抓住这一特点，不说"斩不尽、锄不绝"，而写作"野火烧不尽"，造就一种壮烈的意境。野火燎原，瞬息将草原烧得精光，强调毁灭的力量和痛苦，是为反衬再生的力量和欢乐。此二句不但写出"原上草"的性格，更写出一种从烈焰中重生的理想人格。

三四句写"草"，五六句回头写"古原"。芳曰"远"，古原上清香弥漫可嗅；翠曰"晴"，则绿草沐浴阳光，秀色如见。"侵""接"二字继"又生"，更写出一种蔓延扩展之势。"古道""荒城"扣题面"古原"极切，虽然道古城荒，青草的滋生却使之恢复了青春。结句回到题旨，诗人并非单纯为写"古原"，而是同时安排一个典型的送别环境：大地春回，芳草萋萋，在如此美丽的古原上却送别挚友，多么令人惆怅，又多么富于诗意。"王孙"二句化用楚辞"王孙游兮不归，春草生兮萋萋"，说的是看见萋萋芳草而怀思行游未归的人。这里变其意而用之，写的是看见萋萋芳草而增加送别的愁情。真是应了李煜那句"离恨恰如春草，更行更远还生"（《清平乐》）。

①萋萋：形容草木长得茂盛的样子。

关于"原上草"喻义之争

白居易这首诗写得大气磅礴,特别是三四句朴实有力,《唐诗成法》誉之"不必定有深意,一种宽然有余的气象,便不同啾啾细声,此大小家之别"。其实,对于这两句寓意的解读,古人的诗论有别样的看法。蘅塘退士的《唐诗三百首》认为,"诗以喻小人也。消除不尽,得时即生,干犯正路。文饰鄙陋,却最易感人"。究竟是赞誉蓬勃而发、向死而生的生命力,还是讽喻得志猖狂的小人?或许如《诗境浅说》所说,"诵此诗者,皆以为喻小人去之不尽,如草之滋蔓。作者正有此意,亦未可知。然取喻本无确定,以为喻世道,则治乱循环;以为喻天心,则贞元起伏。虽严寒盛雪,而春意已萌。见仁见智,无所不可"。无论是哪种理解,好诗的妙处便在于用形象化的诗歌意象与凝练浓缩的语言,带给人对于生活表现背后的真理、本相的思考与启发。

十六岁"赋得"——白居易

作为倡导新乐府运动、提出"文章合为时而著,歌诗合为事而作"的现实主义诗人,白居易诗歌的一大特点是通俗晓畅易懂。另外,白居易喜欢写讽喻诗,选择某个典型的形象或事件,以浅白的语言寄托讽喻之意。这首诗两个特点均能体现。

值得一提的是,写这首诗时,作者只有16岁。从诗题"赋得"看,这应该是一首科考的应考习作,即规定某个对象写一首咏物诗。即使是命题作文,却能如此贴切地把握所写对象的特征,还能融入深切的生活体验与深刻的生命哲思,实在是考场作文中的满分作文。

白居易在中国文学史上的成就不唯在于诗歌创作,更在于思想运动的理念倡导。他早年热心济世,强调诗歌的政治功能并力求通俗,语言"老妪能解",所作《新乐府》《秦中吟》共六十首,确实做到了"唯歌生民病""句句必尽规",与杜甫的"三吏""三别"同为反映社会现实、百姓疾苦的诗史。《琵琶行》《长恨歌》是中国长篇叙事诗中的典范佳作。

中年在官场中受了挫折,他"宦途自此心长别,世事从今口不开",但仍写了许多好诗,为百姓做过许多好事,杭州西湖至今有纪念他的白堤。可以说,像杜甫、白居易、欧阳修、苏轼这样既能舞文弄墨,又能为民做事的文官是中国传统士大夫的精神典范。

 知识小问答：以下哪个不是白居易的长篇叙事诗作品？　　　　　　　　　　(　　)
A.《琵琶行》　　　B.《长恨歌》　　　C.《秦中吟》

刘禹锡（772—842年），字梦得，河南洛阳人，唐朝文学家、哲学家，有"诗豪"之称。

浪淘沙·其三

[唐] 刘禹锡

汴水东流虎眼文①，
清淮晓色鸭头春②。
君看渡口淘沙处，
渡却人间多少人。

"人生的渡口，谁是你灵魂的摆渡人？"

开篇二句写江边春色，用虎眼炯炯有神、圆转流光形容波纹的回旋形态和明丽光泽，以鸭头油亮似翡的翠色形容早春生机盎然、点点新绿的颜色，十分别致。这种写法实非刘禹锡独创，李白"欲往泾溪不辞远，龙门蹙波虎眼转""遥看汉水鸭头绿，恰似葡萄初发醅"都是以虎眼喻波光，以鸭头绿喻春色的妙句。

"君看"发议论，充满禅意。"淘沙"写大浪卷起沙石如同淘米、淘金，浪卷沙起处亦是摆渡过往行人的渡口，而当人们搭乘一叶叶扁舟，历经风浪险阻，穿越洪流险滩终于抵达彼岸时，"渡"的意味已由物质层面的"摆渡"升华为精神层面的蜕变、提升。刘禹锡年少时曾受到诗僧皎然和灵澈在诗歌写作方面的指导。他在贬谪的生活中，又常与弘举、方及等诗僧朋友来往，多少受到了佛家普度众生等思想的影响。结局蕴含哲理，亦表达诗人对芸芸众生的悲悯情怀。

①汴水：起于今河南省荥阳县，东流经安徽，至江苏入淮河。虎眼文：文通纹。形容水波纹很细。②鸭头春：唐时称一种颜色为鸭头绿，这里形容春水之色。此诗言及汴水、清淮，刘禹锡曾于长庆年间任和州刺史。

诗词中的"渡口"

人类文明起源于河流,在大河文明的四大古国文化中,与河流相关的意象成为重要的文学、文化、心理乃至宗教母题。从洪水泛滥之灾中的诺亚方舟、尼罗河畔的芦苇丛中被"救赎"的以色列民族英雄摩西,到为爱化作泡沫的美人鱼,河流孕育了数不尽的文学形象。而渡口是联结河流之间、水陆之间的温情纽带。

每一次船的靠岸,是相见,也是再见;是起点,也是终点;是拥抱,也是吻别。"春潮带雨晚来急,野渡无人舟自横"(韦应物《滁州西涧》)、"瑞草桥边水乱流,青衣渡口山如画"(陆游《瑞草桥道中作》)、"渡口欲黄昏,归人争流喧。近钟清野寺,远火点江村"(岑参《巴南舟中夜市》)……古往今来,多少诗词歌赋赋予渡口以深沉的况味。

抗暴英雄——刘禹锡

刘禹锡的一生,可谓是接连遭受打击又不断抗争反击的抗暴英雄写照。他早年才华显露、平步青云。19岁游学长安,上书朝廷。21岁,与柳宗元同榜考中进士,同年又考中了博学宏词科,后当上监察御史。23岁授太子校书,可谓前途一片光明。然而当这位梦想着治国平天下的有为青年决定与同道志士一同革新藩镇割据、宦官当政的混乱局面,重振大唐江山时,却遭到千层浪的反击。永贞革新惨败,皇帝被逼禅位,志士赐死的、病亡的,剩下柳宗元和白居易被贬到边远苦寒之地,刘禹锡从人生的巅峰顿时跌至谷底。

虽被流放至"巴山楚水凄凉地"23年,刘禹锡依然高歌着"沉舟侧畔千帆过"的时代最强音,一反"自古逢秋悲寂寥",随着晴空鹤鸣引吭高歌。奉诏回京已物是人非,遂又写下"玄都观里桃千树,尽是刘郎去后栽"的讽喻诗,说"我"刘郎走后你们这些小人趁机钻了空子巴结上位。这下得罪权贵,再次光荣下放,且敌手们为解恨,一连将他贬到偏远的广东连州、四川夔州。即便如此,等到再次回京后,重游玄都观,傲骨铮铮的诗人忍不住又发牢骚:"种桃道士归何处?前度刘郎今又来",比上一首诗更露骨、更倔强。这下又激怒了当权者,京城职位黄了,刘禹锡再度被贬至苏州、汝州、同州当刺史的闲职,真是"屡教不改"。他游山玩水,交友唱和,早将名利看淡。也正因如此,晚年回京已名满天下,与柳宗元、白居易、裴度等诗友唱和,赢得了"刘白""刘柳""三杰(刘禹锡、白居易、韦应物)"等生前身后名。

以下哪首不是刘禹锡的著名咏史作品? （　　）
A.《西塞山怀古》　　B.《秋声赋》　　C.《乌衣巷》

刘禹锡（772—842），字梦得，河南洛阳人，唐朝文学家、哲学家，有"诗豪"之称。

酬乐天扬州初逢席上见赠

[唐] 刘禹锡

巴山楚水凄凉地，二十三年弃置身。
怀旧空吟闻笛赋，到乡翻似烂柯人。
沉舟侧畔千帆过，病树前头万木春。
今日听君歌一曲①，暂凭杯酒长精神。

解读赏析 JIEDU SHANGXI

"你为我命运压头鸣不平，我杯酒唱和慰你心。有一种精神叫作：愈挫愈勇。"

刘禹锡这首酬答诗，接过白居易诗的话头，着重抒写贬谪中感怀。赠诗末句中，白居易对刘禹锡的遭遇无限感慨："亦知合被才名折，二十三年折太多。"既感叹刘禹锡的不幸命运，又称赞其才气与名望。因白居易说到23年，刘禹锡在诗的开头就接着说："巴山楚水凄凉地，二十三年弃置身。"自己谪居在巴山楚水这荒凉的地区，算来已经23年了。一来一往，显出朋友之间推心置腹的亲密关系。

接着诗人很自然地发出感慨道：在外23年，如今回来许多故友离世，只能徒然地吟诵"闻笛赋"表示悼念。后一句用王质烂柯的典故，既暗示了自己贬谪时间之久，又表现了时代变迁及回归之后生疏而怅惘的心情，含义丰富。

白居易的赠诗中有"举眼风光长寂寞，满朝官职独蹉跎"，说的是同辈人都升迁了，只有你在荒凉的地方寂寞地虚度年华，颇为刘禹锡抱不平。对此刘禹锡在酬诗中以沉舟、病树比喻自己，固然感到惆怅，却又相当达观。沉舟侧畔，有千帆竞发；病树前头，正万木皆春。他反而劝慰白居易不必为自己的寂寞、蹉跎而忧伤，对世事的变迁和仕宦的升沉，表现出豁达的襟怀。这两句诗意又和白诗"命压人头不奈何""亦知合被才名折"相呼应，但其思想境界要比白诗高，意义也深刻得多。23年的贬谪生活，并没有使他消沉颓唐，正如他在另一首酬和白居易的诗中所写："莫道桑榆晚，为霞犹满天"，他这棵病树仍然要重添精神，迎上春光。因为这两句诗形象生动，至今仍常常被人引用，并赋予它新的意义，说明新事物必将取代旧事物。

正因为"沉舟"这一联诗突然振起，一改前面伤感低沉的情调，尾联便顺势而下，写道："今日听君歌一曲，暂凭杯酒长精神。"点明了酬答白居易的题意。诗人也没有一味地消沉下去，他笔锋一转，又相互劝慰，相互鼓励了。他对生活并未完全丧失信心。诗中虽然感慨很深，但读来给人的感受并不是消沉，相反却是振奋。同时又暗含哲理，表明新事物必将取代旧事物，成为传诵至今的名句。

①歌一曲：指白居易的《醉赠刘二十八使君》。

闻笛赋

"闻笛赋"典出向秀的《思旧赋》。三国曹魏末年,向秀的朋友嵇康、吕安因不满司马氏篡权而被杀害。后来,在一个夕阳西下的寒冬,向秀经过嵇康、吕安的山阳故居,听到邻人吹笛,眼前便浮现出嵇康临刑前"顾视日影,索琴而弹"的凛然之气,不觉感慨万千,悲从中来。贬谪归来的刘禹锡,处境与向秀类似。昔日"永贞革新"的同道志士王叔文、王伾、柳宗元、吕温等人,都已相继死于贬所。自己只身北返,沉痛悲愤之情不言而喻。但政治形势依然严峻,他只得把复杂深挚的感情浓缩在极为简练的诗句中。向秀的赋序虽短,也有三百多字,而刘诗只用七个字,言有尽而意无穷,不愧是用典高手。

烂柯人

"烂柯人",指晋人王质。梁朝的任昉在《述异记》中记载,晋代之时有个叫王质的人到信安郡(今浙江衢州市)的石室山打柴,看到几个童子一边下围棋一边唱歌,便驻足听歌。有个童子给王质一个枣核样的东西,王质把它含在嘴里,就感觉不到饥饿了。过了一会儿,童子对他说:"你还不离开吗?"王质便起身去拿斧子,却发现斧柄已经朽烂。回家后,发现家乡已大变样,他的同龄人都已去世。王质这才恍悟,原来进山遇上了仙人。刘禹锡用王质烂柯的典故,既暗示自己贬谪时间之久,又表现了沧桑巨变带给自己的恍如隔世之感。

刘白唱和的惺惺相惜

刘禹锡去世后,白居易说:"四海齐名白与刘",夸赞友人毫不含混,连带着把自己也给夸了,原来古人也有一点儿不含蓄内敛的时候。笑归笑,刘白感情深是中国文学史上的一段佳话。《旧唐书·刘禹锡传》说"禹锡晚年与少傅白居易友善,诗笔文章,时无在其右者",陈寅恪先生也说,"乐天一生之诗友,前半期为元微之,后半期则为刘梦得",说的都是刘禹锡晚年与白居易的莫逆之交。二人不仅感情好,更重要的是总在一起对诗,还拉上裴度、韦处厚等一群人诗酒唱和,几乎等同于开创了我国古代的诗人"社团"。

这首《酬乐天》从诗题看,"初逢"令人生疑。在刘禹锡被贬二十多年后55岁高龄奉召返回洛阳途经扬州时,刘白才第一次相遇?显然不是。二人旧相识,只是再次相遇,老朋友又忍不住你一句我一句地边喝酒边唱和。白居易先赋了《醉赠刘二十八使君》,刘禹锡回了这首诗。"二十八"是刘禹锡的排行,"使君"是对州郡长官的尊称,可见白对刘又是亲昵又是尊崇。两个人唱和诗作如同棋逢对手,亦友亦敌。白居易甚至在他集结的唱和集的序里说:"彭城刘梦得,诗豪者也。其锋森然,少敢当者。予不量力,往往犯之。夫合应者声同,交争者力敌。一往一复,欲罢不能。"似乎是说自己不自量力挑战大师,我们似乎也可以读出"火药味"。当然,拜这位诗友所赐,刘禹锡"诗豪"的美称由此落定。曹丕在《典论·论文》里说"文人相轻,自古而然",刘白亦敌亦友的深厚友谊恰恰驳斥了我们对于文人内斗的定见,英杰之间亦可惺惺相惜,多么美好的典范!

知识小问答 以下哪首诗没用任何典故? ( )
A.《锦瑟》　　B.《无题》　　C.《登高》

郑思肖，宋末诗人、画家，字忆翁，号所南，自称菊山后人、三外老夫等。

画 菊

[宋]郑思肖

花开不并百花丛，
独立疏篱①趣未穷。
宁可枝头抱香死，
何曾吹落北风中。

解读赏析 JIEDU SHANGXI

"生命的高贵不在于活着，而在于即使面向死亡依然有所持守。"

从古至今，吟咏菊花之诗甚多，题画诗亦不少，郑思肖这首诗别出新意之处在于，不仅赞誉菊之高洁不屈，更托物言志，隐含诗人的人生遭际和理想追求，是一首有着特定内涵的菊花诗。

"花开不并百花丛，独立疏篱趣未穷"，表现人们对菊花的共识。菊花不与百花同时开放，它是不随俗不媚时的高士。"宁可枝头抱香死，何曾吹落北风中"，则进一步写菊花宁愿枯死枝头，也绝不被北风吹落的高洁之志，描绘了菊花傲骨凌霜、孤傲绝俗的形象。

要想真正了解此诗的深意，必须要了解作者的身世背景，方能知人论世。郑思肖为南宋末年的太学上舍，曾应试博学宏词科。元兵南下，郑思肖忧国忧民，上疏直谏，痛陈抗敌之策，却被拒不纳。于是他痛心疾首，孤身隐居苏州，终身未娶。宋亡后，他改字忆翁，号所南，以示不忘故国。他本善画墨兰，宋亡后画兰都不画土，人问其故，答曰："地为人夺去，汝犹不知耶？"多么深痛的亡国之恨，多么硬朗的遗老骨气。所以他以宁可在枝头抱香而死的菊自喻，表达他坚守高尚节操，宁死不肯向元朝投降的决心。可见这首《画菊》倾注了郑思肖的血泪和生命，是他不屈不挠、忠于故国的誓言，可谓是"一把辛酸泪"。

①疏篱：稀疏的篱笆。

南宋诗人的"枯菊"情结

宋代诗人对枯菊的咏叹，已成不解的情结，这当然与南宋偏安的隐痛有关。陆游在《枯菊》中感伤"空余残蕊抱枝干"，朱淑贞《黄花》"宁可抱香枝上老，不随黄叶舞秋风"与郑思肖这首如出一辙。

相较之下，"枝头抱香死"比"抱香枝上老"更为痛切悲壮，且语气磅礴、义无反顾。"何曾吹落北风中"和"不随黄叶舞秋风"相较，前者质询，语气坚定；后者陈述，一个"舞"字带来些许佻达的情调，与主题略游离。郑思肖的诗更加偏向政治隐喻，"北风"分明指向起于北方的蒙古汗国，反抗之情跃然纸上。

吟咏枯菊的三诗并立，而郑思肖这两句诗的忧愤尤为深广，故而这首诗在用于表达"民族气节、忠贞爱国"时显得格外厚重。

史上最耿直的诗人——郑思肖

作为宋朝的孤臣遗老，郑思肖对故国的忠诚坚守近乎"偏执"。因为"肖"为宋朝国姓的组成部分，亡国之后，郑思肖将原名之因改为"思肖"，且字忆翁，表示不忘故国，号所南，日常坐卧，要向南背北。用更名的方式表达对故土的思念，更是对新政权的拒绝。不仅如此，原本与宋朝宗室画家赵孟頫交好，后因赵降元任官，郑与之绝交。

郑思肖这种忠君爱国的耿直与决绝大约与其父的影响有很大关系。郑思肖的父亲郑起（号菊山）本就是南宋有名的刚直耿介之士。郑菊山科考不顺，屡屡不中后潜心学术，后名声被朝中辅政大臣倾慕，推荐他做官，他却觉得因为私下关系授官不光明磊落，于是委婉拒绝。后来郑起因为奸臣郑清之任宰相，竟然登门造访，历数其罪，于是入狱。可以说，郑思肖完全继承了其父方直严毅、狷介耿直的个性。

郑思肖一生悲苦凄凉，22岁失父，36岁丧母，妹妹落发为尼，下落不明。他誓不降元，几经迁居，38岁完成了自己的诗文集《心史》，熔铸了一生对祖国的侠肝义胆。78岁病故前，嘱其友为画一牌位，曰："大宋不忠不孝郑思肖"，语讫而卒。梁启超穷日夜之力读《心史》，每尽一篇辄热血"腾跃一度"，深有感慨地说："此书一日在天壤，则先生之精神与中国永无尽也。"

诗人郑思肖除了咏菊最爱什么花？　　　　　　　　　　　　　　　（　　）
A. 兰花　　　B. 梅花　　　C. 莲花

王安石,字介甫,号半山,北宋著名思想家、政治家、文学家、改革家。

登飞来峰

[宋]王安石

飞来山上千寻塔,
闻说鸡鸣见日升。
不畏浮云遮望眼[①],
只缘身在最高层。

"万里豪情登楼赋:改革家的胸襟。"

诗的首句用"千寻"这一夸张的词语,借写峰上古塔之高,写出自己的立足点之高。第二句巧妙地虚写出听闻中在高塔上看到的日出的辉煌景象,表现了诗人朝气蓬勃、胸怀改革大志、对前途充满信心,成为全诗的感情基调。

诗的后两句承接前两句写景议论抒情。古人常有浮云蔽日、邪臣蔽贤的忧虑,而诗人却加上"不畏"二字,表现了诗人在政治上高瞻远瞩,不畏奸邪的勇气和决心。后两句是全诗的精华,蕴含深刻的哲理:人不能只为眼前的利益,应该着眼于大局和长远。

在写作手法上,起句写飞来峰的地势,又写峰上有千寻之塔,足见其高。此句极写登临之高险,次句写目及之辽远。第三句"不畏"二字作峻语,气势夺人。第四句用"身在最高层"拔高诗境,有高瞻远瞩的气概。作者点睛之笔,正在结语。若就情境说,语序应是"因为身在最高层,所以不畏浮云遮目",但作者却倒过来,先说果,后说因;一因一果的倒置,说明诗眼的转换。这虽是作诗的常法,亦见出作者构思的精深。

①望眼:视线。

不动声色地用典

这首诗中有两处用典极为隐蔽,虽是铺垫之笔,亦不可等闲视之,实景语中的高唱。

"鸡鸣见日升"的典故,出自《玄中记》。"桃都山有大树,曰桃都,枝相去三千里。上有天鸡,日初出照此木,天鸡即鸣,天下鸡皆随之。"以此观之,则"闻说鸡鸣见日升"七字,不仅言其目及万里,亦言其闻名遐迩,有敢为天下先、引领时代风尚的改革家之锐气,颇具气势。且作者用事,深具匠心。如典故中"日初出照此木,天鸡即鸣",本是"先日出,后天鸡鸣",但王安石不说"闻说日升听鸡鸣",而说"闻说鸡鸣见日升",是"先鸡鸣,后日升"。诗人用事,常有点化,此固与平仄有关,抑或意有另指。

"浮云遮望眼"之典,据吴小如教授考证,西汉人常把浮云比喻为奸邪小人。如《新语·慎微篇》:"故邪臣之蔽贤,犹浮云之障日也。"王句即用此意。他还有一首《读史有感》的七律,颔联云:"当时黮暗犹承误,末俗纷纭更乱真",欲成就大事业,最可怕者莫甚于"浮云遮目""末俗乱真",而王安石以后推行新法,恰败于此。诗人良苦用心,于此诗已见端倪。

被政治耽误的文学家——王安石

宋仁宗皇祐二年(公历1050年)夏,王安石在浙江鄞县知县任满回江西临川故里时,途经杭州,写下此诗,是他初涉宦海之作。此时诗人只有30岁,正值壮年,抱负不凡,正好借登飞来峰一抒胸臆,表达宽阔情怀,可看作实行新法的前奏。

王安石掀起北宋变法的大潮,可谓是功过难评。王安石变法,本意是改变积贫积弱的局面,却因为实施严峻,加之触碰了既得利益者的蛋糕,从台后立即遭到阻力。场面甚至到了抱团反对的地步,满朝但凡有点头有脸的高官,轻的私下吐槽,激烈的更是连连疾呼,御史中丞司马光天天在朝堂上骂,老宰相韩琦退休前还不停地说坏话。"变"到最激烈的几年,后宫老太后都一怒跑到宋神宗面前号哭,非要拦住变法不可。面对朝野上下的层层压力,王公还是咬牙扛住,可见此人多大的心理承受力和变革社会的决心。

其实如果不是身心扑在政治上,王安石从小呈现的文学才华十分突出,如果投身于文学,或许可以取得更大的成就。但也正是因为王安石怀江山社稷的胸襟,使他的文章,尤其是议论文针对社会现实,直陈己见,简洁峻切,短小精悍,形成了"瘦硬通神"的独特风貌,具有不容置辩的逻辑力量。后期诗歌创作"穷而后工",注重字句锤炼,形成独特的"王荆公体"风格。

 本诗中一共有几处用典? （　　）
A. 一处　　　B. 两处　　　C. 三处

李白（701—762），字太白，号青莲居士，又号"谪仙人"，唐代伟大的浪漫主义诗人。

月下独酌·其一

［唐］李白

花间一壶酒，独酌无相亲。
举杯邀明月，对影成三人。
月既不解饮，影徒随我身。
暂伴月将影，行乐须及春。
我歌月徘徊，我舞影零乱。
醒时同交欢，醉后各分散。
永结无情游①，相期邈云汉②。

"最浪漫的孤独是对着月亮喝酒，和自己的影子一起跳舞。"

《月下独酌》这组诗共四首，以第一首流传最广。此诗写诗人由政治失意而产生的一种孤寂忧愁的情怀。诗中把寂寞的环境渲染得十分热闹，不仅笔墨传神，更重要的是表达了诗人独自排遣寂寞的旷达不羁的个性和情感。

诗歌的背景是花间，道具是一壶酒，登场角色只是诗人一个人，动作是独酌，加上"无相亲"三个字，场面单调得很。于是诗人突发奇想，把天边的明月和月光下自己的影子拉了过来，连自己在内，化成了三个人，举杯共酌，冷冷清清的场面，顿觉热闹起来。然而月不解饮，影徒随身，仍归孤独。因而自第五句至第八句，从月影上发议论，点出"行乐及春"的题意。最后六句为第三段，写诗人执意与月光和身影永结无情之游，并相约在邈远的天上仙境重见。

诗人运用丰富的想象，表现出一种由独而不独，由不独而独，再由独而不独的复杂情感。全诗以独白的形式，自立自破，自破自立，诗情波澜起伏而又纯乎天籁，因此一直为后人所传诵。

①无情游：月、影没有知觉，不懂感情，李白与之结交，故称"无情游"。②相期邈（miǎo）云汉：约定在天上相见。期，约会。邈，遥远。云汉，银河。这里指遥天仙境。"邈云汉"一作"碧岩畔"。

李白之死和月亮有关?

李白对月情有独钟,不亚于他对酒的偏爱。总有一些意象成为诗人的代名词,譬如说到菊,我们就想到陶渊明;说到梅,我们就想到林和靖。同样,月是李白诗中的老朋友,几乎成为他的个性签名。

李白笔下的明月,是"举头望明月,低头思故乡"的乡愁,是"随风直到夜郎西"的愁心,是"俱怀逸兴壮思飞,欲上青天览明月"的豪情,更是在夜阑人散后陪伴他独坐的老友。

天边的明月,时而是高不可攀的冷峻,时而又似酒友与影同行,时而注视着人间朝代更替、几番轮回。所以李白把酒问月,问出了"人攀明月不可得,月行却与人相随"的天真热忱,问出了"今人不见古时月,今月曾经照古人"的永恒时空,问出了"唯愿当歌对酒时,月光长照金樽里"的豪迈洒脱。

就连李白的死,也和浪漫的月亮相关。据说,李白在饮酒时突发奇想,看到了星空中的月亮,便想捞起它。谁知月儿不听话,竟越走越远,直到李白坠落水中身亡。

尽管后人考订出"饮酒过度而死""脓胸症慢性化,向胸壁穿孔",大家似乎更愿意接受"捞月而死"的说法,因为这是最"李白式"的死法。

"盛唐气象"代表人物——李白

林庚先生为李白写了一本书,就叫《诗人李白》。书中,林先生认为中国诗歌的高潮在盛唐,而"盛唐气象"的代表人物首推李白。他说李白"从那上山的路走上了山尖,一望四面辽阔,不禁扬眉吐气,简直是'欲上青天览明月'了",时代赋予他"自由丰富的想象,少年的解放的精神",因而成了"站在那时代的顶点上,歌唱出整个民族的面貌与命运的最伟大的诗人"。这番激情澎湃的抒情不可谓不是对这位浪漫主义诗人的浪漫主义致敬。

但回顾李白的一生,他不仅经历了高歌猛进的开元盛世,也经历了"安史之乱"的巨大转折。"赐金放还"后的李白一直过着相当于流放的无业游民生活。李白的诗作中,除了有一掷千金的豪气、黄河之水天上来的奇崛,更有对社会黑暗、朝野腐败、生灵涂炭的无情揭露。他的一系列"古风"尤其表达出他对时政的讽喻和怀才不遇的激愤。顾随先生在讲授古典诗词课的时候,专讲李白的古体诗,认为"太白之古乃越六朝而上之,虽古实亦新",可用"高致"概括其境界。所以,林庚先生也说,"七古七绝乃是李白最杰出最典型的成就,而且说明着李白的性格",对于万乘之君,他敢直言"珠玉买歌笑,糟糠养贤才"(《古风》),"君失臣兮龙为鱼,权归臣兮鼠变虎"(《远别离》),视权贵为草芥。这种"不屈己,不干人,巢由以来,一人而已","出则以平交王侯,遁则以俯视巢许"的无畏的平民气,又何尝不体现出一个伟大时代的平权意识与自由思想?

知识小问答	以下哪位诗人不是盛唐诗人? ( )
	A. 王维　　B. 崔颢　　C. 白居易

陆游（1125—1210），字务观，号放翁，南宋文学家、史学家、爱国诗人。

书 愤

[宋]陆游

早岁①那知世事艰，中原北望气如山。
楼船夜雪瓜洲渡，铁马秋风大散关。
塞上长城空自许，镜中衰鬓已先斑。
出师一表真名世，千载谁堪伯仲间。

"世间最苍凉的悲怆，不外乎英雄易老，美人迟暮，只能在梦中为国征战。"

当英雄无用武之地时，他会回到铁马金戈的记忆里去的。想当年，诗人北望中原，收复失地的壮心豪气，有如山涌，何等气魄！诗人何曾想过杀敌报国之路竟会如此艰难？以为我本无私，倾力报国，那么国必成全于我，孰料竟有奸人作梗、破坏以至于屡遭罢黜。诗人开篇自问，问出多少郁愤？

颔联，写宋兵在东南和西北抗击金兵进犯，也概括诗人过去游踪所至。雄伟的战舰在飘雪之夜挺进，铁蹄骠马在秋风肃杀中抵关。"楼船"与"夜雪"，"铁马"与"秋风"，意象两两相合，便有两幅开阔、壮盛的战场画卷。意象选取甚为干净、典型。

颈联，借用南朝时刘宋名将檀道济曾自称为"万里长城"的典故。陆游以此自许，可见其少时之磅礴大气，捍卫国家，扬威边地，舍我其谁。然而，如今诗人壮志未酬的苦闷全悬于一个"空"字。大志落空，奋斗落空，而揽镜自照，却是衰鬓先斑，皓首皤皤，两相比照，何等悲怆。再想，这一结局，非我不尽志尽力所致，而是小人误我，有心天不予，悲怆便为郁愤。

尾联亦用典明志。诸葛坚持北伐，虽"出师一表真名世"，但终归名满天宇，"千载谁堪伯仲间"。很明显，诗人用意在贬斥那朝野上下主持的碌碌小人，表明自己恢复中原之志亦将"名世"。通过诸葛亮的典故，追慕先贤的业绩，表明自己的爱国热情至老不渝，渴望效法诸葛亮，施展抱负。

回看整首诗歌，可见句句是愤，字字是愤。以愤而为诗，诗便尽是愤。

①早岁：年轻时。

陆游为何在南宋词坛地位不高

陆游的一生，几乎是南宋朝廷面对内忧外患中风雨飘摇的黯淡背景里最具亮色的一抹赤胆忠心，亦是集文人担天下之任与武夫赳赳志气之勇于一体的典范爱国士大夫的缩影。少年时在家中受到爱国主义熏陶，立下"上马击狂胡，下马草军书"的志气，青年时科举考试时因才华过人而遭遇被权臣除名的挫败，中年短暂军旅生活的体验和出任朝廷重臣的踌躇满志，老年时作为主战派，受投降派打击排挤独居乡村的凄凉寂寞，都带着深深的山河破碎家国飘摇的烙印，让人读之心灵震撼。

但提起南宋词坛，却首推辛弃疾，但其实陆游词作不多不是才华所限，而是个人有意选择。他"有意要做诗人"，对作词心存鄙视，因为南宋偏安后士大夫词作偏向吟花咏月的南唐之风。他反对雕琢辞藻和追求奇险，故其诗语言"清空一气，明白如话"。因而，作为"辛派词人"的中坚人物，与其诗相比陆游的词并不多。但陆游才气超然，并曾身历西北前线，因此也创造出了稼轩词所没有的一种艺术境界。这位爱国诗人一生的诗词作品大部分抒发的是慷慨激昂的报国热血和壮志难酬的苍凉悲怆，他特别擅长将理想化为梦境而与现实的悲凉构成强烈的对比，荡气回肠而悲怆动人。

为国恨家恨所累的诗人——陆游

宋高宗绍兴三十一年（1161年）十一月，金主完颜亮南侵，宋军在瓜洲一带拒守，后金兵溃退，诗作中的"瓜洲渡"便指此。宋孝宗乾道八年（1172年），陆游正在南郑参加王炎军幕事，诗人与王炎积极筹划进兵长安，曾强渡渭水，与金兵在大散关发生遭遇战。诗中这两句概括的辉煌的过去恰与空自许、鬓先斑的眼前形成鲜明对比。真是有心杀贼，无力回天，恢复中原之机不再，诗人之心何啻于泣血？

其实陆游不仅由于主战而遭奸臣忌惮，仕宦波折不顺，爱情遭遇也极为坎坷悲催。他和表妹唐婉青梅竹马，婚后琴瑟和鸣。不承想因唐婉不孕，陆母执意迫使二人离婚。陆游依母意另娶王氏为妻，唐婉也迫于父命嫁给同郡的赵士程。于是有了文学史上凄美动人的沈家花园对词。十年后沈家花园重逢，已嫁作他人妇的唐婉与陆游只能相望于江湖。悲痛的陆游正准备离开，唐婉命下人送来一壶酒和她亲自做的陆游爱吃的四碟小菜，陆游体会到前妻的深情，酒入愁肠，在粉墙之上奋笔题下《钗头凤》。一连串"错！错！错"和"莫！莫！莫"的感慨让后来读到词作的唐婉失声痛哭，也题下了一首道尽凄楚无奈的"难！难！难"。《钗头凤》后，她不久就郁郁而终。

此后，陆游北上抗金，又转川蜀任职，几十年的风雨生涯，依然无法排遣诗人心中的眷恋与遗憾。67岁重游沈园再读当年自己的题词和唐婉的回应后，又愤然题诗。此后他几乎住在沈园附近，"每入城，必登寺眺望，不能胜情"，重游故园必定留下诗作感怀。真可谓"文章憎命达"，国恨家恨落笔惊魂。

 南宋词坛辛弃疾、陆游谁为首？　　　　　　　　　　　　　　　　　　（　　）
A. 陆游　　B. 辛弃疾

> 辛弃疾，原字坦夫，后改字幼安，号稼轩，南宋豪放派词人、将领，有"词中之龙"之称。

南乡子·登京口北固亭有怀

[宋] 辛弃疾

何处望神州①？满眼风光北固楼②。
千古兴亡多少事？悠悠。不尽长江滚滚流。
年少万兜鍪，坐断东南战未休。
天下英雄谁敌手？曹刘。生子当如孙仲谋。

"滚滚长江东逝水，道不尽的六朝兴废事，流不完的千古英雄泪。"

辛弃疾在公元1203年（宋宁宗嘉泰三年）六月末被起用为绍兴知府兼浙东安抚使后不久，即第二年阳春三月，改派到镇江去做知府。镇江，在历史上曾是英雄用武和建功立业之地，此时成了与金人对垒的第二道防线。每当他登临京口（即镇江）北固亭时，触景生情，不胜感慨系之。这首词就是在这一背景下写成的。

"望神州"的登楼远眺，"满眼风光"视线收回到北固亭。看着无尽的东流之水，想到千古兴亡、朝代更迭，揾英雄泪。"悠悠"者，兼指时间之漫长久远，和词人思绪之无穷。

"年少万兜鍪，坐断东南战未休。"三国时期的孙权年纪轻轻就统率千军万马，雄踞东南一隅，奋发图强，战斗不息。作者在这里一是突出了孙权的年少有为，"年少"而敢于与雄才大略、兵多将广的强敌曹操较量，这就需要非凡的胆识和气魄。二是突出了孙权的盖世武功，他不断征战，不断壮大。而他之"坐断东南"，形势与南宋政权相似。显然，稼轩热情歌颂孙权的不畏强敌、坚决抵抗，并战而胜之，反衬当朝文武之辈的庸碌无能、怯懦苟安。

接下来，辛弃疾为了把这层意思进一步发挥，不惜以夸张之笔极力渲染孙权不可一世的英姿。他异乎寻常地第三次发问以提醒人们注意："天下英雄谁敌手？"作者自问又自答曰："曹刘"，唯曹操与刘备。据《三国志·蜀书·先主传》记载，曹操曾对刘备说："今天下英雄，惟使君（刘备）与操耳。"辛弃疾便借用这段故事，把曹操和刘备请来给孙权当配角，说天下英雄只有曹操、刘备才堪与孙权争胜。

从"生子当如孙仲谋"这句话的蕴含和思想深度来说，南宋时代人，如此看重孙权，实是那个时代特有的社会心理反映。南宋朝廷实在太萎靡庸碌了，在历史上孙权能称雄江东于一时，而南宋经过了好几代皇帝，却没有出一个像孙权这样的人。所以，"生子当如孙仲谋"这句话，本是曹操的语言，而由辛弃疾说出，却代表了南宋人民要求奋发图强的时代的呼声。

①神州：指中原地区。②北固楼：北固亭。

辛弃疾推崇孙权的真正原因

三国争雄的故事在《三国演义》里已被演绎得尽人皆知。究竟谁是英雄？英雄仅仅是历史的胜利者吗？在这首词中，词人心中的天平是完全偏向孙权的。词人把孙权作为三国时期第一流叱咤风云的英雄来颂扬，极力赞颂孙权的年少有为，突出他的盖世武功。原因究竟为何？

其原因是孙权"坐断东南"，形势与南宋极似。所以作者这样热情赞颂孙权的不畏强敌，也是对苟且偷安、毫无振作的南宋朝廷的鞭挞。末句说得更狠，偷偷掉书袋。《三国志·吴书·吴主传》注引《吴历》说：曹操有一次与孙权对垒，见吴军乘着战船，军容整肃，孙权仪表堂堂，威风凛凛，乃喟然叹曰："生子当如孙仲谋，刘景升（刘表）儿子若豚犬耳！"一世之雄如曹操，对敢于与自己抗衡的强者投以敬佩的目光，而对于那种不战而降的懦夫，如对刘景升儿子刘琮，则十分轻视，斥为任人宰割的猪狗。把大好江山拱手让给敌人，还要被敌人耻笑辱骂。

作者在这里引用了前半句，没有明言后半句，实际上是借曹操之口，讽刺当朝主议的大臣们。曹操所一褒一贬的两种人，形成了鲜明、强烈的对照，在南宋摇摇欲坠的政局中，也有着主战与主和两种人。聪明的词人只做正面文章，对刘景升儿子这个反面角色，便不指名道姓以示众了。这种类似说了一半不说的"歇后语"的表现手法，别开生面，曲尽其妙，而又意在言外。

官场失意的诗人——辛弃疾

辛弃疾步入政坛的序幕以抗金立下军功拉开。宋高宗绍兴三十一年（1161年），金主完颜亮大举南侵。21岁的辛弃疾参加了抗金起义军并担任掌书记。后金人内乱，完颜亮在前线为部下所杀，金军向北撤退，辛弃疾奉命南下与南宋朝廷联络。在他完成使命归来的途中，听到起义军首领被叛徒杀害、义军溃散的消息，便率领五十多人袭击几万人的敌营，把叛徒擒拿带回建康，交给南宋朝廷处决。这番惊人的勇敢与果断使他名噪一时。宋高宗亲自任命他为江阴签判，从此开始了他在南宋的仕宦生涯，这年他才25岁。

可是他之后的宦途就不那么平顺了。辛弃疾初到南方时，对南宋朝廷的怯懦和畏缩并不了解，加上高宗曾赞许他的英勇行为，即位的宋孝宗也一度表现出想要恢复失地、报仇雪耻的锐气，所以在他南宋任职的前一时期中，曾写了不少有关抗金北伐的建议，如《美芹十论》《九议》等。尽管这些建议书在当时深受人们称赞，但朝廷却反应冷淡，只对辛弃疾表现出的实际才干很感兴趣，先后把他派到江西、湖北、湖南等地担任转运使、安抚使一类重要的地方官职，负责治理荒政、整顿治安。

现实对辛弃疾是残酷的。他虽有出色的才干，但他豪迈倔强的性格和执着北伐的热情，却使他难以在官场上立足。然而"国家不幸诗家幸"，辛弃疾将他抗金志难酬的愤慨与英雄失路、壮士闲置的愤懑浇铸到了文学创作中。爱国报国的激情与英雄末路之悲成为辛的主旋律，浓烈炽热的感情抒发是辛词的基本格调，也成就了南宋词坛豪放派代表"苏辛"并称、"词中之龙"的美名。

有"词中之龙"之称的南宋词人是谁？　　　　　　　　　　　　　　（　　）
A. 辛弃疾　　　B. 李清照　　　C. 叶绍翁

龚自珍,号定庵,清代思想家、诗人、文学家和改良主义的先驱者。

漫　感

[清]龚自珍

绝域从军计惘然①,
东南幽恨满词笺。
一箫一剑平生意,
负尽狂名十五年。

解读赏析

"一箫一剑间的英姿豪气,都化作春泥护花的一片爱国魂。"

这是一首充满强烈爱国主义激情的诗篇,诗中吐露仗剑从军的爱国情怀,也抒发出壮志难酬的忧愤与怅惘。

"绝域从军计惘然,东南幽恨满词笺"两句感慨立功边塞之志不能如愿,只得借诗把闲散于东南的满腔幽恨抒发出来。由"绝域从军"即一向关注的西北边疆局势遥遥说起,实指"气寒西北何人剑"的经世雄心,可是现实中哪里能寻得这样一个舞台?早在十年前,他就清醒地认识到"纵使文章惊海内,纸上苍生而已!似春水、干卿甚事"(《金缕曲·癸酉秋出都述怀有赋》),如今不也落得"幽恨满词笺"的结局吗?那么所谓"幽恨"又何指?诗人尝自陈"怨去吹箫,狂来说剑,两样销魂味"(《湘月·壬申夏泛舟西湖》),或者大展雄才,或者远避尘嚣,这是他平生心事之不可分割的两个层面。于是有下文"负尽狂名"的情极之语,郁勃苍凉,令人蓦然动容。

"一箫一剑平生意,负尽狂名十五年。"后两句直抒胸臆。诗人在《己亥杂诗》中曾有"少年击剑更吹箫,剑气箫心一例消"的愤慨,正可做这两句的注脚。立志革新的诗人,本想以"剑"与"箫"这一武一文来实现改革社会的愿望,而今写了一些满纸幽恨的辞章,丝毫无助于补偏救弊,岂不是徒具狂名?全诗意境雄浑,感情奔放,有强烈的感人力量。

①惘然:愁状的样子。

最有名的句子是写给神仙的

龚自珍最有名的榜上金句莫属"我劝天公重抖擞，不拘一格降人才"，但并不是每个人都知道这首《己亥杂诗》的附注诠释的写作背景："过镇江，见赛玉皇及风神雷神者，祷词万数。道士乞撰青词。"说是龚自珍路过镇江之时，刚好遇见一个祭祀玉帝的大会。主持的道士认识龚自珍，求他作了这首青词。青词是一种写给神仙看的文体，越是写得别人看不懂，就越被认为水平高。明朝权臣严嵩的儿子严世藩，就是靠写这些辞藻华丽但言之无物的青词起家的。而龚自珍这首临时写下的随手之作，格调之高，立意之远，针砭时弊，大有震天撼地之感，当得上千年来青词当中极其少有的传世之作。

天才诗人龚自珍的成长故事

龚自珍出身于书香世家，从小开蒙早，算是天才神童级人物。8岁起学习研究《经史》《大学》。12岁跟从同时是清代著名训诂学、经学家的姥爷段玉裁学《说文》，同时，在文学上，也显示了其创作的才华。13岁作《知觉辨》。15岁诗集编年。18岁倚声填词，乡试中试副榜第28名。按说前途应一马平川，可之后却一再落榜。

一再落榜或许与其桀骜不羁又直言的个性有关，坊间的两个段子足以说明。

一则出自《说龚定庵》："乙丑，龚卷落王中丞房，阅头场第三篇，以为怪，笑不可遏。隔房温平叔侍郎闻之，索其卷阅，曰：'此浙江卷，必龚定庵也，性喜骂。如不荐，骂必甚，不如荐之。'王荐而得隽。"这则故事说的是龚自珍以骂人闻名，会试的考官王植怕被骂于是录取了他。这当然是个笑话，足可见龚自珍中举前就以直言闻名。

第二则故事说的是龚自珍字丑，解释了龚自珍为何在后面的殿试落榜。其实真正的原因是他在殿试的对策中模仿王安石"上仁宗皇帝言事书"，撰写了《御试安边抚远疏》，议论新疆平定准格尔叛乱后的善后治理，从施政、用人、治水、治边等方面提出改革主张。他"胪举时事，洒洒千余言，直陈无隐，阅卷诸公皆大惊"。主持殿试的大学士曹振镛是个有名的"多磕头、少说话"的三朝不倒翁，为了不惹祸上身，他以"楷法不中程"即字写得太差为由，没有被列入优等，这让龚自珍与进入翰林院的机会失之交臂。

据说龚自珍殿试失利之后，对此愤愤不平，回到家中让妻女苦练书法，后来果然个个都精通楷书，尤其是妻子何颉云书法尤佳。这听起来难免有些辛酸的荒诞感，但诗人用这种方式表达对朝廷取士不良风气的一种无声抗议，也可以见出一个时代的荒诞与愚昧。

知识小问答	龚自珍创作第一部作品《知觉辨》时多大？ A.13岁　　B.15岁　　C.17岁	（　）

陆游（1125—1210），字务观，号放翁，南宋文学家、史学家、爱国诗人。

临安春雨初霁

[南宋]陆游

世味年来薄似纱，谁令骑马客京华。
小楼一夜听春雨，深巷明朝卖杏花。
矮纸斜行闲作草，晴窗细乳①戏分茶②。
素衣③莫起风尘叹④，犹及清明可到家。

解读赏析

"听了一夜的雨，听到了清晨叫卖杏花声，心中的愁思却无从散去。"

诗人只身住在小楼上，彻夜听着春雨的淅沥；次日清晨，深幽的小巷中传来了叫卖杏花的声音，告诉人们春已深了。绵绵的春雨，由诗人的听觉中写出；而淡荡的春光，则在卖花声里透出。写得形象而有深致。

在这明艳的春光中，诗人在做什么呢？于是有了五六两句。

"矮纸"就是短纸、小纸，"草"就是草书。陆游擅长行草，从现存的陆游手迹看，他的行草疏朗有致，风韵潇洒。陆游客居京华，闲极无聊，所以以草书消遣。因为是小雨初霁，所以说"晴窗""细乳"，即沏茶时水面呈白色的小泡沫。"分茶"指鉴别茶的等级，这里就是品茶的意思。无事而作草书，晴窗下品着清茗，表面上看，是极闲适恬静的境界，然而在这背后正藏着诗人无限的感慨与牢骚。国家正是多事之秋，而诗人却在以作书品茶消磨时光，真是无聊而可悲。于是再也按捺不住心头的怨愤，写下了结尾两句。

"犹及清明可到家"实为激楚之言：作为一介素衣，不要兴起风尘会沾污我衣的感叹，等到清明就可以回家了。偌大的杭州城，竟然容不得诗人有所作为，悲愤之情见于言外。

①细乳：沏茶时水面呈白色的小泡沫。②戏，原作"试"。分茶：宋元时煎茶之法。注汤后用箸搅茶乳，使汤水波纹变幻成种种形状。③素衣：诗人对自己的谦称（类似于"素士"）。④风尘叹：因风尘而叹息。

乐景中的哀情

"小楼"一联是陆游的名句,语言清新隽永。传说这两句诗后来传入宫中,深为孝宗所称赏,可见一时传诵之广。历来评此诗的人都以为这两句细致贴切,描绘了一幅明艳生动的春光图,但没有注意到它在全诗中的作用不仅在于刻画春光,而是与前后诗意浑然一体的。

其实,"小楼一夜听春雨",正是说绵绵春雨如愁人的思绪。在读这句诗时,对"一夜"两字不可轻易放过,它正暗示了诗人一夜未曾入睡,国事家愁伴着这雨声而涌上眉间心头。李商隐的"秋阴不散霜飞晚,留得枯荷听雨声",是以枯荷听雨暗寓怀友之相思。晁君诚"小雨愔愔人不寐,卧听嬴马乾残刍",是以卧听马吃草的声音来刻画作者彻夜不能入眠的情景。陆游这里写得更为含蓄深蕴,他虽然用了比较明快的字眼,但用意还是要表达自己的郁闷与惆怅,而且正是用明媚的春光作为背景,才与自己落寞的情怀形成了鲜明对照。

陆游的"杏花春雨"

在陆游的众多著名诗篇中,有壮怀激烈的爱国忧民之作,如《关山月》;有寄梦抒怀、悲愤凄切之作,如《十一月四日风雨大作》,这些诗不是直抒胸臆、痛切陈词,就是笔墨纵横、抚古思今,都是雄壮的大气磅礴之作。作者也有优美淳朴的乡村生活描写,如《游山西村》,也有缅怀爱情、追思往日幸福的伤感之作,如《沈园》。然而这些情感奔涌而出的诗作都与《临安春雨初霁》极不相似。

《临安春雨初霁》没有豪唱,也没有悲鸣,没有愤愤之诗,也没有盈盈酸泪,有的只是结肠难解的郁闷和淡淡然的一声轻叹,"别是一番滋味在心头"。身在繁荣帝都,作者却身不由己。临安城虽然春色明媚,但偏安一隅,忘报国仇,粉饰太平。作者在表面的升平气象和繁荣面貌中看到了世人的麻木、朝廷的昏聩,想到了自己未酬的壮志。但他既不能高唱,又无法托情于梦,只好借春色说愁绪。

可以说《临安春雨初霁》反映了作者内心世界的另一面,作者除了在战场上、幕帐中和夜空下高唱报国,偶尔也有惆怅徘徊的时候。但陆游毕竟是陆游,他不会永久地停留在"闲""戏"之上。不久后他在严州任上,仍坚持抗金,并且付诸行动,表达于诗文,终于又被以"嘲咏风月"的罪名罢官。他的绵绵"杏花春雨",在《十一月四日风雨大作》中,发展成了"铁马冰河入梦来"的疾风骤雨。

以下哪首诗没有用到"以乐景写哀情"? （　　）
A.《春望》　　　B.《雨霖铃》　　　C.《秋思》

林则徐，福建侯官县人，字元抚，清朝时期的政治家、思想家和诗人。

赴戍登程口占示家人·其二

[清]林则徐

力微任重久神疲，再竭衰庸定不支。
苟利国家生死以，岂因祸福避趋之。
谪居正是君恩厚，养拙①刚于戍卒宜。
戏与山妻谈故事，试吟断送老头皮。

"他让我们看到一代民族魂身上以身许国的决绝。"

首联说自己以微薄的力量为国担当重任，早已感到疲惫。如果继续下去，无论自己衰弱的体质还是平庸的才干必定无法支持。这与孟浩然的"不才明主弃"、杜牧的"清时有味是无能"等诗句一样，都是正话反说，对朝廷的不用发牢骚。

颔联已成为百余年来广为传诵的名句，也是全诗的思想精华之所在，它表现了林则徐刚正不阿的高尚品德和忠诚无私的爱国情操。"生死以"语出《左传·昭公四年》：郑国大夫子产因改革军赋制度受到别人毁谤，他说："苟利社稷，死生以之。"这里的"以"字原意是"为""做"或"从事"，准确地理解它的含义才能读懂全诗。

颈联、尾联从字面上看似乎心平气和、逆来顺受，其实心底却埋藏着剧痛，细细咀嚼品味，似有万丈波澜。"谪居"，意为罢官回乡或流放边远地区。按封建社会的惯例，大臣无论受到什么处分，只要未曾杀头，都得叩谢皇恩浩荡。这就像普希金笔下那个忠心耿耿而无端受责的俄国老奴对暴戾的主子说的话一样："让我去放猪，那也是您的恩典。"接下来说："到边疆做一个多干体力活、少动脑子的'戍卒'，对我正好是养拙之道。""刚"，即"刚好""正好"。也就是说："您这样处理一个罪臣再合适不过了。"

对仗工整而灵活，是此诗写作技巧上的一个特点。如以"国家"对"祸福"，以"生死"对"避趋"，按词性来说，都是正对。"生死以"的"以"字作"为"解，是动词；而"之"字是虚词。作者既用"以"字的实词义表达思想内容，又借它的虚词义来与"之"字构成对仗，显示了驾驭文字的深厚功力。

①养拙：犹言藏拙，有安守本分、不显露自己的意思。

老头皮:发牢骚的戏谑之语

尾联从赵令《侯鲭录》中的一个故事生发而来:宋真宗时,访天下隐者,杞人杨朴奉召廷对,自言临行时其妻送诗一首云:"更休落魄贪杯酒,亦莫猖狂爱咏诗。今日捉将官里去,这回断送老头皮。"杨朴借这首打油诗向宋真宗表示不愿入朝为官。林则徐巧用此典,幽默地说:"我跟老伴开玩笑,这一回我也变成杨朴了,弄不好会送掉老命的。"言外之意,等于含蓄地对道光帝表示:"我也伺候够您了,还是让我安安生生当老百姓吧。"封建社会中的一位大忠臣,能发出这样的牢骚,也就达到极限了。我们认真体味这首七律,当能感觉出它和屈原的《离骚》一脉相通的心声。

"睁眼看世界第一人"——林则徐

这首诗作于壬寅年(1842年)八月,鸦片战争后朝野上下将矛头指向林则徐,他由民族英雄转身被指责为历史罪人。充军去伊犁途经西安留别家人时,写下这首满腹悲愤的诗作。林则徐还作自注,引了杨朴写东坡赴狱前对妻子的戏言,表明了林则徐在禁烟抗英问题上,不顾个人安危的态度,虽遭革职充军也无悔意。

其实这位开近代中国之眼、"睁眼看世界第一人"的先锋者出身贫寒,父亲是个教书先生,是闽中著名氏族九牧林的后代。尽管林则徐家境寒苦,但是非常重视教育。4岁时,父亲林宾日已将他携入塾中,教以晓字。7岁熟练文体,在当时来说是非常早的事。

父亲的教学方法不同于一般教书先生,教育态度既讲究又开明。他不仅注重追求学问,还注重品格修养;不求死背,不求体罚,循循善诱,因材施教。在他的教育下,林则徐很小就显示出过人的聪慧,八九岁时就在学堂上写出了"海到无涯天作岸,山登绝顶我为峰"的诗句,震惊四座。

后来进入书院更是接触了抱有"经世致用"之学的汉学家陈寿祺等人,立下经世救国之志。林则徐虽然不是活跃于交际圈的人,但他做官后加入了由地位不高的京官组成的宣南诗社,结交黄爵滋、龚自珍、魏源等人,并且很快成为社团领导者。这几个人日后都成为开时代之先风者,可谓志同道合者。

主持禁烟后,林则徐有意识、有目的地收集外文报刊、书籍进行翻译,以求获得有价值的情报,加深朝廷、国人对"西洋"的了解。他的朋友魏源在他任江苏巡抚时往来密切,写下了介绍西学、科技的重要著作《海国图志》,将林则徐"师夷长技以制夷"的思想落诸笔端。他的超前眼光、爱国之志、为民之心使他成为中国第一代睁眼看世界的知识分子最强有力的代言人。

知识小问答 以下哪个身份不属于林则徐? ( )
A. 书法家   B. 诗人   C. 教育家

鲁迅，原名周树人，字豫才，浙江绍兴人，著名文学家、思想家、中国现代文学奠基人。

自 嘲

［现代］鲁迅

运交华盖①欲何求，
未敢翻身已碰头。
破帽遮颜过闹市，
漏船载酒泛中流。
横眉冷对千夫指，
俯首甘为孺子牛②。
躲进小楼成一统，
管他冬夏与春秋。

解读赏析 JIEDU SHANGXI

"既要有横眉冷对的骨气，又要有俯首做牛的情怀。"

这是一首抒情诗，是鲁迅从自己深受迫害、四处碰壁中迸发出的愤懑之情，有力、形象地展现了作者的硬骨头性格和勇敢坚毅的战斗精神。

"运交华盖"是说生逢豺狼当道的黑暗社会，交了霉运。"欲何求""未敢"都带有反语的意味，是极大的愤激之词，反衬出当时国民党统治者的残暴，形象地描绘和揭示了一个禁锢得像密封罐头那样的黑暗社会，概括了作者同当时国民党的尖锐的矛盾冲突。

"闹市"喻指敌人猖獗跋扈、横行霸道的地方；"中流"指水深急处。第二联用象征的手法，影射形势险恶。作者在"破帽"与"闹市"，"漏船"与"中流"这两不相应且对立的事物中，巧妙地运用了一个"过"和一个"泛"，形象地表现出革命斗士临危不惧、激流勇进的战斗精神。

"横眉"和"俯首"两句是全诗点睛之笔。前四句叙写处境和战斗行动，这两句揭示出内心深处的感情，把全诗的思想境界推到了高峰。这两句诗，表达作者对人民的强烈的爱和对敌人强烈的憎，表现了作者在敌人面前毫不妥协，为人民大众鞠躬尽瘁的崇高品德。

尾联用一语双关的结尾，增强了本诗的主题。"小楼"是作者居住的地方，"躲进"有暂时隐避下来的意思。"躲"字融合着巧与敢的双重意味。前一句十分风趣地道出了作者当时战斗环境的特点和善于斗争的艺术，反映出作者自信乐观的心境和神情。后一句写无所畏惧、韧战到底的决心，把前一句的战斗内容揭示得更加鲜明，使寓庄于谐的特色表现得更加突出。

①华盖：星座名，共十六星，在五帝座上，今属仙后座。旧时迷信，以为人的命运中犯了华盖星，运气就不好。
②孺子牛：春秋时齐景公跟儿子嬉戏，装牛趴在地上，让儿子骑在背上。这里比喻为人民大众服务。

鲁迅笔下"嘲"的力量

诗题为"自嘲",离开了"嘲"的艺术特点而直接阐释此诗,很容易解读成一首豪言壮语式的明志诗。"嘲"的常规武器是反语,这首诗整体是说反话。反话自然应做正话解,但首先要从反话来鉴赏,才能领略到鲁迅在本诗中体现的他那种独有的犀利、辛辣又开玩笑的幽默感。

诗歌开篇就一个劲儿地说自己背运:为了避免反动派的追踪迫害,在过闹市时用破帽遮住了脸。这样躲躲藏藏的日子,就像漏水的船载着酒在水流中浮着,一不小心就会沉没。然而诗人还是很坚定地说,面对"千夫指"的攻击,不过是横眉冷对,很有大丈夫的气度。但转而又俯身迁就孺子,显示出国民之"父"的厚爱。

最有意思的嘲讽是最后两句。鲁迅处在反动派的迫害下经常到处躲避。所以躲进小楼成为"我"的一统天下,管他外界的政治气候有什么变化,是"自嘲",但又不限于自嘲。当时东北大片土地丢失,"一·二八"事变国民政府躲避敌人威胁迁都洛阳,一直到12月才迁回南京。作者写这首诗时还没有迁回,所以也是讽刺国民政府只知躲避,不管祖国已经陷在怎样危亡的境地。这两句既是"自嘲",又是借"自嘲"来猛烈攻击敌人,刺中敌人要害的一击,跟"横眉冷对"一联做了有力的配合。

鲁迅对"孺子牛"的阐述:从父子爱到家国情

《鲁迅日记》1932年10月12日记载:"午后为柳亚子书一条幅,云:'运交华盖欲何求……达夫赏饭,闲人打油,偷得半联,凑成一律以请'云云。"

日记告诉我们这首诗的写作背景。郁达夫在聚丰园宴请其兄郁华,请鲁迅作陪,同席的还有柳亚子。鲁迅晚年得子,对小海婴疼爱有加,所以有"孺子牛"之叹,既是一个父亲对儿子的柔情,亦成为扎根百姓、为民服务的写照。

那天鲁迅赴宴,郁达夫开玩笑道:"你这些天来(带儿子)辛苦了吧?"鲁迅用上一天想到的"横眉冷对千夫指"一联回答他。郁达夫又打趣说:"看来你的'华盖运'还是没有脱?"鲁迅说:"给你这么一说,我又得了半联,可以凑成一首小诗了。"革命导师真是很会通过自我调侃解忧。

其实"孺子牛"用了一个典故。齐景公有个庶子名叫荼,齐景公非常疼爱他。有一次齐景公和荼在一起嬉戏,齐景公作为一国之君竟然口里衔根绳子,让荼牵着走。不料儿子不小心跌倒,把齐景公的牙齿拉折了。齐景公临死前遗命立荼为国君。景公死后,陈僖子要立公子阳生。齐景公的大臣鲍牧对陈僖子说:"汝忘君之为孺子牛而折其齿乎?尔背之也!"所以,"孺子牛"原指父母对子女的过分疼爱,被鲁迅一化用,成了形容为人民服务、无私奉献的人的经典意象了。从某个侧面亦能反映鲁迅除了投掷匕首的革命形象,还有为人之父的温情柔和,这也能体现在他无私关怀进步青年的无数个会谈与相助中。

"孺子牛"的典故出自以下哪部古籍?　　　　　　　　　　　　(　　)
A.《春秋》　　　B.《左传》　　　C.《战国策》

本章知识小问答答案

第 139 页　正确答案：B. 陶渊明

第 141 页　正确答案：C. 李贺

第 143 页　正确答案：C. 王之涣

第 145 页　正确答案：A. 左尚书

第 147 页　正确答案：C.《秦中吟》

第 149 页　正确答案：B.《秋声赋》

第 151 页　正确答案：C.《登高》

第 153 页　正确答案：A. 兰花

第 155 页　正确答案：B. 两处

第 157 页　正确答案：C. 白居易

第 159 页　正确答案：B. 辛弃疾

第 161 页　正确答案：A. 辛弃疾

第 163 页　正确答案：A.13 岁

第 165 页　正确答案：C.《秋思》

第 167 页　正确答案：C. 教育家

第 169 页　正确答案：B.《左传》